文
景

Horizon

社科新知　文艺新潮

坠物之声

El ruido de las cosas al caer

Juan Gabriel Vásquez

[哥伦比亚] 胡安 · 加夫列尔 · 巴斯克斯 著

谷佳维 译

上海人民出版社

献给玛丽安娜，时间和空间的缔造者

我梦中的城墙在倒塌中燃烧，

正如一座城市正吼叫着倾颓！

——奥雷利奥·阿图罗《梦之城》[1]

这么说你也从天上来！你是来自哪个星球？

——安东尼·德·圣埃克苏佩里《小王子》

[1] 奥雷利奥·阿图罗（Aurelio Arturo，1906—1974），哥伦比亚诗人。《梦之城》（*Ciudad de sueño*）创作于1929年，描写了城市燃烧、倾颓的梦境。——中译注，下同

目　录

I

孤影长

领头的河马是雄性，黑珍珠的皮色，一吨半重。2009 年年中，它死掉了。两年前，它从马格达莱纳河谷原先的那座巴勃罗·埃斯科瓦尔[1]动物园逃了出来，沿途毁坏了庄稼，侵占了饮水槽，吓倒了渔民，还袭击了一座畜牧庄园的种畜。追上它的狙击手们向它的头部开了一枪，另一枪则射入心脏（子弹用的是点 375 口径，毕竟河马的皮是很厚的）。他们摆好姿势，同这具死去的躯体，同这暗沉的、带着皱纹的庞然

[1] 巴勃罗·埃斯科瓦尔（Pablo Escobar，1949—1993），哥伦比亚毒贩，1970 年代开始涉足毒品贸易，领导的麦德林贩毒集团曾一度控制世界大部分可卡因贸易。此处提到的动物园是其修建的一处专门圈养世界各地珍奇动物的私人动物园。此外，本书中提到的数起暴力恐怖袭击事件，均被认为与其有关。

大物合影，同一颗刚刚坠落的陨石合影。那时候，在第一批赶到的摄像机和好奇者面前，在一棵遮挡烈日的木棉树下，他们解释说，这头动物的体重不允许他们将其整个运走，于是当即动手肢解了它。我第一次见到这张照片，它被印在一本重要杂志的中间位置，当时我正在波哥大自己的寓所，事发地以南大约两百五十公里的地方。就这样我得知，那头野兽的内脏已经在它倒下的位置被就地掩埋，头部和四肢则被送往我所在的城市的一座生物实验室。同时我也了解到，这头河马并不是独自外逃的：它出走的时候，配偶和幼崽就伴在身边——配偶和幼崽的说法来自那些并不怎么严谨的报章的感性版本——如今它们下落不明，对它们的找寻旋即又被新闻媒体渲染上了悲剧意味：一个残酷体制对无辜生灵的追捕。而就在那段日子里的某一天，当我在报刊上追看这次的捕猎行动时，我想起了一个久未在我脑海当中出现的人——尽管曾经的某个时期，没有什么比他身世的秘密更能引起我的兴趣。

接下来的几周里，关于里卡多·拉韦德的回忆从一起偶然事件，从记忆的一次不怀好意的捉弄变成了一个忠实且专注的幻影，它的形象时时显现，我睡觉时它立于床边，清醒时则被它远远地凝视。无论是白天的广播节目还是夜晚的新闻报道，人人关注的专栏抑或读者寥寥的博客，大家都在讨论是否有必要将走失的河马杀掉，是否将它们围困，麻醉，或者放回非洲就已经足够了。而我的公寓则远离论战，尽管我一面着迷一面厌烦地听着看着，却还是将心思越来越多地放在了里卡多·拉韦德的身上，想着我们相识的日子，我们短暂的交往以及由此带来的长久的影响。在报章和荧屏上，权威人士正对有可能在偶蹄目动物中蔓延的疾病进行着盘点——他们用的那个词，“偶蹄目动物”，对我来说还是全新的——波哥大的富人区内，也出现了印有“保护河马”[1]标语的T恤。然而在我的公寓，在微雨的长夜，在走向市中心的途中，我开始回忆里卡多·拉韦德死去的那天，执意想要将细节弄清。我惊讶地发现自己毫不费力便记起了那些说过的话，那些见过和听过的事，那些曾经忍受，如今已经超越了的痛苦；而同样令我诧异的是，我们竟总是如此迅速，如此专注地沉溺于回忆这项有害的活动，明明它无法带来任何好处，只会阻碍我们生活的正常运转，就好比是田径运动员训练时腿肚子周围绑着的沙包。渐渐地，我平静地意识到，那头河马的死

[1] 原文为英文，“Save the hippos”。

亡原来终结了我生命中曾出现的一段插曲，就仿佛有人回到自己的家，关上了一扇不小心打开的门。

于是这篇故事就这样开始了。我不知道回忆对我们有什么用处，它会带来何种好处，又或许是怎样的苦恼，我也不晓得当我们追忆的时候，用什么方法才能令经历的东西有所改变。然而对我来说，将里卡多·拉韦德好好地回忆一番，已经变成了一件紧要之事。我曾在某个地方读到过，一个人在他四十岁的时候就应当讲一讲他的人生故事，而这个最后期限业已逼近了我：当我写下这数行文字时，离这可恶的生日只剩几个星期。“他的人生故事”。不，我要讲述的并不是我的人生，而仅仅是许久之前的一些日子，此外我还要真诚地说明，这个故事就像童话里警示的那样，从前曾发生过，将来会再度发生。

至于这个故事最终由我来讲述，则是其中最无关紧要的了。

里卡多·拉韦德死去的那天——1996 年年初的一天，他在波哥大中心区的拉坎德拉里亚[1]度过了上午。他行走在狭窄的人行道上，行走在陶土瓦顶的老房子中间，这些老房子镶

[1] 拉坎德拉里亚（La Candelaria），波哥大市中心的一处老城区。

着大理石的铭牌，上面标注了所属的历史时期，然而根本就不会有人留意。大概一点钟左右，他来到位于14号街的台球室，打算跟那里的常客玩上几局。球局开始的时候，在他脸上看不出神经紧张和心烦意乱的迹象：他用的是常用的球杆和球台——尽头最靠墙的一张，就在电视机的底下，电视开着，却没有声响。他一共打了三局，输赢我倒记不得了，因为当天下午我并没有同他一起，而是在他旁边的球桌。不过我清楚地记得，算清赌资，拉韦德便与球友们告别，向角门走去了。他穿过门口那几张总是空着的球台时——在场地的这一处，晃动的霓虹灯总在象牙质地的台球表面投下诡异的阴影——仿佛给什么东西绊住了似的迟疑了一下，跟着转过身来，折返回我们所在的地方。他很有耐心地等我打完了一组六个或是七个连击，甚至还为一场三球开伦鼓了一会儿掌。随后，当我在计分板上计算自己的得分时，他凑过来向我询问，是否知道哪里能借到设备，因为他想听听刚刚收到的录音。那以后我曾无数次地问自己，假使里卡多·拉韦德当初没有向我走来，而是走向别的某个球友，事情将会变得如何。然而正如我们对过去的许许多多追问一样，这个问题也是毫无意义的。拉韦德有他充分的理由去选择我。这个事实无从改变，因此其后发生什么也就无从改变了。

我是上一年的年底与他结识的，就在圣诞节前的两三个礼拜。当时我将满二十六岁，取得律师证书已有两年，尽管对真实的世界知之甚少，但法学的理论世界对我来说已是全无奥秘可言。获得荣誉毕业生称号之后——靠的是一篇关于《哈姆雷特》中以精神失常作为免除刑事责任情节的论文：至今我仍怀疑它是怎么通过的，更不要说还被授予荣誉了——我成了本专业历史上最年轻的教授，这是前辈们向我推荐这个职位时告诉我的，他们令我相信，成为一名“基础法学”课程的教师，为那群刚从中学出来、战战兢兢的小孩们讲授本专业的基本原理，就是我的人生唯一可能的前景。就这样，站上木头讲台，面对一排排乳臭未干、浑浑噩噩的小男孩和大睁着双眼、轻易便被打动的小姑娘，我学会了关于权利的本性的第一课。我与那群初出茅庐的学生相差不过八岁，然而权威与学识在我们之间埋下了一道双重的鸿沟——这两样东西为我所拥有，却与人生才刚刚开始的他们毫无相干。他们敬佩我，又有一点点怕我，而我发觉这种畏惧和钦佩就好像毒品，会让人习以为常。我给学生们讲述几个洞穴探险者被困山洞的事，数日之后探险者们为求生存开始了人吃人，这么干合法与否？我同他们谈论老夏洛克，谈到他想从别人身上割下一磅肉来，谈到机智的波西亚设法利用诉讼术语阻止了此事的发生[1]：我乐于见到他们口讲指画，吵吵嚷嚷，企图在乱成一团的轶事当中找出法律和公理的概念，却又被荒唐的情节搞得不知所措。下了课我便从那些学术讨论转战到14号街的台球室。另一种生活在这里发生——烟雾缭绕，天花板低垂，没有学问，也没有法律。在这里，用不着几个钱的赌注配几啖咖啡加白兰地，我的白昼就此终结。陪伴我的有时是一两个同事，有时则是女学生们，她们才喝两口便会上我的床。我住在附近，公寓在十层，那里的空气总是冷飕飕的。从那儿看向布满砖头水泥的城市，视野一贯很好。我的床为了讨论从不设防，切萨雷·贝卡里亚[2]的刑法思想，博登海默[3]的某个难懂的章节，甚至还有如何用最便捷的方法将分数改一下。那段日子的生活如今想来，就仿佛是另一个人

[1] 参见莎士比亚作品《威尼斯商人》。

[2] 切萨雷·贝卡里亚（Cesare Beccaria, 1738—1794），意大利经济学家、法理学家，代表著作为《论犯罪与刑罚》，是刑法学领域的经典之作。

[3] 埃德加·博登海默（Edgar Bodenheimer, 1908—1991），美国统一法学的代表人物之一。

的，它充满了无尽的可能，事后证实这些可能同样是另一个人的：它们悄然消失，仿如潮汐退散，直至将我变成了现在的我。

那些天里，我的城市正从它当代史上最暴力的日子里挣脱出来。我所指的暴力并非轻率的斗殴，盲目的枪声，小商小贩之间彼此算账，它蔓延自那些卑微的人们，蔓延自他们卑微的怨恨与卑微的报复。这暴力的参与者是集体的，是大写的：国家，联盟，军队，阵线[1]。我们波哥大人对此已然习以为常——其中一部分原因是此种暴力的影像总是异常规律地通过报章杂志抵达我们中间。那一天，最新一起罪行的影像又出现了，以快讯的形式出现在电视屏幕上。我们先是看到一名记者在国家诊所的门口播报消息，随后则是一张千疮百孔的梅赛德斯照片——隔着破碎的窗子可以看见后面的座位，玻璃的碎片，以及一道道干掉的血痕。最后，当每一张球桌前的动作都已停止，静默之中有人大声要求调高音量时，我们在那条显示着出生日期和依然新鲜的死亡日期的字幕上

[1] 原文中，国家（el Estado），联盟（el Cartel），军队（el Ejército），阵线（el Frente）均为大写。

方，见到了受害人黑白的脸。他是阿尔瓦罗·戈麦斯[1]，其父是本世纪最具争议的总统之一，他自己也曾不止一次地成为总统候选人。没有谁追问他为什么被杀，是谁干的，因为诸如此类的问题在我的城市业已失去了意义。若是虚张声势地问上一问，也根本不指望得到答案，就像被人扇耳光时那样，除此之外没别的办法。当时的我不曾料到，那些罪行（“重大谋杀”，报章上是这么说的，我飞快地弄懂了这个词的意思）已然使我的人生有了内在的构架，抑或说为它标注了节点，如同一位远房亲戚让人无法预知的到访。1984年，巴勃罗·埃斯科瓦尔杀掉或者说派人杀掉司法部长罗德里戈·拉腊·博尼利亚[2]——找他麻烦的人中最有名望的一位——的那个下午（两名骑摩托的雇佣杀手，在127号街的弯道处），我十四岁。我十六那年，埃斯科瓦尔杀死或者说派人杀死了吉列尔莫·卡诺[3]，《观察家报》的社长（距报社所在地几米处，凶手朝他的

[1] 阿尔瓦罗·戈麦斯（Álvaro Gómez, 1919—1995），哥伦比亚律师、政治家、作家和记者，哥前总统劳雷亚诺·戈麦斯（Laureano Gómez, 1889—1965）之子。

[2] 罗德里戈·拉腊·博尼利亚（Rodrigo Lara Bonilla, 1946—1984），哥伦比亚政治家，律师。曾指控巴勃罗·埃斯科瓦尔贩毒。

[3] 吉列尔莫·卡诺（Guillermo Cano, 1925—1986），哥伦比亚著名记者，《观察家报》（*El Espectador*）创始人。

胸口开了八枪）。到我十九岁，虽然还不能选举，可我已经是成人了，那一年死去的是总统候选人路易斯·卡洛斯·加兰[1]。对他的谋杀比较特别，或者只是在我们印象当中与别的不同，因为它被呈现在了电视上：集会的人群为加兰欢呼，跟着便是一阵阵自动步枪扫射，再接下来则是木讲台上倒下的躯体，跌落得无声无息，抑或是声息湮没在了骚乱的喧哗中，湮没在了最初的那几声惊叫里。没过多久又是哥伦比亚航空的事故，埃斯科瓦尔使得一架波音727-21型客机在空中发生了爆炸——在波哥大与卡利之间的某处天空——为的是谋杀一名政客，而这名政客根本就不在这个航班上。

于是，那天打台球的所有人对于这起罪行的叹惜都是隐忍克制的，这隐忍已是国民习以为常的命运，是这时代给予我们的馈赠，此后又将被我们传给各自的子女。所有人，我是说，只一个除外，这人的注意力一直都在屏幕上，此时的屏幕已经切换到了另一则报道，正在呈现一副破败的景象：一座被荒草侵袭的斗牛场，荆棘甚至爬上了彩旗（或者说原

[1] 路易斯·卡洛斯·加兰（Luis Carlos Galán, 1943—1989），哥伦比亚政治家，曾两次参加总统竞选，以反毒著称。

本该有彩旗的地方）；一个棚子底下，几辆老旧的车子正在生锈；一头巨大的霸王龙，它的身躯正一点点地倾颓，显露出内部复杂的金属结构，哀伤地裸露着，仿佛老旧的女性人体模型。这是那不勒斯庄园，巴勃罗·埃斯科瓦尔神话般的领地，曾是他的帝国大本营，而随着1993年这位首领的故去，庄园便也荒废了。这条新闻讲述的便是庄园的废弃：提到了毒贩们的财产被没收充公；提到了当局不懂得如何处置这些财产，造成了几百万美金的挥霍浪费；提到了对于那些传说中的财富本可加以利用却并未实施的一切。而就在此时，距离电视机最近的那张球桌的某个玩家——在此之前并没有引起任何注意的一个——仿佛自言自语般开口了，他的声音很大，大得不由自主，就好像那些生活得过分孤独的人已经忘记了自己还有被听到的可能。

“且看看会把那些动物怎么样吧，”他说，“可怜见的，饿死了也没有人理。”

有人问他说的是哪些动物。那男人只道：“它们又有什么罪过。”

这便是我从里卡多·拉韦德口中听到的最初几个词。他没有再讲什么：比方说，他没提他指的是哪些动物，也没提自己怎么就知道它们快要饿死了。然而也并没有人问他，因为当时在场的人都足够年长，年长到对那不勒斯庄园最好的年景都还是晓得的。那座动物园是个传奇，尽管表面看来是为了满足一名百万富翁毒贩的怪癖而建，却也为访客们呈现了一幅原本不属于这个纬度的图景。我十二岁那年曾经去过一次，是在12月的假期里。我自然是瞒着父母的：他们仅仅是想到自己的儿子踏足一个尽人皆知的黑手党的领地便会气急败坏，更不要说再发现他做这事还很愉快了。可我就是忍不住想去瞧瞧别人口中传说的东西。我接受了一位朋友父母的邀请，某个周末我们起了个早，在波哥大与特里温福港之间的公路上行驶了六个钟头；一进入庄园，从石头门廊底下穿过（庄园的名字是用蓝色的粗体字写成的），整个下午便置身在了孟加拉虎、亚马孙金刚鹦鹉、矮种马、手掌大小的蝴蝶，甚至还有一对印度犀牛的世界当中——据一个操着本地口音、身穿迷彩背心的男孩子说，这对犀牛是那几天才刚刚运到的。此外还有河马，在那段光辉岁月里，它们没有一只出走。正因如此，我清楚地知道那个男人口中的动物是指什么；而我所不知道的，则是这短短的几个词会在接近十四年后，再度令我陷入追忆。事后回想，那一天在台球室，里卡多·拉韦德不过是一脸错愕地见证了那位历史上最出名的哥伦比亚人发迹与倒台的国人之一，我不曾对他太过留意。

可以肯定的是，那天他并没有让我产生什么亲切感：他是那样瘦，以至于连身高都带了欺骗性——只有看见他站在一根台球杆的边上时，才会察觉他其实连一米七也还不到。他稀疏的头发跟老鼠一样颜色，皮肤干枯，长长的指甲总是脏兮兮的，这一切构成了一个疾病缠身抑或说无精打采的形象——无精打采得仿佛一块贫瘠的土地。他才刚满四十八岁，可看上去要老得多了。他说话总是很用力，就好像缺氧似的。因为手腕常常发抖，他的球杆那蓝色的顶端总在台球跟前打战，只有奇迹发生时才不会连连失准。与他有关的一切都显得疲惫不堪。某天下午，当拉韦德走了以后，他的一位球友（一个与他年纪相仿的男人，只是行动比他自如，呼吸比他顺畅，显然还活力十足，说不定现在还正读着这些回忆文字呢）向我揭示了其中的因由，尽管我根本什么也没问过。“是监狱，”他说，金牙的光芒在我面前一闪而过，“监狱折磨人啊。”

“他坐过牢？”

“刚出来。在里面待了二十年，他们说的。”

“犯的什么事？”

“哈，这我可不晓得了，”那男人道，“不过总归有点什么，不是吗？没有的话谁会被讹那么长时间啊。”

我自然相信。并没有另一种真相可供我选择，那一刻也不存在任何理由让我为了某人并无恶意、随口道出的有关里卡多·拉韦德人生的最初版本去做一番争执。我意识到自己还从未结识过一个释囚——“释囚”这个词，任谁都会留意，它是那事最好的证据。而我对拉韦德的兴趣也在增长，或者说，增长的是我的好奇。一次漫长的刑罚总会打动像当年的我那样的年轻人。推算起来，拉韦德进监狱时我才刚刚学会走路，其后我成长，上学，发现了性这件事，可能还发现了死亡这件事（一只苍蝇的死，后来是一位祖父的，比方说），有了情人，经历了令人痛心的分手，拥有了做出决定的权利，又为所做的决定满意或是懊悔，获得了伤害别人的能力，这么干了以后心满意足抑或感到罪过。而当所有这一切发生的时候，有一个人，他的人生没有发现，没有学习，就只是一场无比漫长的刑罚。想到这些，没人会无动于衷。一个失去了生气的人生，一个从指间溜走的人生，一个需要独自忍受却成了别人所属之物的人生——而那些人并没有在这个人生当中经受痛苦。

几乎在不知不觉间，我们便走得近了。刚开始是个偶然：比方说，我在他打出一个连击——那是因为留给他的局势足够好——之后拍了手掌。跟着我便邀他到我这桌来玩儿，要么就是我请求去了他的那桌。他不情不愿地接受了我，仿佛一个初学者又收了个新学徒似的，尽管事实是凭借我的出众球技，和我联手的拉韦德终于可以停止输球了。不过我随后发现，对于输球他其实并不在意：每局之后放在祖母绿色绒布台面上的钱，那两三张黑乎乎、皱巴巴的钞票，其实是他的日常开销，是一笔在他预算中的债务。对他来说，台球并不是一种消遣，甚至也不是一项比赛，而是当时的拉韦德在社会上存在的唯一方式：球与球的撞击声，穿绳上计数木珠的声响，蓝色的白垩粉在旧球杆的皮头上摩擦的声音，这一切构成了他的公共生活。而一旦身处这些媒介之外，少了一杆球杆在手，拉韦德根本没有能力与人进行一次流利的交谈，更别提去发展一段关系了。“我有时候觉得，”在我们之间唯一的一次带了点严肃意味的谈话之中，他对我说，“我从来没有直视过别人的眼睛。”这自然是夸张了，不过可以肯定的是，这个人并非有意夸张。至少在他对我说出这几个字的时候，并没有看着我的眼睛。

如今许多年过去，现在的我以当年并不具备的体谅去追忆，去思索这一番对话的时候，难以置信当年的自己竟未一眼看出它的重要性。（同时我要说的是，对于现在的一刻，我们是糟糕透顶的审判官，这也许是因为现在原本就是不存在的：一切都是回忆，我刚刚写下的句子是回忆，而您，我的读者，刚刚读到的同样也只是回忆而已。）那个时候，一年即将过去，正逢考试季，课已经停了，去台球室在我已是根深蒂固的习惯，某种程度上甚至成了过日子的方式与目的。“呵，”每次见到我来，里卡多·拉韦德都会说，“你逮到我真是奇迹，亚马拉，我差点就要走了。”而就在我们一次又一次的碰面当中，有什么东西正发生着变化：我觉察到这一点是在某天下午，那次拉韦德并没像往常一样同我告别——在球桌的另一边，士兵一样在额前抬一抬手，丢下我和我手里的球杆。相反他等着我，看着我付过我们两人的饮料账单——四杯咖啡加白兰地，最后还有可口可乐。离开场子时他走在我的身边。我们相伴行至罗萨里奥小广场的一角，那儿的空气混合着排气管的味道，炸黄油鸡蛋玉米饼味儿，还有敞开的下水道的气味。那里有道斜坡，向下通往一个地下停车场黑漆漆的入口。他在我的肩头拍了一下——一只虚弱的手掌发出的虚弱的敲击，与其说是为了告别倒不如说是在表现一种亲热——然后便对我说："好吧，咱们明天见了。我得去办点事。"

我看着他绕开那群宝石贩子，避入一条通往第七大道的人行小巷，随后他转过街角，我便看不到了。街道早被圣诞灯饰装点得漂亮起来：北欧花环，拐杖糖，英文单词，一团团的雪花图案——尽管这城市从不下雪，十二月更是艳阳高照的时节。然而到了白昼，灯光熄灭以后，灯饰就不好看了：碍眼，肮脏，低劣。电线在我们头顶上悬着，从街道的一头跨到另一头，好像吊桥似的。而在玻利瓦尔广场，它们则是节节攀高，仿佛攀缘植物爬上了杆子，爬上国会大厦的爱奥尼石柱，爬上大教堂的外墙。鸽子们倒有了更多的电线可以栖息，卖玉米的接待游客根本忙不过来，同样忙不过来的还有街头摄影师们：那是些身穿套头斗篷、头戴旧毡帽的老男人，脱缰的牛一般抓过客人，一旦拍下照片即刻便用一张黑毯子将自己罩住，倒不是什么设备需要如此操作，只不过客人总是期待着瞧见这一幕罢了。这些街头摄影师同样也是另一个时代的幸存者——那个时候，并不是所有人都有能力自己拍张肖像，因此在大街上买一张别人给照的相片（很多时候都是在不知觉间被拍下的），这主意倒也不算太过荒唐。所有上了点年纪的波哥大人都有这么一张街头相片，大多就是在第七大道拍的，即从前的皇家商贸街，波哥大所有街道之中的女王。而我们这代人则是看着家庭影集中的这些照片长大的：身穿三件套西装的男人，戴着手套撑着雨伞的女人，他们属于另一个时代，那时的波哥大更冷些，雨水更多些，也更平和些，然而艰难却不会更少些。我的文件里就有我祖父在五十年代买下的照片，还有我父亲的，是大约十五年后的。但并没有里卡多·拉韦德那天下午拍下的那张，尽管那上面的形象在我记忆当中依然无比清晰，清晰到假使我拥有些许绘画的天赋，便可以勾勒出全部的线条。然而我并没有。那是我所不具备的天赋之一。

所以这便是拉韦德想要去办的事。同我分别后，他径直走到玻利瓦尔广场，让人给拍了一张有意不合潮流的相片，第二天来到台球室时，便将那成果拿在了手上：深棕色调，摄影师签了名的，上面现出一个并不若平日那般伤心沉郁的男人。假如几个月以来对他的认识并没有牢固到不容怀疑的地步，那么我简直可以看着照片说这是一个十分快乐的人了。当时球台上还覆了一个黑色的塑料罩子，拉韦德便将相片搁在了罩子上，他自己的肖像，自己倒看得直出神：头发梳得很好，衣服并无一丝褶皱，右手前伸，两只鸽子正在他的掌中啄食；更远处隐约是一对夫妇好奇的眼光，他俩都背着背囊、趿着拖鞋，而在相片的深处，最深处，被透视法放大的贩卖玉米的小车旁边，就是司法宫了。

“拍得真好，”我对他说，“是昨天照的？”

“嗯，就是昨天，”他这样回答，并没有多做解释，“我妻子来了。”

他没有告诉我“这张照片是一件礼物”。也不曾解释他的妻子为何会对这样奇特的礼物有兴趣。他没有提过监狱里的那些年，尽管在我看来，显然这点凌驾于他的所有境况之上，好比一只秃鹫之于一只垂死的狗一般。一直以来，里卡多·拉韦德都表现得仿佛台球室当中没人知道他的过去；而在那个瞬间，我发觉这一假象维系了我们之间一种脆弱的平衡，于是决意让它继续下去。

“她怎么来了？”我问，“从哪里来？”

“她是美国人，家在那边。我妻子她，唔，就算是来做客的吧。”他顿了顿，又道，“相片怎么样？你觉得好吗？”

“我觉得很好，”我不由自主地宽厚起来，“拍得很雅致，里卡多。”

“很雅致。”他说。

“这么说你跟老美结了婚。”我说。

“是的。很难想象吧。”

“她来过圣诞？”

“也许，”拉韦德说，“也许是。”

“怎么叫也许呢，不肯定吗？”

“唔，我得先说服她。这故事很长，可别叫我解释给您听啊。”

拉韦德撤下了桌上的黑罩子，不同于其他球友那样一把扯下，他是一点点地折起，小心仔细地，甚至带着感情，就好像在国葬上叠国旗似的。他在桌前猫下腰，又站直，寻找着最佳角度，然后，所有这些仪式过后，他打错了球。“去你妈的，”他说，“抱歉。”他走到记分牌那儿，询问自己打了多少个连击，又用杆头标记了结果（杆头无意地蹭上了白色的墙壁，留下一个蓝色的椭圆形斑点，就在另外一些随着时间留下的蓝色斑点旁边）。“抱歉。”他又说。一瞬间，他的头脑去了别的地方：他的行动，他那聚焦在象牙质台球之上，随着它们在绒布桌面缓缓移向新位置的目光，都属于一个已经离开的人，一个幽灵。我开始设想拉韦德与他的妻子已经离婚的可能，继而灵光一闪，得到另一种更残酷、因而也更加有趣的假设：他的妻子并不知道他已经放了出来。短暂的刹那，在连击与连击之间，我想象着一个男人从一座波哥大监狱离开的场景——想象中的场景发生在区监狱，我还是犯罪学专业学生时听说的最后的那一所。他隐瞒自己出狱的消息，为了给另一个人制造惊喜，这与威克菲尔德[1]的做法刚好是相反的。他想要在自己唯一的家人脸上看到充满爱意的惊喜表情，就如同我们所有人渴望的那样——为此在我们的一生当中，都曾有过那么一次精心的设计。

“你妻子叫什么名字？”我问。

“埃莱娜。”他告诉我。

“埃莱娜·德·拉韦德。”我念诵着，仿佛在斟酌这个名字，并且冠上了哥伦比亚那一代人差不多都会用到的物主代词[2]。

“不，”里卡多·拉韦德纠正了我，“埃莱娜·弗里茨。我们从来没想过用我的姓氏。一位现代女性，您瞧。”

---

[1] 参见美国作家霍桑（Nathaniel Hawthorne）的短篇小说《威克菲尔德》（*Wekefield*），主人公威克菲尔德对妻子不告而别，在外生活二十年后又回到了家里。

[2] 埃莱娜·德·拉韦德，原文为 Elene de Laverde，其中 de 为物主代词，表示所属，此处意为“拉韦德的埃莱娜”，即女性结婚后冠夫姓。

“这叫现代？”

“唔，在那个年月算是现代。不改姓。因为是美国人，也没人怪罪她。”随后他突兀地扯起了无关紧要的话题，或者说恢复了一贯的吊儿郎当。“怎么样，喝一小口吧？”

于是，一口又一口的白朗姆在喉咙间留下医用酒精的余味，就这样到了下午。差不多五点时，球打得厌了，我们便将球杆往桌上一丢，把三个台球放进长方形的小纸盒，然后就跟那些看客、陪客，或是打累了的玩家一样往木凳上一坐，各自拿上盛了朗姆酒的深口杯，时不时地晃一晃，好让新加的冰块融得更好些。汗湿了的、沾了白垩粉的手指把杯子弄得越来越污糟。从我们的位置可以将吧台尽收眼底，还有洗手间的入口以及悬挂着电视机的角落，我们甚至还能品评两三张球桌的战况。其中一张台子的四个玩家是之前从没见过的，他们戴着丝织手套，用的是分体球杆，一盘的赌资就比我俩整个月加起来还要多。正是那一次，当我们彼此挨着坐在一处时，里卡多·拉韦德同我讲了他从不看别人眼睛的那番说话。同样也是在那儿，我在里卡多·拉韦德的身上感觉到了某种别扭：他的措辞与他那毫不讲究的举止之间极度的不协调，还有他不成样子的仪表，他勉勉强强的经济状况，以及他的出现本身——一个人如果在这样的地方寻找某种安定，那他的生活无论如何都会是动荡的。

“怪了，里卡多，”我对他说，“我还一直没问过您是做什么的呢。”

“是啊，从没有，”里卡多说，“我也没问过您。因为我猜到您是教师了，这里的人都是，市中心的大学太多了。您是教师吧，亚马拉？”

“对，”我说，“合情合理。”

“啊，真好，”拉韦德说着，笑得有些躲闪，“这个国家没有足够的律师。”

似乎他想要说些什么。可他什么也没说。

“您还没回答我呢，”我坚持起来，“您是做什么的，从事什么。”

一阵静默。那两秒钟内在他脑际掠过的会是什么，事到如今随着时间的推移，我已经能够懂得。那是怎样的思量，怎样的放弃，怎样的言而未尽呢。

“我是名驾驶员，”拉韦德用一种我从未听过的语气说道，“我曾经是驾驶员，准确地说，我是个退下来的驾驶员。”

“驾驶什么的？”

“驾驶需要驾驶的东西。”

“噢，对，不过，那是什么？客机吗？侦察直升机？我在这方面其实……”

“您瞧，亚马拉，”他打断了我，以一种缓慢却不容置疑的口吻，“我的人生是不会随便讲给任何人听的。别把台球跟友谊混为一谈好吗，我求您了。”

他这样说原本会冒犯到我，然而并没有：这一番说话当中，在那突如其来，更确切地说是毫无根据的攻击之后，有一个请求。粗鲁的回答跟着懊悔的姿态或和解的举动，这是个黔驴技穷的小孩正在吸引别人的注意。我原谅了这份无礼，就像在原谅一个孩子。堂·何塞每隔一会儿就会过来，他是这场子里的管事：一个秃头的胖子，裹着条肉贩子系的那种围裙。他为我们在杯中加满冰块和朗姆酒，很快便又回到吧台边上他那张铝制的凳子那儿，继续对付《空间》[1]上的一个纵横填字游戏。我仍在记挂着埃莱娜·德·拉韦德，那位妻子。某年的某一天，里卡多从她的生活中消失，进了监狱。可他做了什么以至如此？在这许多年里，他的妻子难道不曾去探

[1] 哥伦比亚著名小报，1965年创刊于波哥大。

望过他？以及，一位飞行员怎会沦落到在波哥大市中心的台球室里赌钱度日？也许，那是这个念头第一次闪过我的脑海，尽管还仅仅是不成形的直觉。自此而后，相同的念头又化作不同的词语反复出现，有时甚至根本不需要词语：*这个人并不是一直以来的这个人。这人从前是另外的一个人。*

我们出门的时候，天已经黑了。我不清楚究竟喝了几分醉，只晓得我俩都被朗姆酒搞得上了头。拉坎德拉里亚的人行道变得比之前更窄了，简直无法通行：人们从市中心成千上万的办公室出来，不是往家赶就是钻进百货公司采购圣诞礼物，要么就是在街角等小巴，一直等到凝固。里卡多·拉韦德一出门就撞在了一个女人身上。那是个身穿橙色衣服的女人（起码在黄色的灯光底下，那衣服看上去是橙色的）。“瞧着点啊，傻瓜。”那女人冲他说。我意识到就这样放他一个人回家显然是不负责的，没准会有什么意外发生。于是我自告奋勇陪他一起，而他也接受了，或者他的拒绝并没有让我觉察。有那么几分钟，当我们从拉波尔达迪塔教堂关闭的大门前经过时，某个人潮退散的瞬间，我们仿佛进入了另一座城市，一座戒严中的城市。深邃的拉坎德拉里亚是一处时间之外的所在：整个波哥大，只有这片区域的某几条街才能让人想象出一个世纪前的生活是何等情状，也就是在这段路上，拉韦德第一次好像朋友那样同我交谈。起初我以为他是因为之前的粗鲁无礼有意向我示好（酒精总能撩动类似的懊悔，撩动这种内心深处的歉疚），后来才发觉这里面原来还有些别的什么，一件我无从了解其动机的迫切之事，一件刻不容缓之事。于是我自然而然地跟随了他的意识流，正如这世上的一切醉鬼开始讲述他们的醉鬼故事时，其他人跟上他们的思路那样。“这个女人是我的一切。”他对我说。

“埃莱娜？”我问，“你妻子？”

“一切，我所有的一切。别让我给您讲细节，亚马拉，讲述自己的过错对任何人来说都不是容易的事。而我也不例外，我也有我的过错。自然是我害了她。我害惨了她。您还太年轻，亚马拉，这么年轻，还不大会犯这样的过错。我说的不是背着您的小女友偷腥，不是这种，也不是把您最好朋友的小女友搞上手了，那都是小孩子的玩意儿。我指的是真正的过错，亚马拉，这种倒霉事您见都没见过。这样更好。享受吧，亚马拉，还可以享受的时候就享受吧：做了那样的事害了她以前，还是开心的，那以后就再也回不去了。噢，这就是这些天来我想要确认的事。埃莱娜就快回来了，而我想试着回到从前。埃莱娜是我一生的爱。可我们分开了，我们不想分开，可我们分开了。是生活令我们分开，生活确实会干出这样的事。我害了她。我害了她，于是我们分开了。不过关键的不是我搞砸了这一切，亚马拉，听好了，关键的是懂得去挽回。尽管时间久了，那么多年过去了，可修补曾经损坏的东西永远都不嫌晚。这就是我要做的。埃莱娜现在来了，而这就是我要做的。没什么过错会延续到永远。一切都是很久以前的事了，很久很久以前。您还没出生呢吧，我猜。咱们就说 1970 年，那前后的事。您什么时候出生的？”

“70 年，是的，”我说，“正是那一年。”

“确定？”

“确定。”

“您不是 71 年生的吗？”

“不，”我说，“70 年。”

“噢，好吧。那一年发生了很多事。当然了，后面的年月里也是一样，不过那一年尤其多。那一年改变了我的人生。我任由我们分了手，不过关键的不是这个，亚马拉，听好了，关键的不是这个，而是现在即将发生的事。埃莱娜现在来了，而这就是我要去做的，我要为那些倒霉事做些补偿。没那么难的，不是吗？你听说过谁半途走错路，但后来又回头了？很多人，没错吧？这就是我要去做的。没那么难的。”

所有这些都是里卡多·拉韦德告诉我的。行至他家那条街时，路上只剩了我们两个，于是不知不觉地，我们走在了街道的中央。一辆板车从坡上驶来，满载着旧报纸，由一头瘦弱的骡子拉着。控缰的人（缰绳是用打了结的龙舌兰绳做的）经过时不得不打起呼哨，生怕刮到我们。我还记得那头牲畜的粪便发出的味道，尽管记不清它是不是刚好就在那一刻拉了出来。我也记得牲畜背后那家伙的眼光，他坐在木头板上，两脚从边缘垂下。再后来，我记起我伸出一只手去同拉韦德告别，可我的手停在了半空，大抵就像玻利瓦尔广场那张相片里，有鸽子落在手上的样子——拉韦德已经转过身去了，此刻正用一把有些年头的钥匙开大门。他冲我道：

“可别告诉我您现在要走啊。进来再喝最后一杯吧，年轻人，咱们聊得正热乎。”

“可我必须得走了，里卡多。”

“人除死之外就没有必须的事儿，”他大着舌头道，“就一小口，再没有了，我保证。来都来了，这个被上帝遗弃的地方。”

我们面前的是一栋殖民时期的老房子，房子只一层，并没被当作历史文化旧址看顾起来，只是一代又一代传下的产业。家族越变越穷，它也随之衰败破落，直到最后一位传人要么将它卖去抵债，要么把它变作小客栈或妓院做起了营生。拉韦德站在门槛上，一脚撑着大门让它敞着，保持着一种只有醉得厉害的醉鬼才能做到的摇摇欲坠的平衡。尽头处可以看见一条砖铺的走廊，后面是一个殖民时期式样的院子，那是我见过的院子里最小的一个。院子的中央，从前是喷水池的地方如今是个晾衣场，走廊的石灰墙壁装饰着有裸女照片的日历。我曾在类似的房子里待过，可以想见黑漆漆的走廊尽处有些什么：我想象着房间绿色的木门上挂着明锁，窝棚似的，我想象着这两三间按周出租的小房间里，其中一间就住着里卡多·拉韦德。不过那一晚，我本来第二天要去交成绩（学校那些烦人的官样文章须得做好，那可是拖不得的），因此跑到这一区又搞到这么晚，纯属机缘巧合。拉韦德喝醉了，他曾卷入的一些私密此刻正与我如此接近，这是我始料未及的。我当时想到的第一件事便是问他驾驶的究竟是什么，第二件则与此毫不相干——跟他一起钻进他那逼仄的小屋，陪着他为逝去的爱而痛哭。对我来说，与人亲密从来不是易事，更别提对方还是男人了。我想，拉韦德想要告诉我的一切，他也可以留到第二天再讲的，即便是在户外，在公共场所，即便没有那些虚浮的情谊，没有落在我肩头的眼泪，没有男人之间那毫无根据的惺惺相惜。明天又不会是世界末日，我想着，拉韦德又不会把自己的人生给忘记了。于是，我并不讶异地听到自己这样说：

“真的不了，里卡多。下次吧。”

他瞬间静了下来。

“那好吧。”他说。即使无比失望，他也并没有表露出来。他转过身去，从里面关上大门，刺了我一句，“下次再说。”

诚然，倘若那时的我好像今天这样已经知晓了一切，倘若能够预见里卡多·拉韦德是如何在我生命中留下印记，我一定会不假思索地留下。从那时起我便常常自问，假如当天我接受了邀请又会发生什么，假如我进了门，喝了那永远不会是最后一杯的最后一杯，拉韦德会对我说些什么，随后发生的事情又将有怎样的改变呢？

可这些问题都没有用了。对我们并未选择的道路去做猜测和假设，再找不出比这更加致命的癖好，更加危险的念头了。

再见到他已是许久之后。那些天中，台球室我也曾去过几次，但总也碰不上他。正当我想到其实大可以去他家里找他时，就发现他已经离开了。我不清楚他去了哪里，跟谁一起，只知道某天下午拉韦德结清了打球的账单和酒钱，声称要去度假，第二天便消失不见，像个走了运的老赌棍似的。于是我也不再频繁过去，没有了拉韦德，我很快便失了兴致。假期里学校关闭，围绕着讲台和考试的那一套已然停息，到处都不见人影（教室寂无人声，办公室不复繁忙）。而就在这段间隙里，奥拉·罗德里格斯告诉我她怀孕了。她是我从前的学生，我俩小心翼翼地偷偷在一起已经几个月了。

奥拉·罗德里格斯[1]。她与众不同的姓氏中包含着“阿尔胡莱”和一个“哈达德”[2]，这份黎巴嫩血统藏在她深深的眼窝里，浓眉间的眉心处，以及短窄的额头上。这些加在一块儿给人一种严肃甚至脾气古怪的印象，而不是活泼与亲切。她那轻浮的微笑、专注甚至霸道的眼神削弱或冲淡了她的五官之美（的确，它们是好看的，十分好看），而一次轻轻的蹙

[1] 原文为 Aura Rodríguez。

[2] 阿尔胡莱（Aljure），哈达德（Hadad）。

眉、焦躁或气恼之下以口呼吸时某个双唇半开的动作，会令她的面容变得严厉甚至显出敌意来。我喜欢奥拉的理由，或者说至少有一部分原因，是她的经历与我全然不同，这始于她幼年时期的背井离乡：奥拉的父母都来自加勒比海地区，他们怀抱着女婴来到波哥大，在这遍布虚伪狡诈之徒的城市里，从未生活得适意。过了几年，他们接受了一个在圣多明各的工作机会，随后在墨西哥落脚，又在智利的圣地亚哥短暂地居住过。因此，奥拉从小就离开了波哥大，青春期过得仿佛一场巡回演出，又像是一曲永不完结的交响乐。1994 年，他们一家回到了波哥大，就在巴勃罗·埃斯科瓦尔被杀之后的几个星期。那时候，艰难的日子已经过去，我们这些从头至尾待在这里的人的所见所闻，奥拉永远也无从知晓了。再往后，这个乡情淡薄的姑娘去参加大学的入学面试，院长问了她和所有申请人一样的问题：为什么是法律？奥拉东拉西扯地回答一番，结束时却给出了一个与其说是关于未来倒不如说是基于刚刚结束的过去的理由："为了可以安安静静地在一个地方待着。"律师只能在他们念书的地方执业，奥拉说，她对这一份安稳已经迫不及待了。虽然她当时并没有讲出来，但她的父母业已计划起了新的旅行，而她也有了自己的决定——她将不再加入他们。

奥拉就这样独自留在了波哥大，和两个巴兰基亚女人同住在一套公寓里。公寓只有寥寥几件简陋的家具，这里所有的一切——从那两名房客算起，无一不带着“临时”的印记。她开始学习法律。她是我教书第一年的学生，那时我自己也还是个新手。课程结束后我们就再没见面，尽管我们经过同样的几道走廊，尽管常常去学生中心那几间咖啡室，尽管某一次曾在拉来吉斯或是拉特米斯打了声招呼——那是两间法律专门书店，氛围就好像公共办公间，官僚气的白色地砖散发着洗涤剂的味道。一天下午，我俩在24号街的某家电影院里遇见，都是独自一人去看黑白电影（布努埃尔作品巡展，当天下午放映的是《沙漠中的西蒙》，开场十五分钟我便睡着了），这让我们觉得很有意思。我们交换了电话号码，相约第二天去喝杯咖啡，而第二天的咖啡喝到半截便被丢下，原因是聊着聊着很是没趣，我们意识到能让彼此有兴味的并不是谈谈人生，而是找个地方睡上一觉，再互相凝视对方的身体度过下午余下的辰光，那是自从在教室冰冷的空间初次相遇，我们彼此一直都在向往的。她低哑的嗓音和突出的锁骨是我记忆里的样子，胸脯上的斑点却令我吃惊（想象中那里该是和她的脸蛋一样洁白柔滑）。同样意料之外的还有她的嘴巴，出于科学上无解的原因，一直都是冰冷的。

不过后来，惊讶也好，研究和发现也好，不解也罢，都让位给了一种更为出人意表的新状况。接连数天当中，我们无止无休地会面，可我们确信各自的世界并未因这段地下情发生过多的变化。我们的关系不曾在现实层面影响两人的生活，没有让生活变好或是变坏，它与我们并行存在着，就像一条平行的公路，抑或电视剧里的支线故事情节。我们都发现——最起码我已经意识到，我们对彼此的了解是那样少。我费了许多功夫去研究奥拉，研究这个古怪的女人。夜里同我上床时她会开始讲故事，自己或别人的轶事，讲述之中她为我构建出一个全新的世界，在那个世界里，她的一位朋友的房子闻起来是头痛的味道，又比方说，头痛完全可以表现为刺果番荔枝冰淇淋的味道。“我像是跟一个联觉症患者在一起。”我对她说。我从没见过有人拆开礼物之前要先把它凑到鼻子那儿闻上一闻，不管那礼物是一双鞋子，还是一枚戒指，无辜而可怜的戒指。“戒指是什么味儿的？”我问奥拉。“什么味道也没有，真的。不过没办法跟你解释。”

我想我们可以就这样过上一辈子。然而还差五天就到圣诞节时，奥拉将一只红色的旅行箱拖到了我的面前。箱子的滑轮小小的，里面都是口袋。“我怀孕六周了，”奥拉说，“我希望咱们可以一起过节，然后再想想还能干点别的什么。”那些口袋里的其中一个装了只电子闹钟，另一个我以为是放笔的，结果放的是化妆品，还有一个装着奥拉父母的相片，那时他们已经在布宜诺斯艾利斯安顿了下来。奥拉将照片取出，面朝下放在一个床头柜上，直到我对她说“好的，我们一起过节吧，这主意真不错”时，才又将它翻了过来。她随即躺倒在床——那画面在我记忆里十分鲜活，她在我铺好的床铺躺下，闭上眼开始说话。“人们不相信我。”她说。我以为她指的是怀孕的事，便问：“什么人？你都告诉谁了？”“当我提起我父母的时候，”奥拉说，“没有人相信我。”我倚靠在她的身边，两手枕在脑后，听着她讲。“就比如，我说我不明白他们为什么生我，明明他俩在一起就已经足够了，别人都不信。没有我也是一样的，他们自己就够了，真的。你有过这种感受吗？就是你和你的父母在一起，可突然间你显得多余，你成了外人了。我经历过许多次，在我可以独立生活之前，经历过许多次。这很奇怪，你和爸妈待在一块儿，然后他们开始对望，用那种你已经熟悉的眼神，他俩都快要笑死了，你还不晓得他们在笑些什么，更糟糕的是，你认为自己根本就没有权利过问。那种眼神很久之前我就发现，并不是心有灵犀那么简单，要比那多得多，安东尼奥。小时候我见过不止一回，在墨西哥，要么就在智利，不止一回。餐桌上如果有客人跟他们并不投契，却因为什么缘故被邀请了来，或者在大街上，他们撞见有人说了蠢话，我便会提前五秒钟飞快地想到‘眼神来了’，然后不出所料，五秒钟一过，他们就皱起眉头，目光相接，脸上现出除我之外谁都看不出来的微笑。他们用这种方式嘲弄旁人，我从来没有见过还有谁是用这种方式来取笑人的。究竟怎样才能笑得无迹可寻？他们就行，安东尼奥，我发誓不是夸张，我就是在那样的微笑里长大的。为什么这些让我如此讨厌？到了今天还是讨厌，怎么会这样？”

她的话语中并没有伤心难过，有的是气恼，更确切地说，是愤怒。那是一个人被轻忽被慢待被欺骗而产生的愤怒——对，被愚弄的愤怒。“有件事我一直记得，”她说，“十四五岁那年，我们就快要搬去墨西哥。那是个星期五，学校有课，几个对地理还是数学没什么兴趣的朋友拉着我一起逃了学。从一座公园经过的时候，圣劳伦索公园吧，名字不重要，我见到有位先生跟我爸爸长得很像，不过开的车子不一样。他把车停在角落里，向大街上看，然后有一位女士钻进了他的车。她的模样很像我妈，但是衣着不同，我妈妈也没有她那样的红头发。他俩当时在公园的另一边，唯一的选择就是沿着弯道慢慢开过来，再从我们面前经过。我不清楚自己是怎么想的，就打起手势叫他们停车，实在是感觉太像了。他们停了下来，我在人行道上，他们在街上，离近了我马上就知道那就是他们，我的爸爸妈妈。我冲他们笑笑，问他们这是怎么回事，于是可怕的事情发生了：他们盯着我看，仿佛不认识似的跟我讲话，仿佛从没见过我。他们对我就跟对待我的朋友们一样。然后我明白了，原来他们是在玩游戏呢。丈夫在街上跟一个高级妓女约会的游戏。他们是不会容许我去破坏这个游戏的。当天晚上一切照旧：我们在家中吃饭，看电视，所有这些。他们只字不提。我用了几天时间去想到底发生了什么，没能想得清楚，却感受到一些从未感受过的东西，我感到害怕，可我在怕什么呢，这不是很荒唐吗？”她深吸了一口气（嘴唇紧抿着），悄声说：“现在我就要有孩子了。我不知道自己准备好了没，安东尼奥。我不知道自己准备好了没。”

“我想是的。”我对她说。

在我记忆当中，我说这话时也是轻言细语的。跟着还有一句：“都来吧，”我说，“我们准备好了。”就这样聊着聊着，奥拉哭了起来，她的哭声压抑着，却持续了很久，直到睡着方才止歇。

1995年的年末是一副典型的热带草原景象。安第斯山的高地上看得见深蓝的天空，清晨的气温总是降到零下，干燥的空气令马铃薯和菜花这样的作物枯萎凋残，而一天当中其余的时辰都晴朗炎热，阳光是那样明亮，把人的后颈和颧骨都晒得发红了。那段日子里，我对奥拉耐心周到——不，我简直是偏执狂了——青春期少年那种。白天我们在医生的建议下散步，然后睡个长长的午觉（她），批阅糟糕的论文（我），或是在家中看看地下电影，比小广告牌上的发布日期还要提前几天看上（我们俩）。夜晚奥拉陪着我参加我家人或朋友举办的九日祭[1]，我们跳跳舞，喝点无酒精的啤酒，放转花[2]和烟火，扔炮仗，让它们发出轰响，把城市的夜空映得发黄，毕竟漆黑一片总是未算完美的。那时候我从来，从来都

[1] 九日祭，天主教连续九天的祈祷仪式。

[2] 转花，哥伦比亚的一种旋转式烟火。

不曾问过自己，同一时刻里卡多·拉韦德会不会也在九日祭上祈祷，他那儿是不是也有烟火，他是不是也扔过炮仗，放了转花，他一个人做这些，还是有人正陪着他。

九日祭结束后的某天上午，阴云密布的早上，奥拉和我拿到了第一张超声波扫描图像。如果不是做这个检查要等上二十天才能看到胎儿的情况，了解可能存在的风险，奥拉差点就决定不做了。那并不是一个平常的上午，那是一个与往年的 12 月 21 日不尽相同的 12 月 21 日：从一大早开始，电台和报纸纷纷报道美国航空的 965 次班机事件。在前一天的夜里，这架从迈阿密起飞，终点为卡利市阿方索·博尼利亚·阿拉贡国际机场的航班，撞毁在艾尔迪卢比奥山的西坡上。机上乘客有 155 名，他们中的许多人甚至目的地都不是卡利，只是想要换乘最后一班夜间航班到波哥大去。截至报道发出时，幸存者只有四人，并且全部身受重伤，这个数字已经不会增加。还有一些不可忽视的细节——客机是一架 757，并且那个夜晚明净有星，于是所有的电台节目都指向了人为事故。我为这场意外感到痛惜，也对那些翘首期盼与家人共度节日的人，还有那些在飞机座椅上蓦然发觉自己注定无法到达，自己正在度过生命中最后几秒的人抱以最大的同情。然而这种同情是转瞬即逝且漫不经心的，当我们进入那间小室，当奥拉赤裸着上身躺下，当我站在屏幕前接收来自我们女儿的信息时（奥拉莫名地确信这是一个女儿），它便烟消云散了。我们的女儿此刻有七毫米长，非常健康。漆黑的屏幕上有一团亮光，在那游移中的、模糊不清的光亮里的——穿白大褂的女人对我们说——就是我们的女儿了：仿佛是大海当中的小岛，那七毫米的每一个点滴，全都是她。映着屏幕发出的电子光，我看见奥拉笑了起来，那笑容让我十分恐惧，让我此生难忘。随后我见她将一根手指放在了肚皮上，蘸着护士用的蓝色啫喱抹了一会儿，又将手指凑在鼻子底下嗅了嗅，用她的世界的那一套规则将它分出了门类。看着这些让我有种荒唐的满足感，好像在街上捡到一枚硬币一样。

当奥拉做超声波检查时，当我们听到那一声快速的心跳而惊喜万分时，我不曾想到里卡多·拉韦德。后来，当奥拉与我接过医院的那只装有超声波检查报告的白信封，在上面登记母亲的名字时，我不曾想到里卡多·拉韦德。当我在餐厅将检查报告大声念了出来，得知我们的女儿所处的位置是子宫底部，形状是椭圆形，奥拉被这话逗得哈哈大笑饭也吃不下时，我不曾想到里卡多·拉韦德。我在脑子里将熟人中有女儿的爸爸们全部过了一遍，一边思索一个女孩的出生会给人带来哪些可以预见的影响，一边着手想要获取一些忠告和可能的支援，仿佛直觉中我已经意识到，就要降临在自己身上的，将会是一段紧张刺激之至，不可思议之至，出人意表之至的人生历程。而即使在这样的时候，我依然不曾想到里卡多·拉韦德。事实上，在那一天，以及随后的数天当中——也就是世界正缓慢而慵懒地从一年走向另一年的那段日子，虽是即将身为人父的重要时刻，可我脑子里究竟都想了些什么，我现在已经记不清了。我正在迎接一个女儿，以二十六岁的年纪去迎接一个女儿。年轻的我在头晕目眩之际唯一能够想到的便是我的父亲，他在我的年纪已有了我和妹妹，而那之前我们的父母还经历过一次流产。当时的我并不知道，旧时的一位波兰小说家在很久以前就曾讲过关于“阴影线”的种种，那是一个令年轻男人成为他自己人生主宰的瞬间。[1]然而，当我的女儿在奥拉的肚子里渐渐长大时，我真切地体会到了阴影线的存在：我预感她即将化作一个全新的、未知的生命，

[1] 此处应指波兰裔英国小说家约瑟夫·康拉德（Joseph Conrad, 1857—1924）的小说《阴影线》（*The Shadow Line*, 1917）。作品以年轻人的自我意识觉醒为主题。

她的脸孔还无从辨识，她的能力不可限量。我同时也预感这质变一旦发生，就不可逆转。或者换一种不那么神乎其神的说法：我感到某种极度重要，同时又极度脆弱的存在已经作为我的责任降临，而我无缘无故地知道，自己的能力刚好足以应对这次的挑战。如今的我并不意外，对于那段日子里现实世界当中发生的事情，我甚至都没有一个模糊的概念，我的记忆是那样随心所欲，不管怎样的大事要事，只要跟奥拉的身孕没有关系，都一概被我摒弃了。

12 月 31 日，去参加新年聚会的路上，奥拉一直都在研究人名表。那是一页黄纸，印着红色的横线，两边留着绿色的空白，上面已经尽是勾勾抹抹，批注写得到处都是。我们习惯了将它带在身边，需要消磨时间的时候——银行排队，大厅等位，波哥大出了名的堵车当中，当其他人在看杂志，或者臆想别人的生活，又或者臆想自己的生活有更好的版本时，就将它拿出来看看。那长长的候选名单里面，幸存者已经寥寥无几，它们每一个旁边都写上了未来母亲的注释，或者说是挑剔。

马尔蒂娜（可这是网球运动员的名字）

卡尔罗塔（可这是女王的名字）

我们顺着公路向北开，从100号街的天桥底下穿过。前方出了事故，交通几乎完全瘫痪了。不过并没有什么能影响奥拉，她依然沉浸在给女儿取名这件事当中。救护车的警报声在某处响起，我瞄了后视镜一眼，想找找开道的红色旋转灯在哪个位置，不过什么也没有发现。就在这个时候，奥拉对我说：

“莱蒂西亚怎么样？我觉得这像是我的一个曾祖母或什么人的名字。”

我将这名字重复了一两遍，它有长长的元音，脆弱与坚定相互交织的辅音。

“莱蒂西亚。”我说，“是啊，我也觉得很好。”

就这样，新年的第一个工作日里，当我来到14号街的台球室，跟里卡多·拉韦德相遇的时候，我已经变了一个人。我清楚地记得，当时的自己内心被一种情感充盈着：我同情拉韦德和他的太太，埃莱娜·弗里茨女士，我有一种强烈的愿望，强烈到自己始料未及，我希望他们在节日里的会面已经有了最好的结果。拉韦德那边的球局已经开始，于是我去另一桌加入了另一伙人，也玩了起来。他并没有看我，表现得仿佛前些日子的那次见面并不存在似的。那天下午，某个瞬间我曾以为其他的客人会渐渐散去，仿佛抢椅子游戏那样人越来越少，而我们则会像平常那样留下。我会与里卡多·拉韦德碰上，我们一块儿打一会儿球，然后顺水推舟地将圣诞之前的那场谈话继续下去。可事实并非如此。我看着他打完了球，将球杆交还给柜台，看着他向出口走去，却又反悔，继而朝我这张球桌走了过来。当时我才刚刚打完了一杆。同我打招呼时他一头汗水，满脸疲惫，除此之外并没什么令人担心的表现。“新年快乐。”远远地他对我说，“节日过得可还好？”他并没有让我回答，抑或说他用某种方式打断了我的回答——或许是语气，或许是表情，总之让我感到他这一问不过是种客套，是波哥大人那一套假大空之中的一种，本就没指望一个真诚坦率的答案。拉韦德从口袋里掏出一盒黑色的磁带，样子十分陈旧了，上面唯一的标识是一张橙色的标签，写着 BASF 几个字母。他拿磁带给我时胳膊肘是夹着的，跟身体贴得很近，一副出售不法商品的模样，好像是在广场上贩卖祖母绿，又或者正向刑事法官出示毒品。

“喂，亚马拉，我得听听这个，”他对我说，“你知道谁能借个机器给我用用吗？”

“堂·何塞没有录音机吗？”

“没，他什么都没有，”他说，“而且我很急。”他在磁带的塑料壳上轻敲了两下：“而且还是私人内容。”

“哦，”我说，“两个街区之外倒有个地方，去问一下也无妨。”

我想到的是地方是“诗歌之家”，那是诗人何塞·亚松森·席尔瓦[1]的旧居，如今已经成了一个文化中心，举办读书会和工作坊。我是那儿的常客。诗歌之家有间大厅，在波哥大是个独一无二的所在：在那里，无论什么样的文学爱好者都可以坐在松软的皮沙发上，伴着还算现代化的音响设备，听录音直到听厌了为止。录音的内容全都耳熟能详：博尔赫斯朗诵的博尔赫斯，加西亚·马尔克斯朗诵的加西亚·马尔克斯，莱昂·德·格雷夫朗诵的莱昂·德·格雷夫。那段日子里，席尔瓦和他的诗歌正被所有人争相传诵，那是1996年，关于

[1] 何塞·亚松森·席尔瓦（José Asunción Silva, 1865—1896），哥伦比亚诗人。下文的《夜曲》（*Nocturno*）是他的作品。

他自杀身亡一百周年的纪念活动已经开始了。“今年，”，我曾在一位著名记者的专栏读到这样的句子，“整座城市都在为他建造塑像，所有政客开口闭口全是他的名字，人们纷纷诵读《夜曲》，全世界将鲜花献去了诗歌之家。而席尔瓦，他仍旧是他，他只是觉得奇怪：这个社会怎么如此假道学，曾经对他百般羞辱，曾经无所不用其极地对他指指戳戳，为何如今又将他当作一国首脑似的百般崇敬爱戴起来？我们这个国家的统治阶级，一贯装腔作势谎话连篇，喜爱将文化据为己有。现在席尔瓦也在劫难逃了：他的身后之名就要被他们收入囊中。而他那些真正的读者呢，这一整年里他们就只有不断地追问，这都是些什么该死的东西，怎么就不能让他清静清静呢。”我之所以选择将拉韦德带去诗歌之家，而不是别的什么地方，也许正是因为这篇文章已经被我印在了脑子里（在头脑深处、最深处的某个黑暗的角落，那盛着无用之物的隐秘之处）。

我们穿过了两个街区，一路无话，只是盯着人行道上残破的水泥砖，或是望向远方耸立的翠绿山丘。山丘覆盖着桉树，插着电线杆，好像毒蜥一片片的鳞。我们来到了入口，顺着石阶爬上了楼，拉韦德示意我先进去：他从未到过这样的地方，因此就像一头身处险境的野兽，表现得惊惧多疑。那间带沙发的大厅里有两名中学生，一对少年情侣正听着同一卷录音，每隔一会儿便对望一眼，相视而笑，笑得有些下流。还有个穿西装打领带的男人，将一只褪了色的皮质手提箱搁在腿上，正不要脸地打着呼噜。我把情况跟女负责人说了说，那女人一望便知惯常是作异国风情打扮的，她用中国人般的狭长眼睛将我探究一番，似是认出了我，又似将我认作了某个常来的客人，于是伸出了手。

"那就拿来吧，"她冷淡地说，"二位想播的东西。"

拉韦德将磁带递给她时，活像是在缴械投降。他指头上的蓝色印子十分显眼，那是台球室的白垩粉留下的污迹。他走去坐在那女人指给他的扶手椅上，我从未见过他如此恭顺的样子。他戴上耳机，靠着椅背，闭起了眼睛。等他的时候我想找些东西打发时间，尽管可以选择任何一盘磁带，结果我还是将手伸向了席尔瓦的诗歌（大概是因为周年纪念，我也难以免俗）。我在自己的椅子上坐下，戴上自己的耳机，让自己陷入一种距离现实生活忽远忽近的状态，一种存在于另一维度的状态。而当《夜曲》响起，当某个我不熟悉的声音——它来自一名音乐剧男中音——将诗歌的第一句，所有哥伦比亚人都曾高声朗读过的那行诗句，念诵出来的时候，我发现里卡多·拉韦德正在哭泣。“一个弥漫着芬芳的夜晚。”男中音在钢琴伴奏的背景音乐中念诵着，而里卡多·拉韦德就在几步之遥处，他不曾听见我耳中的诗句，他以手遮眼，跟着用整个衣袖掩住了脸。“满载着呓语和翅膀的乐音。”里卡多·拉韦德的肩膀抽动起来，他垂下头去，两手如祈祷般紧扣着。“而你的影子，纤美又憔悴，”席尔瓦借了音乐剧男中音的嗓音诉说着，“而我的影子，在那月亮的光芒之下。”我不知该不该看着拉韦德，不知道是该让他一个人沉浸在痛苦当中，还是过去问问出什么事了才好。印象中我曾想过，至少我可以将耳机摘下，这好歹也算一个在自己和拉韦德之间营造空间的办法，一个请他过来交谈的信号。可我还是做了相反的决定，我选择沉默地躲在录音带中自保，席尔瓦诗中的忧郁令我伤感，却不至于使我担上什么风险。我感到拉韦德的悲哀之中满是危机，那其中的内容叫我害怕，可我的直觉又不足以弄清到底发生了什么。我并没想起拉韦德一直在等的那个女人，并没有想起她的名字，我没能将事情同艾尔迪卢比奥山的事故联系在一起。我只是待在那里不动，坐着我的椅子，戴着我的耳机，尽量不去打搅里卡多·拉韦德的悲伤。我甚至闭起了眼睛，我不愿自己冒失的目光惊扰了他，我想让他在这个公共场所多少获得一点私密的空间。在我脑海当中，仅仅是在我的脑海当中，席尔瓦正念着“成一道孤影长”。我空寂的世界被男中音的嗓音，被席尔瓦的辞藻，以及缭绕的落寞琴声充盈着，时间在记忆里被拉得很长。那些听过诗的人都知道这是怎么回事，诗句仿佛节拍器般为时间标注了节点，时间因此变得漫长，变得分散，恍如梦境里的时间，令人感到茫然。

当我睁开眼时，拉韦德已经不见了。

“他去哪儿了？”我戴着耳机便问。自己的声音远远地传来，我犯傻地将耳机摘下又问了一遍，就好像刚才那一次女负责人没有听见似的。

“谁？”她说。

“我朋友。”我答道，我第一次将这个词用在他的身上，随即感到别扭，不，拉韦德并不是我的朋友，“之前坐在那儿的人。”

“啊，不晓得，他又没讲。”女负责人说完便转身去查看音响器材，然后似是觉得我在有意挑衅，又不放心地补充了一句：“还有啊，磁带我已经还给他了，您可以自己问他。”

于是我出了大厅，飞快地在这栋房子里兜了一圈。这是何塞·亚松森·席尔瓦度过他生平最后光景的地方。住宅正中有一处明亮的庭院，四围是回廊，长形的玻璃窗将庭院和回廊分隔开来，这在诗人的时代尚不存在，如今则为游客作避雨之用，我的脚步就回荡在这寂静的回廊里。拉韦德不在图书馆中，木长凳上也没有，报告厅里也没有。他该是已经离开了。于是我朝房子的那道窄门走去，经过一名身穿棕色制服的警卫（他歪戴着帽子，看起来很像电影里的那种寻衅滋事之徒），经过那间一百年前诗人朝自己胸口开了一枪的房间。当我走到14号街时，我看见太阳已在第七大道的楼宇之后隐匿，我看见黄色的街灯正羞怯地亮起，我看见了拉韦德，他低垂的脑袋和长长的外衣，他就走在离我两个街区远的地方，已经接近台球室了。“成一道孤影长”，莫名地，这行诗句浮现在我的脑海。也正是这个时候，我发现有辆一直安静地停在人行道上的摩托车正在蠢蠢欲动。我并不是十分确定，因为骑车的两人动作相当不易察觉：后座的那个双脚缓缓踩上了踏板，一只手慢慢地缩进了外套里面。他们理所当然都戴了头盔，护镜理所当然都是深色，仿佛一颗硕大的脑袋，当中有只方形的大眼睛。

我高喊了一声拉韦德，并不是知晓在他身上即将有事发生，也不是想要向他示警：那一刻我唯一的目的就只有追上他，问他是否还好，有什么是我可以帮忙的。可他并没有听到。于是我迈开大步，在狭窄的人行道上左冲右撞，有时嫌行人阻挡，甚至会走下两拃高的人行道跑上汽车道去。“成一道孤影长”，不知不觉中我又想起了它，或者更确切地说，这诗句就像一个单调而有节奏的声响，令人无法摆脱，因而只得忍受。在第四大道的拐角处，夜晚拥挤的车流正缓缓行进着，一辆接一辆的车子排成长龙，向着希梅内斯大街的出口驶去。我瞅准一个空当，抢在一辆绿色小巴前面冲过了马路。小巴的车灯刚刚亮起，它令街上的尘埃、排气管的烟雾，以及才落下的雨丝都变得鲜活起来。我想着该避一避雨了，却在这一刻赶上了拉韦德，抑或说我与他已经那样接近，近到看得清雨水正在打湿他的肩头。“一切都会好的。”我说。真是蠢话啊，我根本不懂何为“一切”，更不晓得它能否变好。里卡多望着我，他的脸因痛苦而扭曲变形。“埃莱娜就在那上面。”他对我说。“哪儿？”我问。“飞机。”他回答。有那么一个短暂的瞬间，我惶惑地以为奥拉有一个名字就叫作埃莱娜，或者说我想象中的埃莱娜长了一张奥拉的脸，有着奥拉怀孕的身体。那一刻我体会到了一种前所未有的情绪，并不是害怕，它还算不上，然而已经十分接近了。跟着我便看见那辆摩托车像马一样弓背跃起，跳下马路，我看见它加速，像个问路的游人似的向我们靠近，而就在我抓住拉韦德的胳膊，就在我的手在他臂弯处紧紧拽住他衣袖的刹那，我看见两个没有面孔的人头直冲向我们，看见一支手枪仿似金属假肢般敏捷地伸长，我看见两团火光，我听见爆炸声，我感到空气一阵剧烈的翻腾。我还记得我赶在身体骤然一沉之前抬手护住了自己。我的双腿再无力支撑。拉韦德摔倒在地，我也并着他一同倒下，两具身体倒下得无声无息。随后人们惊叫起来，我的耳中开始嗡嗡响个不停。有人走到拉韦德身边企图将他的躯体抬起，而我惊奇地发现，居然也有人走来对我做着相同的事。“我好着呢，”我说，我记得自己是这样讲的，“我什么事也没有。”我躺在地上，看见有人冲向了汽车道，遭逢海难似的挥舞手臂，截住了一辆拐角驶来的白色皮卡车。我念着里卡多的名字，一次，两次。我察觉腹部有一股热流，以为自己刚刚小便失禁，旋即发现并不是尿液浸透了我的灰色上衣。很快我便失去了意识，却还保留着在那之前最后的记忆：我的身体被抬到了半空，人们奋力将我举上车子的后厢，摆放在拉韦德的身边。我们仿佛一个影子紧挨着另一个影子，在车身上留下血迹，在那一刻暗淡的光线里，这摊血仿佛夜空一样黑。

II

永不属于我的死者

尽管意识不清，但我知道那颗击穿我腹部的子弹并未伤及内脏，它损坏了神经与肌腱，最终嵌入胯骨，差点打中了脊柱。我知道自己失血颇多，虽是所谓的大众血型，但不晓得是当年圣何塞医院的储备不足，抑或苦难的波哥大社会对此的需求实在太多，总之为了救我一命，父亲与妹妹都不得不来献血。我知道自己运气不错。每个人逮到机会都要跟我念叨一番，但其实我自己明白，本能地明白。幸运，记忆中这是我清醒之后首先意识到的。至于待在外科那三天的光景，我已经记不起来了，它们消失得无影无踪，被间或注射的麻醉剂全然阻隔。我记不起那些幻觉，但确信它们曾经真实地出现过；我记不起身体剧烈的颤抖曾令我从床上摔了下去，记不起为免此事再度发生他们曾将我绑缚在了床上，然而那种强烈的幽闭恐惧，意识里那一份可怕的脆弱却是异常的清晰。我还记得我发起烧来，夜里淋漓的汗水将我全身浸得透湿，结果护士们不得不赶来将床单换掉。我记得拔掉呼吸管时他们伤到了我的喉咙，弄破了我干裂的唇角。我记得自己在叫喊时发出的声音，我也知道——尽管已经记不起来，我的叫声为同处一层的其他患者平添了痛苦。于是，在病人和家属的抱怨声中，护士最终为我换了房间，也正是在这间新病房里，我的神志恢复了短暂的清明，我询问了里卡多·拉韦德的情况，随即得知（记不清是从谁的口中），他已经死了。我不认为自己曾为此感到难过，确切地说，我弄不清自己是否难过。我不明白究竟是这消息带来了悲伤，还是那疼痛使得我掉泪。我只知道，当时的自己正被活下去这件事情全盘占据，眼见人们围绕在我身边，肆无忌惮地议论我的境况是如何凶险，我不可能过多地去想死去的旁人。然而无论如何，我记得自己并没有将发生在自己身上的一切归咎于他。

我是后来才这么做的。我诅咒里卡多·拉韦德，诅咒我们相识的那一刻，脑子里总是闪现他得对我的不幸直接负责的念头。我很高兴他已经死了：作为令我受罪的报应，他痛苦的死亡是我所乐见的。我的意识时断时续，在一片混沌当中，以只言片语回答着父母的问题。你在台球室跟他认识的？对。你不晓得他是做什么的，不晓得他给卷进那些怪事里了？不。他们为什么杀他？不知道。他们为什么杀他，安东尼奥？不知道，不知道。安东尼奥，他们为什么杀他？不知道不知道不知道。问题被坚持不懈地重复着，而我的答案始终如一。于是很快便清楚了，这问题其实并不需要答案，它更多只是一种埋怨罢了。而就在拉韦德被枪击的同一个晚上，另有十六起凶杀案在这座城市的不同角落，以不同的方式发生了。给我留下印象的有内弗利塔·古铁雷斯一案——出租车司机，遭人用扳手殴打致死；以及哈伊洛·阿莱杭德罗·尼诺一案——汽车修理工，在西边的荒地里被砍了九刀。再有便是拉韦德了。倘若奢侈地认为自己是有资格得到一个答案的，那我们也未免太不知道天高地厚了。“可他做了什么让人想要杀他？”父亲问我。

“不知道，”我说，“他什么也没做过。”

“一定还是有点什么。”他对我说。

“现在还提这个干吗。”母亲说。

“也是啊，”父亲便道，“还提这个干吗。”

当我渐渐开始下床走动，对拉韦德的恨意便让位给对自己身体的仇视——我憎恨我的身体所感知的一切。随后，这份以自己为目标的愤懑又转化成对他人的厌恶，我不愿见任何人，我把家人从医院赶走，并且禁止他们再来看我，除非我的情况有所好转。“可我们担心你啊，”母亲说，“我们想要照顾你。”“可我不想。我不想让你照顾，不想让任何人照顾。我只想你们走开。”“那你有什么需要该怎么办呢？我们原本能帮帮你，结果却不在你跟前？”“我什么都不要。我要的只是一个人待着。我只想一个人。”我想寻求清静。刹那间我记起了莱昂·德·格雷夫的诗句，他是我在席尔瓦旧居常听的另一位诗人。（诗歌总在意想不到的时刻催逼着我们。）“我想品尝静默，陪伴无法将我治愈。”就让我一个人吧。是了，这便是我对父母说的：就让我一个人吧。

一位医生来为我讲解我手中触发器的使用方法：当疼得厉害时，他告诉我，把按钮按一下，一剂吗啡便会通过静脉以最快的速度替我减轻痛楚。不过它的用量是有限制的。头一天才过去三分之一时，当日的吗啡剂量便已被我挥霍殆尽（我把按钮按得好像小孩子在打游戏机），于是接下来的数个钟头成了我记忆当中最接近地狱的光景。在疼痛与吗啡炮制的幻觉之中，我度过了养伤的那段时日。我仿佛是故事里的囚徒，随时都会感到疼痛，痛得毫无规律可言。每每睁眼便会置身诡异的场景，最离奇的是那些场景从未令我感到丝毫熟悉，而总仿佛是初见似的。在某一个我无从确认的时刻，奥拉出现在了这场景当中，我一睁眼便见到她坐在棕色沙发上的身影，凝望我的眼光含着真诚的同情。这是一种新奇的体验（其新奇之处就在于意识到有个女人正注视着我、照顾着我，而她同时也正盼望着我女儿的出生）。不过那一刻的我，并不曾想到这些吧。

夜晚。我记得那些夜晚。对黑暗的恐惧在我住院的最后日子里袭来，一年之后方肯退却：每到下午六点半，波哥大的黑夜骤然降临的时刻，我的心脏便开始剧烈地跳动——起初得数名医生费尽唇舌才能使我相信，我并不是即刻便会死于梗死。波哥大的漫漫长夜总是超过十一个钟头，不分时节季候，不管不顾地使害怕它的人内心承受着煎熬。在医院时，这样的夜晚也令我不堪忍受。医院的夜晚有它自己的记号：灯火通明的白色走廊，透进白色病房的昏暗的霓虹灯光。而我的房间是绝对的黑暗——街上的灯光够不上我的第十层。我害怕一睁眼就会变成瞎子，仅仅是这样的想象便逼得我得开着灯入睡，就好像小时候那样。奥拉适应这种有光的夜晚比我预期中要好。她有时会试着戴上飞机上赠送的眼罩，可以制造私人黑暗空间的那种；要么就认命地打开电视看看广告节目，在可以切各种水果的机器和能帮身体减脂的润肤膏上寻些乐子。当然，她自己的身体也正发生着变化：一个名叫莱蒂西亚的小女孩正在她的体内长大，我却没有能力将她应得的关注给她。不止一个夜晚我在荒唐的噩梦中惊醒：我回到了父母家居住，这次带着奥拉，突然间煤气炉发生爆炸，全家就要死了，我虽然对此已有察觉，却还是什么也做不成。于是无论几点我都要给家里打个电话，仅仅是为了确认现实当中并没有任何事情发生，确认梦依然只是个梦。奥拉试图令我平静下来。她一直注视着我，我能够感受到她的注视。“没什么。”我对她说。只有天快亮时我才能睡上几个钟头，我蜷缩着，像一条被烟花炮仗吓坏了的狗。我问自己梦里为什么没有莱蒂西亚，莱蒂西亚做了什么，令她在梦中遭受了驱逐。

在我记忆之中，接下来的几个月是一段巨大的恐惧和细小的不便交织的光景。在大街上我会突然感到自己正在被人监视。枪击造成的身体损伤令我不得不用起了拐杖。左腿出现了前所未有的痛感，那是一种类似阑尾炎即将发作的感受。医生们向我解释神经生长是如何缓慢，以及恢复自主能力尚需多少时日，我虽然在听，却总也听不明白，抑或说，不明白他们讲的是我。另外某处，在相距很远的地方，我的女人正为着一件完全不同的事情思忖着另一群医生的建议，她在吃补充叶酸的药片，并且注射肾上腺皮质激素针剂，为的是促进胎儿的肺部发育（奥拉的家族有早产的遗传史）。她的肚子正发生着变化，可我却并未留意。她将我的手放在隆起的肚皮侧边："那儿，就是那儿。感觉到了吗？""感觉什么？"我问。"我也说不清，像是一只蝴蝶，像是小小的翅膀在皮肤上擦过。不晓得你明不明白我在说些什么。"我告诉她是的，告诉她我完全明白，尽管这是彻头彻尾的谎言。

我感觉不到任何东西，我心不在焉。恐惧令我心不在焉：我想象着凶手们的脸孔，就藏在护镜的后面；枪击时的轰响，持久的呼啸震得我鼓膜生疼；突然涌出的鲜血。甚至直到而今，这样写着的时候我依然能够回想起那些细节，即使那冰冷的恐惧已经不在我的体内。最初的症状出现以后，接待我的那位治疗专家用他那不可思议的语言将这恐惧称作"创伤后压力症"，据他所说，这跟之前炸弹肆虐的年代对我们造成的摧残有着莫大的关联。“因此，假使您的私密生活有什么问题，无须担心，”那男人告诉我（瞧他的用词，“私密生活”）。对此我无话可说。“身体正同某种严肃的事物进行着斗争，”医生继续道，“它须得全神贯注，剔除掉那些不必要的东西。而力比多就是最先出局的，您明白我的意思吗？所以啊，用不着担心。一切机能障碍都是正常的。”我依然没有作答。机能障碍：这用语让我觉得丑陋不堪，它的发音令我感到唐突，它使空气变得污浊，我想我不会把这件事情讲给奥拉。那医生仍在喋喋不休，没有什么法子能把他的嘴巴堵上。他告诉我，恐惧是我这一辈的波哥大人最为常见的症状。他还说，我的情况并不特别：兴许它会过去的，就像曾经造访他诊所的所有人那样。他把这一切说给我听。可他一直没弄清楚的是，我对这种理性的解释根本不感兴趣，更别提他说的那些关于严重心悸的统计学观点，以及在另一些情境下突然出汗会多滑稽，我想要的是可以让不正常的流汗和心悸消失的魔咒，是能够令我重新顺利入睡的祷文。

我习惯了夜行动物般的作息：每当被某种声响，抑或被某种声响的错觉驱赶了睡梦（同时听凭着腿上痛觉的摆布），我便摸出手杖，走去客厅，在躺椅上坐下，就这样注视着夜晚在波哥大的山丘间流动，注视着天空明净时飞机上红红绿绿的灯光，注视着露珠在窗户上凝结，在降温的黎明好似一道白色的影子。然而如此的错乱不堪并不是夜间的专利，清醒时也是一样。拉韦德的事情已经过去好几个月，可我仍旧受不得排气管的声响，受不得大力关门的声响，甚至一本厚书以特定的方式跌落在特定的地面都会令我陷入焦虑和妄想。在任何时候，不需要什么明确的因由，我可能突然间伤心落泪。哭泣毫无预兆地降临在我身上：在餐桌上，在父母和奥拉面前，甚至是在朋友的聚会上。而“自己有病”的觉悟又与羞耻感紧密相连。起初，总会有人过来给我一个拥抱，总会有些安抚小孩子的劝慰：“都过去啦，安东尼奥，过去啦。”然而时间一长，人们，我身边的人们习惯了我突如其来的哭泣，于是劝慰的话语止歇了，拥抱消失了，更深的羞耻感便随之而来——显而易见，我不仅让他们心生怜悯，同时也让他们觉得荒唐了。而在生人面前，在对我全无情谊和悲悯的人们面前，情况就更坏了。康复后的最初那几堂课上，一次有个学生向我询问冯·耶林[1]的理论。“司法，”我讲道，“是

[1] 冯·耶林（Rudolf von Jhering, 1818—1892），德国法学家，缔约过失责任理论的创始人。

由双重的基础演化而来：个人为了保障权利进行的斗争，以及国家为了强制推行必要的秩序而进行的斗争。”“既然如此，”那个学生问，“那我们可不可以说，如果某人感到受了威胁或侵犯时做出了反应，他就是法律真正的缔造者？”我随即打算给他讲讲从前那个一切法律都包含在宗教当中的年代，那个伦理道德和卫生学，公和私的差别都还不存在的遥远的年代。可我没能做到。我用领带蒙住了双眼，哭了起来。讨论中止了。散场的时候我听见一个学生说：“可怜的家伙。他这是走不出来了。”

那不是我最后一次听到这样的论断。某天夜里奥拉回来得很晚，她去和女伴们聚会了，这样的聚会在我的城市有个英文名字，叫作 shower，意思是礼物像下雨一样送给准妈妈。她进门时小心翼翼，显然是怕惊扰我的睡眠，结果却发现我正点灯熬油地做着笔记——关于那位使我陷入危机的冯·耶林。“怎么不去睡？”她问，而那实际上并不是一个问题。“我在工作，”我说，“做完就睡。”我记得她随即脱下了薄大衣（不，不是大衣，算是风衣吧），将它搭在藤椅的靠背上，然后倚着门框，一手托着巨大的腹部，另一只手抚了抚头发，一副不自然的情态，全然是有话要说却不愿开口、企盼着有什么奇迹发生好能让她松一口气的样子。“别人在议论我们。”奥拉说。

“谁？”

“学校里的。我不清楚，那些人，学生们。”

“老师呢？”

“不知道。至少是学生们。上床吧，我告诉你。”

“现在不行，”我说，“明天吧。现在我得工作。”

“十二点多了。”奥拉说，“我们两个都累了。你累了。”

“我有工作。我要备课。”

“可是你累了。而且你都不睡觉，不睡觉对备课没有好处。”她顿了顿，在饭厅的黄色灯光下望了望我，问：“今天你没出去，对吗？”

我没有回答。

“你也没洗澡，”她又道，“一整天没换衣服，一整天缩在这儿。别人说那次的意外让你改变了，安东尼奥，我告诉他们你当然变了，又不是傻子怎么会不变呢。可我不喜欢我所见到的这些，如果你愿意让我对你讲真话。”

“那你不如别说，”我冲她嚷道，“又没人求你。”

谈话原本可以到此为止的，然而奥拉像是意识到了什么，我在她的脸上发现了人们在意识到什么的时候全部的表情波动。于是她突兀地问:“你是在等我吗?”

这一次我依旧没有回答。“你在等我回来?”她并未善罢甘休,“你担心了是吗?”

“我在担心我的课。”我一边说一边看着她的眼睛,“似乎现在连这也不可以了。”

“你在担心,”她说,“你是因为这个才不去睡的。”她继续道,“安东尼奥,波哥大不是战争中的城市。这里并没有子弹横飞。并不是我们大家都会遇到同样的事。”

你什么都不明白,我想告诉她,你是在别的地方长大的。我还想告诉她,我们之间没有共同的土壤,因此你没办法理解这些,没人跟你解释得清,我也不能。然而这些话在我的口中却并没有成形。

“没有谁能确信不会有事情落在我们头上。”说出来的话变作另外的样子。我惊讶于自己口气的粗暴,提高嗓门并不是我的本意。“没人担心你不回来。没人觉着你会被炸弹砸中,比如三只象百货公司的炸弹,或是 DAS 大楼的炸弹,你又不在 DAS 上班,再或者 93 购物中心的炸弹,你从不上那儿去买东西。而且那个年代也已经过去了,不是吗?因此没人认为在你身上会发生那样的事，奥拉，我们原本会倒大霉的，对不对？然而我们并没有倒大霉，对不对？”

“你别这样，”奥拉说，“我……”

“我正在备课，”我打断了她，“恳请你尊重我让我把这事儿干完，这很过分吗？恳请你不要凌晨两点跑来跟我废话连篇，恳请你去睡觉，恳请你别烦我，让我把这糟心事儿搞完可以吗？”

我记得当时她并没有即刻回房，而是先往厨房去了。我听见冰箱打开又关上，接着是一扇门，是碗橱那种轻轻一推就能自己关上的柜门。在这一系列家居活动的声响里（奥拉的踪迹便藏匿其中，凭此可以一一分辨），有种令人生厌的熟悉，一份惹人气恼的亲密，仿佛奥拉并不是接连好几个星期照料着我，监督着我恢复健康，而是未经任何授权便侵犯了我的空间似的。我看见她从厨房出来，手上拿了一个杯子：一杯深色的液体，那是一种她喜欢的汽水，而不是我喜欢的。“知道她多重了吗？”她问我。

“谁？”

“莱蒂西亚，”她说，“我这儿有检查结果，婴儿很大。要是一星期之内不生下来，就得安排剖宫产手术了。”

“一星期之内。”我说。

“检查结果挺好的。”奥拉说。

“那太好了。”我说。

“你不想知道她多重吗？”她问我。

“谁？”我说。

我记得她静静地站在客厅当中，一个与厨房门口和走廊的门槛距离相等的位置，一处与外界隔绝的无人岛。“安东尼奥，”她说，“担心并没什么不好的。可你的忧虑已经是病态了。你得了忧虑的病。所以现在该担心的是我了。”她将才喝了一点的汽水搁在饭厅的桌上，把自己关进了浴室。我听见她打开水阀，一段时间之后水盛满了浴缸，我想象她一边流泪一边做着这些，用流水掩盖着抽泣的声音。又过了好长时间，当我去睡觉时奥拉还待在浴缸里，在那儿她的肚子不再是负担，那是一个没有重量的幸福世界。我没有等她，自己去睡了，第二天我走的时候，她仍然睡着。坦白地讲，我想事实上奥拉并不是还没醒来，她只是假装而已，为的是无须同我道别。我想在那一刻，我的女人是恨我的。我被一种类似于恐惧的情感攫住，我想，她的恨意是不无道理的。

七点差几分时，我来到了学校。我的眼睛和肩膀带着夜晚的沉重，夜里睡得太少了。我的习惯是在学生们上课的大厅外面等候，倚在古旧回廊的石栏杆上，等人差不多到齐了再进去。而那个早上，也许是因为腰酸，也许是觉着坐下来时手杖就会没那么显眼，我决定到里面坐着去等。结果我甚至都没走近自己的椅子：黑板上的一幅图画吸引了我的注意，我偏过头去，正对上两个姿态猥琐的简笔画小人。男的那个阴茎好像手臂般长，女的那个没有五官，只是一个粉笔画成的圆圈长出了长头发。图画的下方用印刷体写着说明：

亚马拉老师将她介绍给了法律。[1]

我感到晕眩，但确信并没有被人察觉。“谁干的？”我大声地问，记不起话说出来是否真如期待中那般响亮。从学生们的脸上看不出任何信息：所有内容已被清空，他们只是一些粉笔画成的圆圈，就好像黑板上的那个女人。我向楼梯走去，以我那一瘸一拐的双腿所能允许的最大速度。当我走下

---

[1] 此处原文为：“El professor Yammara la introduce al derecho”。其中 introduce 有“介绍”和“插入”的双关意思。

台阶，经过智者卡尔达斯[1]的画像时，我已经完全无法自控。卡尔达斯，我们独立运动的显要人物，他的画像说明里写着，在通往断头台的路上，他走下台阶，弯腰拾起了一段木炭。刽子手们看见他在石灰墙上画下一个被直线穿过的椭圆：一个被切开的、长长的、黑色的圆。走过这段亦真亦幻、荒唐无稽，而且显然不足凭信的说明时，我心脏颤动不已，双手苍白、汗湿，死命地抓牢拐杖的手柄。领带折磨着我的脖子。离开学校，我继续步行，我毫无意识地穿街过巷，听凭行人擦过我的衣角，直到两只胳膊感到生疼。在桑坦德公园的北角，一个常常在那儿徘徊的小丑跟上了我，他学着我艰难行走的样子，模仿我笨拙的步态，连我的喘息也不曾放过。他穿了整套的黑西装，上面缝着布包扣，除了把脸涂得煞白，没有化其他颜色的妆。他的双臂在空中挥动的样子是如此天才，就连我自己都仿佛忽然之间看到了他并不存在的拐杖。也正是那个时候，当那个失败的好演员将我嘲弄，在行人中搅起笑声的时候，我头一次想到，我的人生正在跌成碎片，

[1] 卡尔达斯（Francisco José de Caldas，1768—1816），哥伦比亚律师、军事工程师、数学家、地理学家、发明家等，也是哥伦比亚独立斗争的先驱。

而莱蒂西亚，这无辜的孩子，她给自己挑了一个不能更坏的时机来到这人世上。

莱蒂西亚生在一个八月的上午。我们在诊所待了整晚，奥拉准备接受外科手术。房间里有种迎接新生的气氛——奥拉在床上，我在陪护的沙发上——而在另一个时间、另一间房间里面，却发生了与此相反的可怖的事件。当护士们来接奥拉时，她已在麻药的作用下昏昏欲睡，她和我说的最后一句话是："我觉得那只手套是O. J. 辛普森[1]的。"我原本希望可以握住她的手，扔掉拐杖握住她的手，同她说话，然而她已经失去了知觉。我伴着她来到走廊，上了电梯，护士们都说别着急，爸爸，一切都会很好的。我想问这些女人有什么权利把我称作爸爸，而且还把她们的想法加诸我的未来。随后我们来到了手术室的那扇大门前，我被安置在等候室里，确切地说那是一个过道，有三把椅子和一张桌子，上面搁着杂志。我把拐杖靠着墙角放下，墙上有一张相片，确切地说是一幅招贴画，上面画了个粉嫩的宝宝，笑着，没长牙，怀抱

---

[1] O. J. 辛普森（Q. J. Simpson，1947— ），美国橄榄球运动员。1995年被控谋杀前妻及其好友，因证据存在漏洞，后获判无罪。手套是此案的重要证物之一。

着一株向日葵，衬着蓝天的背景。我翻开一本旧杂志，试图用填字游戏放松一下心情：谷物脱粒的地方。俄南的兄长。行为迟缓的人，特别是在需要隐瞒时。可我能想到的就只有躺在里面的那个女人，一把外科手术刀正将她的皮肉划开，我想到那些戴着手套的手正探进她的身体，要从那儿取出我的孩子。小心啊，那些手，我想，动作要灵巧啊，别碰了不该碰的。别让它们伤到你，莱蒂西亚，你别怕，这没什么好怕的。一个年轻男人从里面出来了，我正站着，他连口罩也没摘便对我说："您的两位公主此刻好极了。"我不晓得自己是什么时候站起来的，这会儿感到腿疼，便又坐下了。我难为情地用双手捂住了脸，没人愿意将自己的哭泣展览出来。行为迟缓的人，我想着，特别是在需要隐瞒时。那次之后，当我看到莱蒂西亚身处一方蓝色的、半透明的水池中时，当我终于见到她严严实实地裹在白毯子里熟睡，远远望去那色调竟显得温暖时，我又一次想起了这句古怪的话。我全神贯注在莱蒂西亚身上了。隔着恼人的距离，我看见她那还没生出睫毛的眼睛，看见一张我所见过的最小的嘴巴，真可惜他们藏起了她的手，那一刻再没什么比看一眼我女儿的手更急迫的了。我清楚地知道，自己在那个瞬间爱着莱蒂西亚的感受，对任何人都不会再有，而任何人之于我的意义，也都没有办法等同于远处那个刚刚到来的、完完全全的陌生人了。

我没再去过14号街，台球室就更不必说了。（我不再玩任何东西：站得太久腿疼会加剧，甚至会撑不下去）就这样，我失去了这个城市的某一部分；或者说得更确切些，我的城市的某一部分从我手上被夺走了。我想象着一座城市，它的马路，它的人行道，正一点一滴地向我们关闭，好比科塔萨尔短篇小说中那栋屋子的房间一样，[1]最终会将我们驱赶出去。“我们很好，我们渐渐开始不思考地活着。”在那不可思议的存在侵占了房子的另一部分之后，小说中的哥哥这样说道。跟着他又补充说：“活着而不思考是可以的。”没错，是可以的。自从14号街被夺走之后，经历了漫长的治疗，忍受了药物引发的眩晕和胃部损坏，我开始厌弃这座城市，开始惧怕它，感到自己正在经受它的威胁。世界让我觉得像是一处封闭的所在，抑或我的生命仿佛一个幽闭的生命。医生同我谈过我害怕上街这事，扔给了我一个叫作“广场恐惧症”的词——仿佛是个不该掉落的脆弱物件似的。然而从我的角度，

[1] 此处应指科塔萨尔的小说《被侵占的住宅》。

我很难向他解释事实恰好相反，是强烈的幽闭恐惧正折磨着我。某一天，在一次记不清是为了什么的诊治当中，那位医生建议我尝试一种私密疗法，据他所说，在一些患者身上是见了效果的。

“你平时带日记簿吗，安东尼奥？”

我对他说不带，我说日记簿这种东西让我觉得荒谬，那是个废物，是过时的老古董：假模假式地显得我们的生活好像很重要似的。医生回应说：

“记一记吧。我指的并不是平常所说的那种日记簿，而是一个用来提问题的小册子。”

“问题，”我说，“比方什么？”

“就比如，什么样的危险在波哥大是确实存在的？发生在您身上的事情再度发生的概率有多少？如果您愿意的话，我来帮您做统计。问题，安东尼奥，问题。为什么在您身上会发生那样的事？那是谁的错？是您的或者不是。在别的国家它还会发生吗？在另外的时刻它还会发生吗？这些问题彼此是有关联的吗？将彼此关联的问题和孤立的问题区分开来是很重要的，安东尼奥，而其中一个方法就是将它们写下来。当您弄清什么是它们之间的关联，什么又是对那些无解问题愚蠢的追根究底，您就可以继续另外的问题：如何康复，如何不自欺地遗忘，如何跟爱您的人一起开始新的生活。怎样才能不再害怕，或者将它控制在合理的程度上，跟大家一样的程度。怎么做才能继续向前，安东尼奥。当然，以上许多问题您都已经面对过了，可当一个人看到这些问题写在纸上时，那会是不一样的。一个日记簿。从现在开始写十五天，然后我们再聊。”

我觉得这建议十分白痴。与其说它像一本自助手册，倒不如说是一个白了双鬓的办事员写字台上的公文纸，墙上用不同语言写就的证书文凭。自然这话我并没有说出口，也已经没有了说的必要，因为转眼之间我就见到他站起身来向书架走去（整齐划一的精装书，家人的照片，镶在镜框里的儿童画，上面有个难以辨认的签名）。“你才不会这么做呢，我都看出来了，”他一面说一面拉开了抽屉，“你觉着我说的这些愚蠢至极。好吧，也许的确如此。不过帮我个忙，拿上这个吧。”他取出一个线圈本，跟我在学校用的那个一样，封皮莫名其妙地模仿了牛仔布的样子。他把开头那四五页撕了下来，又看了看最后一页，像是在确认那里并没有做过任何记号。他将它交给了我，确切地说是放在了书桌上，放在了我的面前。我把它拿在手上，漫不经心地打开，浏览小说似的翻了一翻。那是个带方格的本子，我一直都讨厌方格本。头一页还留着被撕掉的前页上的字迹凹痕：有一个日期，一个画了线的单词，一个字母Y。“谢了。”我说，然后出门。当天晚上，尽管这法子在一开始令我怀疑，我还是小心地将房门关好，把本子打开，写道：亲爱的日记簿。我的嘲讽烟消云散。我翻过一页，试图开始：

¿[1]

然而这就是全部了。我的笔停在半空，目光陷入孤零零的符号里，度过了漫长的数秒钟。奥拉张着嘴巴睡着，整个星期她都在伤风，虽不严重却也是遭罪的。我望着她，想要为她画一幅面部速写，不过没能完成。我在脑中将我们第二天要做的事情过了一遍，这其中包括带莱蒂西亚去打疫苗。随后我合上本子，将它放在床头柜上，关上了灯。

窗外，夜的深处，有犬吠声。

---

[1] 此为倒问号，在西班牙语中，倒问号置于问句之前，作为问句的开头。

1998年的一天，法国世界杯结束不久，莱蒂西亚将满两岁的时候，我在国家公园的高岗上等出租车。我忘了自己之前是打哪儿来，不过记得接着是要去北边，去一个医生那里做没完没了的检查。医生们总是试图使我平静下来，对我说我已经进入了正常的康复周期，很快我的腿就会像先前一样了。去往北面的车子迟迟不来，去市中心的倒是接连不断。我在市中心并无任何事可干，我莫名其妙地想，我在那儿又没丢过什么东西。然而随即我便想道：在那儿我丢失了所有的一切。于是，我不假思索地穿过了马路，坐进了经过的第一辆车——一种全凭个人勇气支配的行为，任何外人都无从理解。数分钟后，当事情已经过去两年有余的时候，我徒步走向罗萨里奥广场，走进“路过”咖啡馆，找了一个空位，从那儿望向谋杀发生的转角——如同一个被勾魂摄魄却仍小心翼翼的孩子，探头张望着夜色中的草原，在那里有一头吃草的公牛。

我的位子是最前面的一张棕色的金属独脚圆桌，就挨在窗户边上。从那儿我望不到台球室的大门，却能看见骑摩托的凶手行进的路线。铝咖啡壶的声响夹杂着临近大街的车声，还有行人的脚步声。咖啡粉的香气混合着公共浴室的味道，每当有人开门，那味道便跑了出来。广场忧伤的方形空间挤满了人，人们穿梭在它四周的大道上，围绕着那尊城市缔造者的塑像（他那深色的胸甲总是被白色的鸽子屎溅得污糟不堪）。擦鞋匠携着木箱常驻大学对面，再有便是贩卖祖母绿的小集团，我注视着他们，这些人对那里曾经发生了什么无动于衷，这使我惊异，哪怕事故地点就在此时此刻他们的脚步踏着的人行道近旁。也许正是望向他们的一刻，我想到了拉韦德，发现自己这么做的时候，我没有焦虑，也不曾恐慌。

我叫了一杯咖啡，又叫了第二杯。上第二杯的时候，女招待拿一块气味难闻的惨兮兮的抹布在桌上囫囵一抹，便添了新杯盘。“先生还要别的吗？”她问。我看见她干枯的指节，那上面布满了纹路。蒸汽如幽灵般从深褐色液体中升起。“不要了。”我边说边试图在记忆里搜寻出一个名字，可没有结果。我的学生时代都泡在这家咖啡馆里，却连在这儿干了一辈子的一个女人的名字都想不起来了。“能问您一个问题吗？”

“说吧。”

“您认识里卡多·拉韦德吗？”

“那是谁，”她边说边把两手从围裙里伸出来，无聊又不耐烦的样子，“一个客人？”

“不，”我说，“也有可能，但我觉得不是。他在那边被人杀了，广场另一侧。”

“啊，”那女人道，“多久前的事？”

“两年前，”我说，“两年半。”

“两年半，”她重复了一遍，“那不知道，我想不起有谁两年半之前给杀了。真抱歉。”

我想她是在撒谎。自然这没有任何凭据，我那贫瘠的想象也无法为这样的谎言找出理由，但我不相信有谁会将依然近在眼前的一桩罪行忘记。要么便是，拉韦德死了，我经历了垂死的挣扎、狂热和幻觉，然而发生的一切没能清晰地留在这世上，留在这城市的过去与记忆当中。不知为何这让我愤愤不平。我想也正是从那一刻起，我决定了一样东西，或者说，我感到自己有能力去做某件事情，尽管这决定在当时是怎样用语言来描述的，我已然记不清了。出了咖啡馆往右，我兜了个圈子避开那处转角，最后穿过拉坎德拉里亚，走向了拉韦德被射杀之前一直居住的地方。

波哥大，它跟拉丁美洲所有的首都一样，是一座动荡的、充满变数的城市，七八百万的人口是它的不稳定成分：在这里，如若有人长时间地闭着眼睛，很可能再度睁眼时便发现自己的周遭已是另一番景象（昨天还在卖毡帽的地方成了五金店，补鞋匠的小房子卖起了彩票），就仿佛整个城市是某个恶作剧节目的摄影棚，一名受害人走进饭店的洗手间，出来时却发现自己不在饭店里，而是在酒店的客房。不过，在所有拉丁美洲城市当中，总有一些地方，是无论别处如何变更，它都永恒不变的。拉坎德拉里亚区就是其中之一。在里卡多·拉韦德家所处的那条街上，街角的打印店仍在，门框边还是同样的招贴，甚至连婚礼请柬和名片也跟 1995 年 12 月那时一模一样。1995 年时就贴满廉价招贴海报的墙壁，两年半之后被同样纸张、同样大小的不同海报覆盖，那泛黄的长方形正预告着几场葬礼，一次斗牛表演或是政府竞选，唯一的变化不过是上面的名字而已。这里一切如旧。这里的现实与我们记忆当中的它别无二致——这并不是常常会发生的。

拉韦德家的房子也还是我记得的样子。屋脊裂成两半，像是老年人嘴里缺失的牙齿；大门的齐脚处漆油剥落，木头也开裂了：那里恰好是主人回来时拿了太多东西，一脚踢上去好把门撑住的地方。其余的一切都一如既往，至少我在敲响里面那扇门的时候，感觉是这样。并没有人应声。我于是退后两步，抬起目光，期待在屋顶发现有人居住的迹象。然而并没有：我看见一只猫欢跳着掠过电视天线，天线的基座旁长着一块苔藓，仅此而已。就在即将放弃的时候，我感觉到门内传来了响动。门被一个女人打开了。“您有什么事？”她问。而我唯一能够做出的反应蠢得出奇：“是这样……我是里卡多·拉韦德的朋友。”

我看见那女人现出了无措或是怀疑的神情。她接下来对我说话便带了敌意，然而不慌不忙，似是早有预备一般。

“没什么好讲的了，”她说，“都过了那么久，我已经跟记者全说完了。”

“什么记者？”

“就在不久之前，我已经全都告诉他们了。”

“可我不是记者，”我说，“我是朋友……”

“我说过了，”那女人道，“诸位的卑鄙行径别以为我已经忘了。”

就在此时，她的身后现出一个男孩，嘴巴上的黑影让我错误地估计了他的年龄。“什么事，孔苏？这位先生烦到你了？”他朝门口凑近了些，阳光投在他的脸上：原来嘴巴上的并不是胡须，只是新生绒毛的阴影而已。“他说自己是里卡多的朋友。”孔苏低声道。她从头到脚地将我打量了一番，而我也如此这般回敬了她：她是个胖胖的小个子，头发用一根发带绑着，颜色不是灰的，而是黑跟白一分两半，飞行棋格子般的黑白分明。她裹着一件黑衣服，料子是那种弹力的，贴着身，针织腰带陷入肚子上的赘肉之间，看上去就仿佛一条肥硕的白色蚯蚓从肚脐里爬出来似的。她想到了什么，要么就是看上去正想着什么，结果在她的脸上——在那似是刚干完体力活的人绯红和汗湿的脸庞的皱纹里，酝酿出了一个要哭的表情。就这样，这个六十多岁的女人仿佛一个身形庞大的没有得到糖果的小女孩。“很抱歉，先生。”孔苏说完便要把门关上。

“算了吧，兄弟，”那年轻人道，“这里并没有您想要的。”

“我认识他。”我说。

“我不相信。”孔苏回答。

“他被杀的时候我跟他在一起。”我于是说。我拉开衣服，把肚皮上的疮疤指给那个女人。“一粒子弹打中了我。”我说。

疮疤是最有力的证明。

接下来的几个钟头我一直在给孔苏讲述当天的事情，讲述我与拉韦德在台球室的相识，讲述诗歌之家以及接下去发生了什么。我把拉韦德曾告诉我的那些说给她听，说我至今也不懂他跟我谈起它们的原因。我告诉她录音带的事，告诉她拉韦德听录音时如何被悲伤席卷，告诉她当年在我心中闪过的关于录音内容的揣测，到底是什么能令一个称得上老道的成年人变得如此。“我实在想不明白，”我说，“我发誓尽了力，可我做不到。我什么也想不出来。”“想不到，是吗？”她对我说。“想不到。”我回答她。那时我俩已经来到了厨房，孔苏坐在一把白色塑料椅上，我坐的则是一张瘸了条腿的木质扶手椅。我们跟煤气罐离得很近，一伸手就能将它够到。这房子的内部跟我想象中相差无几：院落，看得见房顶的木质横梁，出租屋外绿色的房门。孔苏一边听我诉说一边应和着，两手插在膝间，双腿并拢，仿佛怕自己的手逃脱似的。过了一会儿她为我煮了一杯黑咖啡，她将咖啡粉满满地装在一截长筒袜里，再把长筒袜放进一只布满灰色凹痕的黄铜小壶。一杯喝完她又为我煮了一杯，上面的步骤被重复了一回，空气中渐渐充满了煤气的味道，还有火柴燃烧的气味。我问孔苏拉韦德的房间是哪一个，她噘起嘴唇，头一歪算是指过了，动作跟马儿不高兴时的样子很相像。“那边那间，”她说，

“现在住的是一个乐手，一看就知道人不能更好了，在卡门堂弹吉他。”她住了嘴，盯着自己的手看了看，终于又说：“那房间有把密码锁，因为里卡多不喜欢带钥匙。他被杀之后，是我把锁砸开的。”

那天警察到来，碰巧就在拉韦德平常回家的时候，孔苏以为是他，没等他们拍门便把门打开了。她见到两名警察，其中一个满头白发，讲话时把s说成是c，另一个站在他身后两步远，从头至尾没开过口。“看得出那位先生的白头发长得太早了，谁知道他都见过什么样的事。”孔苏说，“他把一张证件拿给我看，问我能不能认出上面那家伙，他的原话，那家伙，这么说一个死人多奇怪啊。我呢，说实话，还真没认出来。”孔苏边说边画十字，“他变了太多了。我读完上面的字才告诉他们我认识，这位名叫里卡多·拉韦德的先生从个把月前开始住在这里。我的第一反应是他犯事儿了。他又得被关进去了。我觉得很不幸，因为从他出来的那天起，他一直遵守所有规定。”

“什么规定？”

“出狱犯人要遵守的那些。”

“这么说您知道。”我说。

“当然了，孩子。大家都知道。”

“他为什么进去您也知道吗？”

“不，这就不知道了，”孔苏说，“我也从来没想追根究底。那样会破坏我跟他的关系的，不是吗？眼睛不看，心里不想，我就是这个态度。”

警察随着她去了拉韦德的房间。孔苏拿一把锤子当作撬杠，撬开了半圆形的铝锁，锁头掉进了内院的水渠里。门打开的时候，眼前现出的是一名修士的房间：四四方方的床垫，无可挑剔的被单，枕头外的枕套没有一丝褶皱，夜里脑袋在上面留下的曲线和凹痕也已消失不见。床垫旁边是一块未经处置的木头板，搭在两块砖头上；木板上搁了一个水杯，里面的水看上去有些浑浊。这样一幅图景——那张床垫，那临时拼凑的床头柜，第二天便同 14 号街的血迹一起，出现在了小报上。“从那天起就再没记者进过这栋房子，”孔苏道，“那些人完全不懂得尊重。”

“是谁杀了他？”

“啊，我知道就好了。不晓得，不晓得是谁杀了他，在他已经是个好人的时候。他是我知道的最好的人之一。我向您保证，尽管他过去做了坏事。”

“什么事？”

“这就不知道了，”孔苏说，“他一定做了什么吧。”

“他一定做了什么吧。”我重复着。

“话说回来，现在还有什么关系呢，”孔苏说，“难道我们查下去就能让他活过来吗。”

“当然不，”我说，“他葬在哪里？”

“为什么想知道这个？”

“不清楚。为了去看看他。为了给他带一束花。葬礼怎么样？”

“孩子啊。当然是我安排的。也就是我还能让他看上去像有个亲人吧。”

“是啊，”我说，“他的妻子刚死了。”

“啊，”孔苏说，“这您也知道，谁又想得到呢。”

“她是来跟他过圣诞节的。他还拍了一张莫名其妙的照片打算送给她。”

“莫名其妙？怎么是莫名其妙呢？我觉得挺温柔的。”

“那是一张莫名其妙的照片。”

“有鸽子的那张？”孔苏说。

“对，”我说，“有鸽子的那张。”我又说：“肯定跟那有关系。”

“什么？”

“他听的录音。我一直在想，他听的录音跟她是有关系的，跟他的妻子。我猜那是一封令人刻骨铭心的信，我不知道，或者是一首她喜爱的诗。”

孔苏第一次笑了：“您觉得是这样？”

“不知道，类似的吧。”随即说不清是为了什么，我撒了一个谎，或者说我夸大其词了一次。“我想了两年半。真奇怪，一个已故的人会如此占据我的思绪，何况我们还素不相识。这两年半以来，我一直都在想着埃莱娜·德·拉韦德，或者埃莱娜·弗里茨，管她叫什么呢。两年半。”我说。这话说出口的时候，我感觉良好。

我不知道孔苏在我脸上看到了什么，她的表情不一样了，甚至连坐姿都发生了变化。

“告诉我一件事，”她对我说，“但要跟我讲实话。您喜欢他吗？”

“什么？”

“您喜欢他，还是不喜欢？”

“是的，”我说，“我很喜欢他。”

当然，这也不是真的。生活并没给我们留下足够的时间去产生好感，驱使我的既不是情怀也并非感动，而是一种直觉，有时某些事情显然已经超出预期地改写了我们人生的直觉。然而我明白，这样的敏锐在现实的世界毫无用处，很多时候它要被放弃，让位给别人爱听的说辞，我们不可以太过诚实（诚实是无效的，是百无一用的）。我注视着孔苏，映入我眼中的是一位孤独的妇人，孤独得一如现在的我。“很喜欢，”我重复道，“我很喜欢他。”

“那好，”她边说边站了起来，“在这儿等我，我给你看样东西。”

她走开了一阵子。我能用耳朵追踪她的行迹，她拖沓的脚步声，同一个房客短暂的交谈声（“这么晚啊，巴比多。”“啊，孔苏女士，别老管这没用的。”）。某一个瞬间我以为谈话已经结束了，将有一个留着稀薄胡须的男孩用一句体面的话请我离开，“我陪您到门口吧”，或者“感谢您的光临”。不过此时我看见她折返而来，有些失魂落魄，一直盯着自己左手的指甲：之前在门口见过的那个小女孩般的样子又出现了。她的另一只手上（手指轻轻地托着，好像托了一只生病的小动物似的）拿着一个小足球，作为足球那实在太小，很快我看清了那是一台足球形状的老旧录音机。其中两个黑色的六边形是它的音箱；上面则是磁带卡座，一盘黑色的带子已经在里面放好了。那是一盒黑色的、带着黄色标签的录音带。标签上只有几个字母：BASF。

“只有 A 面，”孔苏说，“听完之后就都放在炉子边上吧。放在火柴那儿。走的时候把门关好。”

“等等，等等，”我说，一大堆的问题涌到了嘴边，“这个在您手上？”

“在我手上。”

“您是怎么拿到的？您不同我一起听吗？”

“他们管这叫私人物品，”她说，“是警察交给我的，跟里卡多口袋里的其他东西一起。不，我不要听。我记得就好了，不想听见更多，这盘磁带跟里卡多没有任何关系。说到底跟我也没有任何关系。很奇怪，对不对？我最珍视的一件财物居然跟我的人生毫无关系。”

“您最珍视的一件财物。”我重复道。

“您晓得人们总是问，遇上火灾会从家里带什么出来。那么我拿的就是这盘磁带了。也许因为我从没有过家人吧，这里找不到一件相册之类的麻烦东西。”

“可门口那个男孩呢？”

“他怎么了？”

“他不是家人吗？”

“他是个房客，”孔苏道，“跟别的房客没有两样。”她想了一会儿，又说：“我的房客就是我的家人。”

说完这些（充满了戏剧性地），她撇下我一个人，到街上去了。

录音带里是两名男子用英语进行的对话：他们谈论了气候条件是否良好，又谈了工作的事。其中一个男人告诉另一个说，强制性休息之前准许飞行的小时数做了调整。话筒（如果那是话筒的话）接收到持续的嗡嗡声，嗡嗡的背景音里，又出现了纸张翻动的声音。

“他们给了我这张图表。”第一个男人说。

“好吧，你看看从里边能瞧出点什么。”第二个男人道，“飞机和无线电我来负责。”

“好。可这图上只标了工作时间，休息的周期并没写啊。”

“还是这么乱七八糟的。”

我清楚地记得，自己连续听了好几分钟——全神贯注地在其间搜寻着它同拉韦德的关联——然而最后终于在犹疑和困惑当中确信，录音带里说话的人跟里卡多·拉韦德的死亡毫无关系，不仅如此，就连里卡多·拉韦德的名字都不曾被他们提起。其中一个男人说道，他们的 VOR[1] 距离还有 136 英里，现在要下降，因此首先得减速，对，好，现在开始。便在此时，另一个男人的话音让这一切变得不一样了："波哥大，美航 965，请求下降。"我简直难以置信，半晌才明白过来，这架航班不出几分钟便会在艾尔迪卢比奥山坠落，遇难者当中会有一个女人，是来同里卡多·拉韦德共度圣诞的。

"美国航空公司呼叫卡利，这里是美航 965。收到了吗？"

"继续，美航 965，这里是卡利。"

"很好，卡利。我们预计大约二十五分钟之后降落。"

这便是里卡多·拉韦德被杀前不久在听的东西：他遇难的妻子所乘航班的黑匣子。真相如同一记重拳打在我的身上，让我失了平衡，让世界顷刻间混乱不堪。可他是怎么得到的呢？随后我问自己。这可能吗，索要失事航班的录音带，这

---

[1] VOR（VHF Omni-directional Range），甚高频全向信标，一种飞机上使用的短距离无线电导航系统。

样的一份记录文件，说到手便到手了？拉韦德讲英语吗？或者至少，他的英语足够令他听懂、理解这段对话并因此感到痛惜吗？没错，最重要的是痛惜，抑或痛惜其实并不需要听得明白，原本对话当中关于拉韦德的妻子也不曾提及只言片语。仅仅是那个念头，仅仅是想到这两名讲话的飞行员与他们的乘客近在咫尺的恐怖的念头，难道还不足够吗？两年半过去了，这些问题依旧无解。此时机长开始请求入口（是2号），接着是请求跑道（是01号），再接下来是航班灯光关闭，因为区域内的车辆来往频繁，随后他们提到了里奥内格罗以北47英里之外的一处地方，并且开始在飞行计划中搜寻……终于，客舱广播在此时响起："女士们先生们，我是本次航班的机长。我们已经开始降落了。"

他们开始降落。女士们的其中一位便是埃莱娜·弗里茨。来这里之前，她正在迈阿密探望生病的母亲，或者去了祖母隐居的地方，抑或仅仅是去探访朋友（同他们一起过了感恩节）。不，是她的母亲，是她那生病的母亲。埃莱娜·弗里茨此时甚至正思念着她的母亲，她不放心丢下她一个人，她问自己就这么将她丢下是否恰当。她同样思念着里卡多·拉韦德，她的丈夫。她思念她的丈夫？她思念她的丈夫，她那刚刚出狱的丈夫。“我祝大家度过愉快的假期，1996年幸福安康。”机长说道，“感谢乘坐我们的航班。”埃莱娜·弗里茨思念着里卡多·拉韦德。她觉得他们就快重拾错失的岁月了。同一时间在驾驶室内，机长递给副驾驶一粒花生米。“不了，谢谢。”副驾驶说。机长叹道：“多美的夜晚，不是吗？”副驾驶道：“是啊。真惬意啊。”随后他们向控制塔请求下降到更低高度，塔台告诉他们降到200处，于是机长用带着美国口音的西班牙语说：“圣诞快乐，小姐。”

埃莱娜·弗里茨，坐在自己的位子上，她在想些什么？我总觉得——尽管那毫无凭据——她是坐在窗口位的。我无数次地设想过这样的一刻，无数次地仿佛设计师构筑场景一般，用自己所能想象的一切填充它：从埃莱娜身上的衣服——一件薄薄的浅蓝衬衫、一双低帮鞋——直到她的想法、她的观点。在这样一幅自作主张描绘的画面当中，舷窗在她的左手边，右手的乘客正睡着（满是汗毛的胳膊，不规律的呼噜声）。小桌板是放下的，机长通知降落时，埃莱娜·弗里茨本打算将它收起，可一直都没有人过来取走上面的小塑料杯。埃莱娜·弗里茨向窗外望去，她望见一片明净的天空；她不知道自己的航班正在降至两万英尺的高度，不知道也没什么大不了的。她感到困倦，已经晚上九点了，何况她很早便已出发，因为她母亲的家并不在迈阿密市区，而是在城郊，或者是完全不同的一处地方，比方说劳德代尔堡，要么就是科勒尔斯普林斯，佛罗里达的那些小城就像一所巨大的老年公寓，全国的老人都上那儿去度过生命最后的时日，远离寒冷，远离压力，也远离子女们嫌弃的眼光。就这样，埃莱娜·弗里茨一早便起身，有个不知要去迈阿密做什么的邻居捎她去机场，于是她不得不跟邻居一道，在笔直的高速公路上开了两三个小时的车，那段公路举世闻名，沿途都是醉人的风景。此时此刻，埃莱娜只想着能在卡利顺利转机，到波哥大时一定很累了，搭乘这趟中转航班的所有人都会如此，不过比起他们她更开心些，因为一个爱她的男人正等着她。她如此这般地想着，又想到要好好洗一个澡，然后上床睡觉。此时在他们的下方，在卡利，一个声音说道："美航 965，您的距离？"

"您有什么需要，先生？"

"您的 DME[1] 距离。"

---

[1] DME（Distance Measuring Equipment），测距仪，通过无线电测量飞行器到导航台距离的一种装置。

“好，”机长说，“到卡利的距离是，嗯，38。”

“我们在哪里？”副驾驶问，“我们是在去往……”

“我们先去图卢阿。好吗？”

“是。我们的方向呢？”

“我不知道。这是什么？这儿怎么了？”

波音757客机降到了一万三千英尺的高度，先是向右转，继而又向左转，可埃莱娜·弗里茨并没有感到异样。此时已是黑夜，一个深沉而又明净的夜晚，下方群山的轮廓清晰可见。埃莱娜看到舷窗中映出了自己的影子，她问自己这是在干吗，到哥伦比亚来会不会是一个错误，她的婚姻是否真的有救，或许母亲用末日预言者的口吻说出的话是真的：“回到他的身边将会是你理想主义的终结。”埃莱娜·弗里茨有准备去接受自己理想主义的性格，可是，她想，凭什么因此就要判定她的整个人生全部都是错误的决断呢：理想主义者偶尔也能蒙对一两回吧。灯光熄灭，舷窗上的影子消失了，埃莱娜·弗里茨想，她不会把母亲的话放在心上的：这世上没有任何东西可以迫使里卡多孤单地度过重获自由的第一个平安夜。

“不，我看着不对劲，”机长说，“不知道是怎么回事。”

“那，向左转？你想向左转吗？”

“不……不，那绝不行。继续向前，方向是……”

“方向是？”

“图卢阿方向。”

“那是在右边。”

“我们要去哪儿？右转。我们去卡利。我们有麻烦了对吗？”

“没错。”

“我们怎么会搞成这样？立刻右转，立刻右转。”

埃莱娜·弗里茨，她坐在经济舱的某个位子，不知道某些事情已经出了问题。假如她有一定的航空学知识，也许她会在路线的变更中发现蹊跷，也许她会察觉飞行员已经偏离了既定的航向。然而并没有：埃莱娜·弗里茨并不懂航空学，也想不到情况不明时下降至不足一万英尺的山区将会带来怎样的风险。那么，她在想什么呢？

在临死的这一分钟，埃莱娜·弗里茨想的是什么？

驾驶舱里响起了警报。“Terrain, terrain。”[1] 模拟人声这样说道。可埃莱娜·弗里茨并没听见——从她的位子听不到警报，

[1] 地面迫近警告系统（GPWS）下，飞机在正常飞行或准备降落过程中地面急剧升高，起初是 Alert 等级，发出的警告语音是“TERRAIN, TERRAIN”；若飞机依然没有爬升，接着就会进入 Warning 等级，PFD 上显示“PULL UP”。

也察觉不了已经接近山体的危险。机组人员加大了马力，但没能阻止下降的势头。机头向上稍抬了抬，然而这远远不够。

“妈的，”飞行员说，“向上，小伙子，向上。”

埃莱娜·弗里茨在想什么？她想到了里卡多·拉韦德？想到了即将开始的假期？想到了他们的孩子？“妈的。”驾驶舱里的飞行员说，可埃莱娜·弗里茨是没法听见的。埃莱娜·弗里茨跟里卡多·拉韦德有孩子吗？孩子们在哪儿——假使他们存在的话，当父亲消失以后，他们的生活又变成了什么样子？父亲消失的原因他们是否清楚，在成长的过程里，他们是否被缠在了一张由家人的谎言、杜撰的事迹、混乱的纪年织就的网中？

“向上。”机长说。

“没问题。”副驾驶道。

“向上。”机长说，“轻点。轻点。”自动系统已经切断。操纵杆在驾驶员的手里开始颤抖，这是飞机的速度已不足以使它保持在空中的信号。“再向上，再向上。”机长说。

“好。”副驾驶说。

然后机长说：“向上，向上，向上。”

警报再度响起。

“Pull up。”模拟人声说道。

一声颤抖的呻吟，或是类似呻吟的声音。那声音让我无从辨识，永远也无从辨识：那不是人类的声音，抑或说，不仅仅是人类的声音。那是生命消亡的声响，也是物质的东西毁灭的声响，那是物体自高处坠落的声音，它戛然而止却又永不断绝，自那个下午便一直回荡在我的脑际，不曾有过离去的迹象。它悬在我记忆之中飘来荡去，就好像毛巾挂在挂钩上。

这就是965次航班的驾驶室内，被听到的最后声响。

噪音响起，录音便结束了。

我用了颇长一段时间才平复过来。没有什么能比窥探一个人生命当中的最后几秒更加龌龊了：那本该是隐秘的，不容亵渎的，随着死亡一同逝去的。可就在那儿，在拉坎德拉里亚那栋旧房子的厨房里，死去的飞行员最后的对话成了我经历的一部分，尽管无论当时还是今日，我都不晓得这两个不幸的人究竟是谁，他们叫什么名字，对着镜子会照出怎样的脸孔；而他们呢，对我同样是一无所知。然而，他们生命的最后瞬间已经属于了我，并且即将继续为我所有。我有什么权利？就连他们的妻子、他们的父母和儿女都不曾听过我听到的这段对话，也许这两年半当中他们一直都在追问，飞机撞上艾尔迪卢比奥山之前的一刻，他们的丈夫、父亲和儿子究竟说了些什么。无权知晓的我得知了；而有权拥有这些声音的他们，却仍被蒙在鼓里。就这样我终于了然：我，归根结底，*没有权利去倾听那一场死亡*，因为对于那些罹难者来说，我不过是一个陌生人，而坐在他们身后的那名女子，*她不是，永远不会是，一个属于我的死者*。

然而，这些声音已经成了我听觉记忆的一部分。当磁带陷入空白，当那场悲剧的声响归于静默，我知道自己宁愿从来都不曾听过，而与此同时我也明白，我的记忆将永远倾听着它。不，他们是不属于我的死者，我没有权利倾听他们说的话（同样地，我大概也无权将它在这故事当中重现，更何况这其中定有错漏）。可是，死者的语言和声音已经吞没了我，就仿佛河流的漩涡吞噬着一头疲惫的兽。不仅如此，这份录音具有修改往事的力量，拉韦德的痛哭已不再是先前的样子，不再如我在诗歌之家的耳闻目睹：而今这哭声平添了浓度，而这正是之前那个下午，听着他坐在松软的皮沙发上哭出来的时候，于我而言欠缺的东西。阅历，那被我们称作阅历的，并不是我们自身伤痛的结算，而是在别人的痛楚当中学会的同情。

随着时间的推移，我对黑匣子有了更多的了解。比方说，我知道它们其实并不是黑的，而是橙色的。我知道它们被携带在飞机的尾翼——外行人叫作尾巴——因为那里是事故发生时幸存概率最大的地方。没错，我知道黑匣子能够幸存：它们可以耐受2250公斤的压力，以及1100摄氏度的高温。当它们坠入海中时，一个无线电发射器会被激活，黑匣子会在三十天中持续地发射声波。官方会利用这段时间将它找到，以便了解事故的因由，确保任何类似的事件不会重演。不过我猜没人能够想到，一个黑匣子竟还会有别的结局，竟会落入对它的使命不甚了解的局外人之手。我与965次航班的黑匣子之间便是如此。自那场事故中幸存以后，它被某种不可思议的手段变成了一盘贴了黄色标签的录音带，先是在两个主人手上流转，后来又成了我记忆的一环。就这样，原本是作为飞机的电子记忆被制作出来的黑匣子，最终却不可逆转地汇入了的我的记忆之中。它就待在那儿，叫人拿它毫无办法，也不可能被忘记。

又过了好一会儿，我才从拉坎德拉里亚的那栋房子离开，不仅是为了把录音再听一遍（的确听了不止一遍，而是两遍），也是因为对我来说，再见孔苏一面已经成了一件刻不容缓之事。关于里卡多·拉韦德她还知道些什么？之所以留我一人在家，跟她最珍视的财物一处，难不成正是为了免去解释之苦，让自己不至转眼陷入我的盘根问底？天黑了。我来到街上，路边的黄灯已经亮起，房屋的白墙变了颜色。很冷。我向着一个街角张望，又望向另一个街角。孔苏不在，到处都找不见她。于是我回到厨房，在一个大一点的袋子里翻出一个半瓶烧酒那么大的小纸袋。我的笔在这种质地的纸上写不好字，不过还是力求写得工整。

亲爱的孔苏：

我等了您快一个钟头。感谢您让我听了那盘录音。本想亲自对您说的，可是没有机会。

潦草的字迹底下，我签上了我的全名，包括在哥伦比亚很不常见的那个姓氏。每次写它都会令我感到有些难为情，因为在我们国家的许多人看来，如果谁的姓氏怪异到得特别拼读一遍，那这个人本身也不可信。随后，我两手弄平纸袋，将它放在录音机上，一角用磁带仓门夹住。我走向市中心，胸中五味杂陈，能够确定的却只有一样：我不愿回家，我想要自己保管刚刚在我身上发生的一切，自己保管那个已被揭开的秘密。我从不曾感到跟里卡多·拉韦德是如此接近，就在那儿，在那栋房子，在黑匣子的录音带转动的数分钟里。我不愿这奇特的激情匆忙消散，于是我沿着第七大道朝波哥大的市区步行而去，穿过玻利瓦尔广场继续向北，钻入总是拥挤的人行道上的人群，听凭自己被匆忙赶路者推撞着，被迎面而来者冲击着。我搜寻着不那么繁忙的小巷，甚至还钻进了10号街的手工艺品市场，那儿是10号街吧，我想。由头至尾我只惦着不要回家，因为奥拉和莱蒂西亚构成了一个不一样的世界，不同于有关里卡多·拉韦德的记忆栖居的世界，自然也不同于965次航班坠落的世界。不，还不能回家。走到22号街时我依然这样想着，想着如何才能迟些回去，那样就能继续活在黑匣子里，继续同黑匣子活在一起。于是身体替我做出了决定，让我一头撞进了色情影院。影片中的女人身体赤裸，留着长长的秀发，身处一间设施齐备的厨房。她一条腿举着，鞋跟攀上了灶台的炉架，并且在一个穿着衣服的男人进入她时，依然保持了这脆弱的平衡。那男人一面进入一面给她下着一些难以想象的指令，可他的嘴形与说出的单词从来都对不上。

1999年的濯足节，找到里卡多·拉韦德的磁带九个月后，千禧年到来八个月前，我回到自己的寓所，发现录音电话录下了一个女声，并且显示着一个号码。"这条口信是给安东尼奥·亚马拉先生的。"那个声音说，它年轻而又沉郁，疲惫不失性感，显然属于那些过早成熟起来的女人。"孔苏埃洛·桑多瓦尔女士告诉了我您的名字，电话是我自己找到的。希望没有打搅您才好，一切以您的方便为先。请回复我。我需要跟您谈谈。"我即刻便拨了过去。"我一直在等您打来。"那女人对我说。

"您是哪位？"我问。

"抱歉打扰了，"那名女子道，"我叫玛雅·弗里茨，也许这个姓氏能告诉您些什么。对，这不是我本来的姓，是我母亲的，我原本是姓拉韦德。"我在静默中心潮起伏，而她又补充了一句——尽管此时此刻那已经全无必要："我是里卡多·拉韦德的女儿。有些问题想要向您请教。"我猜当时的自己一定说了些什么，抑或仅仅是重复着名字，那两个名字，她的还有她父亲的。玛雅·弗里茨，里卡多·拉韦德的女儿，她继续说道："不过您看，我住得很远，也没办法到波哥大去，其中的缘由就一言难尽了。所以只好加倍地麻烦您，希望可以邀您做客，在我家里，跟我一起。我希望您能过来同我讲讲我的父亲，告诉我您所知道的一切。这个请求太大了，的确，不过我们这儿天气热，吃得也好，我保证您会不虚此行的。就看您的方便了，亚马拉先生。要是您那儿有纸笔的话，我现在就告诉您该怎么找来。"

III

消失者的注视

第二天上午七时，我顺着80号街开车往城市的西郊去，早餐只喝了杯黑咖啡。那是个阴云密布的寒冷早上，交通在这个钟点已经开始繁忙，甚至拥挤起来，不过驶向城市的边缘却也并未花费太多的时间。都会的模样在此消失不见，污浊尽散，肺部骤然一阵清爽。这些年里市郊改变了许多：铺设未久的宽敞马路炫耀着它明晃晃的白色路标，炫耀着斑马线，以及划分车道的虚线。自小我便无数次地走上这段路程，无数次攀上环城的山峰，随后再倏忽降下，如此这般大约三个钟头，便可从我们所处的海拔两千六百米的寒冷阴雨之地到达马格达莱纳河谷，那儿有些倒霉的地方气温接近四十摄氏度。它们中的一处便是拉多拉达，那是波哥大与麦德林中间点上的城市，常常被人当作旅途的中继站或是约见的地点，甚至也是季节性的疗养浴场所在地。在拉多拉达城的外围，一处看上去远离了城市，远离了繁忙与拥挤的地方，便是玛雅·弗里茨居住的地方。然而，在四个小时的行程当中，我脑子里想的并不是她，并不是我们偶然之间取得的联系，我想的是奥拉，或者说得更确切些，是头一天晚上我与奥拉之间发生的事。

将玛雅·弗里茨的口述记下以后，我在一页纸的反面画了一张蹩脚的地图（纸的另一面是为接下来的某堂课准备的笔记：我们即将讨论安提戈涅为了埋葬她的哥哥有何权利违反律法的问题[1]）。奥拉与我平和至极地完成着每晚的例行公事：我俩一同做饭，安排莱蒂西亚看她的电影，相互讲述各自的一天，说说笑笑，在狭窄的厨房擦身时触碰对方。《彼得·潘》是莱蒂西亚特别喜爱的影片，《森林王子》也是，奥拉还给她买过两三集的《布偶秀》[2]，与其说是为了逗孩子开

---

[1] 安提戈涅（Antígona），希腊神话中伊俄卡斯忒与其子俄狄浦斯不知情乱伦后生下的女儿。因此，俄狄浦斯是安提戈涅的父亲和哥哥，死后被安提戈涅埋葬。

[2] 《布偶秀》（*The Muppets Show*），1976 年开始播出的一档儿童电视节目。下文的“猪小姐”是其中的主角。

心，倒不如说是用来慰藉她自己的乡愁，她很喜欢伯爵[1]，对猪小姐则十分看不上。哦不，那晚我们房中的电视传出的声音并不是《布偶秀》，而是那几部电影当中的另一部。《彼得·潘》，是了，那声音是《彼得·潘》——“这个故事从前发生过，并且将再度发生”，匿名的旁白者如是说——此时的奥拉系了一条红色围裙，上面印着圣诞老人那张好笑的脸，她望着我的眼睛对我说：

“我买了一样东西。记得提醒我待会儿拿给你看。”

“什么东西？”

“一样东西。”奥拉说。

炉灶上正煎着食物，抽油烟机以最大功率工作，我们不得不提高了音量。玻璃罩的灯光将铜黄的色调涂抹在她的脸上。“你真美，”我说，“我都不习惯了。”她微笑起来，正要跟我说些什么，莱蒂西亚出现在了门口，不声不响，小心翼翼的样子。她刚刚洗过了澡，绑着一条马尾辫，栗色的头发还湿着。我把她从地上抱起来，问她是否饿了，一样的铜黄灯光便也映照在了她的脸上：她的五官是我的样子，而不是

[1] 美国儿童电视节目《芝麻街》中的人物。

奥拉的，这一点常常令我感动，也让我觉得失望。晚饭时，一个莫名的念头在我脑海当中挥之不去：莱蒂西亚本该长得像奥拉的，她本该继承奥拉的美貌，结果却遗传了我的面部特征，我粗大的骨骼，还有我那过于显眼的耳朵。也许正因如此，抱她上床的时候，我一直注视着她。我在她房中陪了她一会儿，房间幽暗，唯一的光亮来自一盏球形灯，散发着糖果色的微光。那盏灯会随着夜幕变换色调，因此当莱蒂西亚从噩梦中惊醒呼唤我的时候，她的房间是蓝色的，而当她因为小水瓶中的水已经喝光而呼唤我时，房间则常常是粉红或浅绿的。总之就在那儿，在那昏暗的色彩里，当莱蒂西亚已然入睡，呼吸声变得平缓时，我窥探着她的五官，窥探着遗传学在她脸上施展的招数，以及蛋白质通过神秘莫测的变换，如何将我的下巴、我头发的颜色复制给了我的女儿。这时候，门被推开一半，一束灯光射了进来，奥拉的剪影出现在了门边。她向我招了招手。

“睡着了？”

“嗯。”

“肯定吗？”

“嗯。”

她拉着我的手进了客厅，我们在沙发上坐下。饭厅的桌子已经收拾好了，厨房传来洗碗机的声响，仿佛年老的鸽子垂死时微弱的咕哝。（平日里我们饭后并不经常待在客厅：我们更喜欢躺在床上看一出老旧的美国情景喜剧，看些轻松搞笑腻歪的东西。奥拉已经习惯了放弃晚间的新闻报道，她会嘲笑我的拒绝收看，却也很能理解我对待此事的严肃认真。我不看新闻报道，从来不看。我还需要漫长的时间才能重新容忍它们，重新接受自己的生活被这个国家的新闻入侵。）“哎，你瞧。”奥拉说。她的双手在沙发边缘消失，又重新出现，手里拿了一个报纸裹着的小包。“给我的吗？”我说。“不，这不是一件礼物，”她说，“噢，也是的，不过是给我们俩的。该死，我不知道，我不知道这些东西该怎么弄。”窘迫，对于奥拉来说，这并不是一种经常困扰她的情绪，然而此时此刻，她的姿态里满满写着的，正是窘迫无疑。听她的声音就知道了（那紧张的声音），她向我解释她是在什么地方买了这振动器，花了多少钱，她是用何种方式付的款——为了不在任何地方留下证据，还有当她走进19号大道那间店铺的刹那，是多么痛恨这些年来所受的宗教教育，因为这让她感到不好的事情即将作为惩罚发生在她身上，自从买了这样东西，她就只配长长久久地待在地狱里。那是一柄紫色的机器，有褶皱的纹理，还有比我想到的更多的按钮和可行的模式，然而它的形状却是我那过分死板的脑筋无论如何也想象不出的。我看着那东西（它就在那儿，躺在我手心里），奥拉则看着我看它的样子。不可避免地，“抚慰器”这个词——那东西有时也叫这个名字，在我脑海当中浮现出来：一个需要抚慰的女人奥拉，又或者，一个得不到抚慰的女人奥拉。“这是什么？”我说。一个愚蠢的问题。

“唔，就是那个，”奥拉说，“是给我们俩的。”

“不，”我说，“不是我们俩。”

我站了起来，那东西跌在玻璃桌面上，轻轻地弹了一下（原来还是用有弹性的材料做成的）。假如换个场合那声音会让我觉得有趣吧，但绝不是此时此刻。奥拉拽住了我的胳膊。

“这没什么，安东尼奥，这是给我们俩的。”

“不是我们俩。”

“你出了事故嘛，不要紧的，我是爱你的。”奥拉说，“这没什么，我们在一起呢。”

紫色的振动器或抚慰器依然躺在桌上，半掩在烟灰缸、杯垫和书本之间。这些都是奥拉挑选的：《从天上看哥伦比亚》，何塞·塞莱斯蒂诺·穆蒂斯的一本大书，还有刚刚出版的，一名阿根廷摄影师关于巴黎的作品（这本倒不是奥拉挑的，而是别人送的）。我感到难堪，一种幼稚而荒唐的难堪。“你需要抚慰吗？”我对奥拉说，语调让我自己都觉得诧异。

“什么？”

“这是一个抚慰器。你需要抚慰吗？”

“别这样，安东尼奥。我们在一起呢。你出了事故可我们还在一起呢。”

“出事的是我，你别那么白痴行不行，”我说，“那颗子弹对我造成了影响。”我平复了少许。“对不起。”我说。然后又道：“医生告诉我的。”

“可那已经是三年前了。”

“所以我不需要担心对吗，身体知道怎么解决那些糟心事儿对吗。”

“三年了，安东尼奥。现在的问题是另一回事了。还有我爱你，我们是在一起的。”

我什么也没说。

“我们会有办法的。”奥拉说。

我什么也没说。

“那么多夫妇都是这样，”奥拉道，“又不是只有我们两个。”

我还是一言不发。忽然间，大概是某处的灯丝熔了，客厅一下子变得更暗了些，沙发，两把椅子以及唯一的那幅画（萨图尼诺·拉米雷斯[1]的一幅《打台球者》，我总想不通他们为什么要戴着墨镜打）轮廓都模糊了起来。我感到疲倦，觉得自己得吃止痛药了。奥拉已经重新回到沙发坐下，脸埋在手里，看起来倒并不像在哭的样子。“我以为你会觉得可以，”她说，“我以为我是在做好的事情。”我转过身去，把她一个人丢在了那儿，也许还有她未尽的话。我将自己关进浴室，在狭小的蓝色橱柜中找到了那些药片。那是一只白色的塑料小罐，红色的盖子已被莱蒂西亚给咬坏了，她那次可把我们吓得不轻（尽管棉花球下的药片并没有被她发现，可危险对于一个两三岁的小女孩儿的确是无处不在的，世界本身就是一种危险）。我就着自来水吞下了三颗药，那是医嘱的或者说是医生允许的最大剂量了，好在我的块头和体重让我禁得起这种剧痛之下的过量吞服。之后我洗了很长时间的澡，这总

[1] 萨图尼诺·拉米雷斯（Saturnino Ramírez，1946—2002），哥伦比亚当代艺术家，有一系列关于打台球者的画作。

能帮我减轻痛楚。我回房时奥拉已经睡了，或者是假装睡着，而我也就尽力不吵醒她，抑或尽力维持了那有益的假象。我脱掉衣服，在她的身边躺下，背对她，随后便什么也不知道了：睡意瞬间侵袭。

第二天上午我出门很早，尤其在圣周五来说。外面的光线还没来得及将寓所全然笼罩，我想也正因如此，正因这一片浮动于整个世界的朦胧，我离开时才没有惊动任何人。振动器还搁在客厅的桌上，彩色的，塑料的，仿佛是莱蒂西亚丢下的一件玩具。

到达特里克丘时，一场大雾在旅客们的周遭降临，突如其来地，好似一团迷失了方向的云。能见度几乎为零，我只得缓缓而行，速度还赶不上那些骑自行车的农民。雾霭如同露珠般聚集在玻璃上，尽管并没下雨，也不得不用上了雨刷器。一切的事物——前方的车辆、两三名斜挎着冲锋枪把守道路的士兵、一头运货的公驴——纷纷一点一点地在密不透光的浓汤里显露了身形。我想起了航行在下方的飞机："向上，向上，向上。"我想起了大雾，想起了那场著名的艾尔塔布拉索空难，它发生在遥远的四十年代，不知这见鬼的高地上该死的能见度是否引起事故的原因。“向上，向上，向上。”我喃喃自语。随后，当我朝着瓜杜阿斯开去时，雾霭鸣金收兵般腾空而散，晴光乍现，一股热浪改换了天地：植物生长，气味翻腾，卖水果的摊位出现在了道旁。我开始淌汗。摇下车窗，一名流动商贩的啤酒正在一只盛满冰块的箱子里缓缓变热，我买酒的时候，太阳镜被热浪弄得污糟模糊。可最令我心烦的还是汗。全身的毛孔仿佛突然之间就变成了我意识的中心。

正午刚过，我抵达了那片区域。其时我已在瓜里诺西多镇的高处堵了近一小时的车（一辆卡车的车轴坏了，这对一条只有两个车道，并且并无紧急停车道的路段是致命的麻烦），远处现出了耸立的岩石，我的车子驶入了畜牧庄园的范围。我首先见到了理应出现在那儿的一所简易小学校，跟着便按照指示的距离，沿着道旁的一条白色管道前行，继而右转，朝马格达莱纳的方向开去。路上经过了一个金属构架，那里有时会悬挂商业广告牌，不过这会儿远远望去，那更像是一件巨大的被丢弃了的女士束身衣（几只秃鹫站在梁架上守卫着那块土地）；随后又经过一个饮水槽，正喝着水的两只奶牛身子挨在一处，互不相让地推撞着，脑袋挤在肮脏透顶的铝制顶棚下躲避着太阳。车子驶过三百米的土路，我发觉自己身处几群光着身子的小孩旁边，他们嬉笑叫嚷着，所到之处扬起阵阵尘土。其中一个孩子伸出黑乎乎的小手，对我竖起了拇指。我于是不再前进，将车子驶入紧急停车道；甫一停下，身上和脸上便重新领教了十二点钟凶猛的热浪。还是那种潮湿，还是那股气味。男孩率先开了口：

“您想去哪儿我都能带到，先生。”

“我要去拉斯阿卡西亚斯，”我说，“如果你知道在哪儿的话，就带路吧。”

“那可用不着我了，先生，”那孩子说，脸上没一刻不带着微笑，“就藏在那儿呢，您瞧。这狗就是打那儿来的。别叫了，安静。”

这是一只黑色的德国牧羊犬，一副倦怠的样子，尾巴上带着白色的斑点。它察觉到了我的出现，竖起耳朵，提不起兴趣地瞧了瞧，便走去一棵芒果树下转了两圈，鼻子凑着土地，尾巴掸子似的贴着肋骨扫了扫，最后它靠着一根树干躺倒，给自己舔起了爪子。我替它感到可怜：它的毛发不是为了这样的天气而生的。继续朝前开了一会儿，车子始终行驶在树下，浓密的枝叶阻挡了光线。对面现出一座门廊，牢固的柱子支撑着，木质的横梁挂了一块牌子，看上去刚刷了油漆，上面烙刻着这处房产粗俗乏味的名字。我不得不下车开门，却发觉原本的插销似乎早已断折在了原处；我在草地上辟出的道路中间走了一段，它的末端是两条分叉的土径，中间隔了一垄干草坡；我经过一根栖息着秃鹫的电线杆，终于来到了一栋单层的白房子面前。

我叫了一声，可是无人应答。门是敞开的：玻璃餐桌，放置了浅色扶手椅的客厅，一切都被吊扇统御着。它的扇叶像是被内在的生命力催动，赋予了自己对抗高温的使命。天台上拴着三张色彩鲜艳的吊床，有人在其中的一张底下丢了个咬了一半的番石榴，此时此刻正被蚂蚁啃食着。我正打算喊一句家里没人吗，便听到了一声口哨，接着又是一声，隔了几秒我才发现，在屋子一侧的九重葛后面，在九重葛之外生长着的那几颗刺果番荔枝的后面，有个人影正呼救般地向我挥动着双手。那形象有些怕人——头实在太白太大，腿又实在太粗了；然而当我向着那人影走近的时候，又没有办法仔细地看上一眼，因为我得用全副精神去留意别被石头或是高低不平的路面弄伤了脚踝，别给树上低垂的枝条刮破了脸颊。屋后闪着光的矩形是一个看上去疏于打理的游泳池：一个蓝色的大坑，涂料被阳光晒得褪了色，圆桌上撑着的阳伞被合了起来，清理漂浮物的纱网靠在树下，似乎从来都没有动用过。正这样想着，我已经来到了那白色怪物的身旁，不过此时那颗大脑袋早已变作了一张带罩布的面具，而那只手也已成为一只指部肥大的手套了。一个女人将面具摘下，伸手飞快地理了理头发（浅褐色的，修剪得十分拙劣，梳理得也是无比随意），不带一丝笑意地同我打了招呼，又解释说，为了出来迎接我她不得不中断了查看蜂房的工作，现在须得回去继续才行。“一件会让您感到无聊的蠢事，您还是待在家里等我好了。”她一字一句地，几乎是一个字母一个字母地说给我听，仿佛没有生命似的，“您曾经近距离地见过蜂巢吗？”

那一瞬间我察觉到，她与我是同龄人，我们的年纪不相上下，尽管我无法说出彼此之间辈分上的隐秘关联，甚至无法说出这种关联是否是真实存在的：那是一系列的表情手势、用词甚至特定的音色，是招呼、行动、说谢谢抑或坐下来时双腿交叉的方式，是我们与我们这一群的其他成员所共通的东西。她有一双我从未见过的清澈的绿眼睛，小女孩般的皮肤和历经了沧桑的成熟女人的表情在她的脸上相遇：那张脸就仿佛一场散尽了宾朋的热闹节庆。她身上全无装饰，只有两粒细细的钻石（我觉得那像是钻石），戴在小小的耳垂上，几乎无法察觉。玛雅·弗里茨，她穿着一件掩藏了自己线条的防蜂服，带领我来到一座小棚子跟前，我猜那从前该是个牲口棚：一间弥漫着粪便味道的小屋，墙上悬挂着面具，以及一件白色的工作服。

“穿上它，”她命令道，“我的蜜蜂不喜欢鲜艳的颜色。”

我本想说我衬衫的蓝色不算鲜艳，却并没有说出口来。“我不晓得蜜蜂是看得见颜色的。”我说。而她已经开始将一顶白色的帽子扣在我的头上，并且告诉我如何才能把面具的罩布整理妥当。她从我的腋下穿过带子，又在背后扣上，好似摩托车的乘客一样将我抱住了；我喜欢她身体的贴近（我想我感受到了她的胸脯在我后背那幻觉般的压迫），我同样喜欢她的双手行动时的笃定，她触碰我身体时的确信无疑和毫不羞涩。她不知从哪儿又变出了两根白色的带子，随即单膝跪在地上，用它们将我的裤腿绑紧，然后她望着我的眼睛，没有一点难为情地说：“免得咬到敏感部位。”最后她抓起了黄色鼓风器上挂着的一只金属瓶，命我拿好，又在自己的口袋里装了一把红色的刷子，还有一根钢制的棍子。

我问她是从什么时候开始有了这种业余爱好。

“才不是业余爱好，”她说，“亲爱的，我靠这个生活。本地区最好的蜂蜜——如果您不介意这话是我自己说的。”

“啊，祝贺你。那是从什么时候开始生产本地区最好的蜂蜜的呢？”

她在去蜂房的路上讲给我听。也讲了其他的一些事情。于是我得以知道，她是如何在这一处产业——也是她得到的唯一一处遗产——最终定居下来。“父母在我出生前后买下了这片地。”她说。所以，我评论道，这是他们给您留下的唯一的东西。“还有钱，”玛雅说，“可都被我花在律师身上了。”“律师费确实很贵。”我说。“不，”她说，“他们像狗一样：察觉你害怕就会来进犯。而我开始这一切的时候又完全没有经验。应该说，如果碰上了更不诚实的人，被夺走的就是我的所有了。”玛雅刚刚长到能给自己的人生做主的年纪时，便开始筹划着离开波哥大，结果二十岁不到便成行，为此她放弃了学业，还跟母亲起了争执。最终继承这笔遗产时，她其实已在此地定居了一段颇长的时日。“我从不后悔离开波哥大，”她告诉我，“我受不了，我痛恨那座城市。我从来都没回去过，说不出它现在是什么样子，也许您能讲给我听。您是住在波哥大吗？”

“是的。”

“从没离开过？”

“从来没有，”我说，“即使是最坏的那几年。”

“我也是。什么都叫我碰上了。”

“那时候你跟谁住呢？”

“当然是我母亲，”玛雅说，“很诡异的一种生活，现在想来，我们是两个孤独的女人。后来就分别选择了各自的道路，您知道那是怎么过来的。”

1992年，玛雅在拉斯阿卡西亚斯装上了最初的一批野蜂巢，这个决定对一个当时并不比我更了解养蜂业的人来说——她自己是这样坦白的——着实有些古怪。那些蜂巢仅仅存在了几个月而已：玛雅无法忍受每次提取蜂蜜和蜂蜡时都要毁掉蜂房、杀死蜜蜂，她暗暗地觉得，那些幸存的蜜蜂会偷跑出去，将消息传遍整片地方，然后有一天，当自己在泳池边的吊床午睡时，复仇的蜇针会如云般落在她的身上。就这样，她把四个野蜂巢替换成了三个活框蜂巢，从此以后，再也用不着杀蜜蜂了。

“可那也是七年前的事了，”我说，“这么久都没回过波哥大吗？”

“也有过。为了律师的事。为了去找那位女士，孔苏埃洛·桑多瓦尔。可我从不在波哥大过夜，甚至都不让那儿的夜晚沾上我。我没法忍受，超过几个钟头我就会受不了。”

“所以您才会希望别人过来看您。”

“没人来看我。不过的确，就是这么回事。因此我选择让您过来。”

“我理解。”我说。

玛雅扬起了头。

“是的，我相信您会理解，”她说，“出于我们这代人一些共同的东西，我想就是这样吧。我们这些成长在八十年代的人，不是吗？我们跟波哥大有种与众不同的联系，我不认为这是寻常的事。”

她最后的几个音节被一阵尖锐的嗡鸣声淹没了。我们已经来到了距离养蜂场几步之遥的地方。那里的地面微微倾斜，透过面罩看东西对我来说并不容易，然而即便如此，我还是感到自己踏入了这世上最美好的一种境地：一个人正娴熟地从事着自己的工作。玛雅·弗里茨拽着我的胳膊，引着我从侧面，而不是从正面接近了蜂巢，又用眼色让我将那个一直拿在手上的瓶子递给了她。她把瓶子举到眼眉的高度，按动了一下鼓风器，算是先行测试，于是一团白烟从喷嘴里跑了出来，又在空气中消散。玛雅将喷嘴透过缝隙插入了第一只蜂巢，重新按下黄色的鼓风器，一下，两下，三下，烟雾便充满了整个空间。随后她揭开盖子，将蜂巢内部一举熏蒸干净。我本能地退后了一步，抬起一只胳膊遮住了脸。我本以为即将看到一群歇斯底里的蜜蜂跑出来叮咬过路的一切，可事实所见恰恰相反：蜜蜂们翻转着身体，样子安静而又平和。那一阵嗡鸣也随之散去：几乎看得到它们的翅膀动作如何止歇，黑的和黄的圆环如何停止振动，就仿佛电池耗尽了似的。

“您给它们喷了什么？”我问，“瓶子里是什么东西？”

“木屑和牛粪。”玛雅说。

“那股烟是让它们睡着吗？会把它们怎么样？

她并没有回答。她用两手将第一间蜂房举起，猛烈地晃了晃，于是被麻醉了的，抑或是睡着了甚至发着呆的蜜蜂们纷纷跌落在了蜂巢里。“把刷子给我。”玛雅·弗里茨对我说，随后便用它将那些牢牢粘在蜂蜜上的顽固分子小心翼翼地扫落下来。一些蜜蜂飞到了她的指间，在柔软的刷毛四周打着转，样子有些好奇，又好似醉醺醺的，玛雅将它们赶走，动作轻柔得仿佛绘画的笔触。“不，小可怜，”她对一只蜜蜂说，“回家去。”要么就是：“下去吧，今天咱们不玩儿游戏。”她将一模一样的步骤——取出蜂房，清扫蜜蜂，亲热地说说话——在所有的蜂巢跟前都重复了一遍，并且在此过程当中，一直心明眼亮地关注着所有的事。我同时还能肯定，她将自己的所见都记录在了脑子里，而那正是作为外行的我没有能力去发现的。玛雅·弗里茨将木框翻转，从正面和反面分别看了看，时不时地重新喷一喷瓶子里的烟雾，像是在担心某只不守纪律的蜜蜂会不适时地醒来。我趁机摘了手套伸手碰触，只想着能凑近些去感受那一种带着凉意和香气的烟雾：它的芳香——绝不仅仅是木头和牛粪的味道——直至夜深依然残留在我的手上，不仅如此，还与我同玛雅·弗里茨的那一场长谈永远地连在了一起。

查看过了蜂巢，又将烟熏器、刷子和棍子在棚屋里放置妥当，玛雅带着我回到了家中。一只乳猪把我吓了一跳，那是她的雇员花了一上午的工夫为我们准备的。进门时我的第一感觉是身体瞬间放松，虽然早已一声不吭地适应了正午的炎热，然而当这一片清凉和舒爽扑面而来时，我还是意识到了先前戴着手套和面具究竟是一种怎样的折磨。我的后背被汗水湿透，衬衫贴在前胸上，身体嘶吼着恳求着随便一点安慰。那两台电风扇——一台在客厅，另一台在餐厅——正凶猛地旋转着。我们坐下来吃午饭之前，玛雅·弗里茨不知从哪儿搬来一只盒子。那是一件柳条编成的手工艺品，有小手提箱那么大，盖子结实，底部牢固，两侧分别编着手柄或把手，为的是提起来方便，装东西也便利。玛雅将它摆放在餐桌的一端，当作一位宾客似的，自己则在另一端坐了下来。当沙拉被盛在木制的大碗中端上来时，她开始向我询问究竟知道多少有关里卡多·拉韦德的事情，有没有从根本上了解过他这个人。

"不多，"我对她说，"就只几个月而已。"

"回忆那些会使您不快吗？那次意外，我指的是。"

"已经不会了，"我说，"不过就像之前告诉您的，我知道的很有限。我知道他很爱您的母亲。知道迈阿密那架航班的事。可是不知道您。"

"完全不知道？他从没提起过我？"

"从来没有。只说了您的母亲。埃莱娜，对吗？"

"伊莱恩。她的名字是伊莱恩，被哥伦比亚人叫成了埃莱娜，她也就听之任之了。或者说，她已经习惯了。"

"可埃莱娜并不是伊莱恩的意思。"

“您可知道，”她对我说，“我都已经听她解释过多少次了。”

“伊莱恩·弗里茨，”我说，“对我来讲她该是个陌生人才对，可并不是。这真奇怪啊。哦，您一定知道黑匣子的事吧。”

“那盘磁带吗？”

“没错。我不晓得自己今天会到这儿来，玛雅。不然我会想办法留着那盘磁带的。我没想过事情会这么容易。”

“啊，您用不着担心这个，”玛雅说，“它就在我这儿。”

“什么？”

“当然了，您以为呢？那可是我母亲死去的那架航班啊，安东尼奥。我比您迟了一点点。找到那盘录音带，我指的是，里卡多的房子和他的录音带。您比我占了先机，您陪伴他到了最后，可是，我也找过了，最后也得到了，而且这并不是我的过错。

“孔苏把磁带给了您。”

“她给了我，是的。它在我这儿。第一次听完我简直筋疲力尽。我只能将它搁在一边，好几天过去才听了第二遍，我觉得自己能这样已经很勇敢了，换个人早把它收起来再也不去听了。可是我听了，我又听了一遍，从此完全停不下来。我不知道自己听过多少次，二三十次吧。起初我以为自己重新去听是想要从中找到些什么。可后来发现恰恰因为什么都没发现，我才会重新听。我爸爸就只听了一遍，对吗？”

“据我所知是的。”

“我甚至无法想象他当时的感受。”玛雅顿了顿，“他很爱她，他很爱我的母亲。当然了，所有相处得好的夫妇都是那样，可他的情况又是特别的。因为他离开了。”

“我不明白。”

“就是说，他离开了，于是她一直都是从前的样子。她像是在他的记忆中凝固了，所以这样说。”

她摘下了眼镜，两根手指（镊子一般）捏住了内眼角：一个表示不愿流泪的通用姿势。我问自己这些几乎在全世界所有地方都通用的动作究竟存在于我们遗传密码的哪个部分，又或者事实并非如此，只是无处不在的电影令我们这样认为罢了。对，这也是有可能的。“不好意思，”玛雅·弗里茨道，“我还是会这样。”她苍白的鼻子有些泛红，说话忽然间有了鼻音。

“玛雅，”我说，“可以问您一个问题吗？”

“您说。”

“那里是什么？”

我用不着明确我的所指。我说话时并没有望着那只柳条箱，也没有任何形式的暗示（甚至不像许多人习惯的那样努嘴巴：撮起嘴唇，再跟马一样歪一歪头）。然而，玛雅·弗里茨还是看向了桌子的另一端，目光坚定地锁住了那张空着的位子。

“噢，请您来正是为了这个，”她说，“但愿我能说得明白。”她停顿了一下，啤酒杯在指尖转动，可并没有放到嘴边。“我希望您能跟我谈谈我的父亲。”又是一次停顿，“不好意思，这我已经跟您说过了。”停顿，“您瞧，我还没……我还很小的时候，他就……无论如何，我希望您能给我讲讲他最后的日子，您跟他一起度过的那些日子，并且希望您说得越详细越好。”

说完她站起身来，抬起了那只柳条箱，它应该分量不轻，因为玛雅在搬运的时候须得抓着两边的把手，将它靠在自己腹部作为支撑，好像上世纪的洗衣妇端着盛脏衣服的木盆似的。“您瞧，安东尼奥，事情是这样的，”她说，“这箱子里装满了我父亲的物件。我找回来的照片，别人写给他的信，还有他写给别人的。这些都是我搜集来的，不是随便在大街上找的，而是费了番功夫的。比如桑多瓦尔女士那里就有很多。

这张相片也是从她那儿来的，您看。”我即刻便认了出来——当然了，就算有人把里卡多·拉韦德的形象剪下或是剔除，我依然认得出来。相片上有玻利瓦尔广场的鸽子，有卖玉米的摊位，还有国会大厦，而最深处的那片灰色的天空，就是我的那座灰色的城。“这是给您母亲的，”我说，“是给伊莱恩·弗里茨的。”

“我知道，”玛雅说，“您见过这张照片？”

“他拿给我看过，刚拍下的时候。”

“他还给您看过些别的什么吗？他给过您什么东西，一封信，一份文件之类的？”

我想起了自己拒绝进入拉韦德寓所的那个夜晚。“没有，”我说，“还有其他东西吗？”

“是有一些，”玛雅道，“无关紧要的东西，给不出任何信息的东西。可对我来说，拥有它们会使我感到平静。它们就是证明。您瞧。”她一面说，一面将一张加盖了印鉴的纸拿给我看。那是一张发票：上方，左面，是旅馆的标识——一个看不清颜色或者说无法定义颜色的圆圈（时间在上面留下了自己的印记），圆圈上分布着“旅馆”“埃斯科里亚尔”和“马尼萨莱斯”三个单词。旅馆标识的右边写了一段奇怪的话：

每个星期五出账单，必须立即付账。全部房间都提供餐饮。房间一经使用，本旅店将收取至少一天的费用。

接下来写明了日子：1970 年 9 月 29 号，旅客到达时间，下午 3:30，房间号，225；紧挨着的方格中则手书了离店的日期（9 月 30 日，只停留了一个晚上），兼有“退房”字样。旅客的名字是埃莱娜·德·拉韦德——我猜她冠上夫姓是为了防止潜在的追求者近身。在旅店的短暂停留当中，她打过一回电话，叫了一次午餐、一次早餐，不过并没有使用电报、洗衣、报刊或汽车等服务。这不过是一份无关紧要的文件罢了，可与此同时也是通往另一个世界的窗口吧，我想。而这只箱子里就装满了诸如此类的窗口。

“证明什么？”我问。

“什么？”

“您之前说过，这些文件是一个证明。”

“是的。”

“那么，证明什么呢？”

玛雅没有回答。她只是一边继续用手在那些文件当中翻找，一边跟我讲话，眼睛却又不看我。“这些都是我在不久之前找到的，”她说，“我查阅那些姓名和地址，然后给美国写信，告诉他们我是谁，在信里和在电话当中跟他们交涉。后来我收到一个包裹，里面是我妈妈写的信，那是她第一次来哥伦比亚的时候，大概1969年左右。这一切才有了现在的成果，听起来就像历史学者的工作。好多人觉得这么干实在太荒谬了。其实连我也不明白，连我也不明白这究竟是为了什么。我还不到三十岁，已经住到了这种地方，我远离了一切，像个老处女一样，可这事对我还是十分紧要。重构我父亲的人生，搞清楚他到底是谁，这就是我如今设法去做的事。当然了，原本我决计不会一头扎进这样的事情里的——假使我不是变成了现在这副样子，独自一个，没有亲人，一切都还来得这么快。厄运是从我母亲开始的。太荒唐了，那实在是……消息传到我这儿的时候，当我知道飞机坠毁的时候，我就躺在现在的这张吊床上。我知道她乘的是那班飞机。然后过了三个星期，就又是我父亲的事。”

“您是怎么知道的？”

“在《空间》上，”她告诉我，“《空间》给登了出来，还有照片，什么都有。”

“照片？”

“那一摊血迹的、三个证人的、那栋房子的，以及同我说起您的那位桑多瓦尔女士的。再有就是他的房间的，实在太令人揪心了。我一向都瞧不起的一份小报，我一向瞧不起那上面的裸体老女人，瞧不起那些病态相片，那些拙劣的文字，甚至看不上他们的填字游戏，因为实在是太简单了。可我人生之中最重要的一则消息竟然是来自他们。您说这难道不是讽刺吗。那天我是去拉多拉达买东西，然后就看到了那份报纸，它就挂在沙滩球、玩具面具和供游客使用的脚蹼边上。于是就这样发现了。那天是星期六吧（我早饭是在这儿吃的，在天台上，只有周末才会这样），没错，就是星期六了，那一天我发现自己变成了孤独一人。如今好几个月过去了，我痛苦万分，我不明白自己怎么会难过成这样，明明我们已经分开了那么久，明明早已是各过各的日子。我们之间没有共同的生活，甚至没有一星半点跟这类似的东西。在我身上发生的事情是这样的吧：我独自一人，我成了孤零零的一个，我与死亡之间已经再没有任何人。成为孤儿就是这样的吧：没有谁在你的前面，这条路上的下一个就是你自己了。该轮到你了。其实我的生活没有任何改变，安东尼奥，这么多年来他们都不在我的身边，可是如今，他们在任何地方都已经不复存在了。不只是不在我这儿，他们不在任何地方。他们似乎已经消失了。可他们又仿佛正注视着我，是的，这很难解释，然而他们注视着我，伊莱恩和里卡多正注视着我。这很折磨人啊，消失者的注视。所以，后来发生的事情您也就想得到了。”

“我总觉得诡异。”我说。

“什么？”

“就是，飞行员的妻子居然会死于空难。”

“啊，好吧，有些事情如果知道了，这就不显得那么奇怪了。”

“比如呢？”

“您有时间吗？”玛雅问，“我想给你读一篇与我父亲毫无瓜葛，可同时却又息息相关的东西。”

她从箱子里拿出了一本《克罗默斯》[1]，封面的设计让我觉得陌生：刊名用白色的字体印在了红色的方块上，还有一张彩色相片，上面是一名泳衣女子，两手小心翼翼地扶着一柄权杖，一顶王冠在蓬松的头发上摇摇欲坠——选美皇后。

[1] 《克罗默斯》(*Cromos*)，哥伦比亚杂志，1916 年创刊，发行至今。

杂志是1968年的11月号，于是我立刻得知上面的女人是玛格丽塔·玛利亚·雷耶斯·萨瓦茨基，当年的哥伦比亚小姐。封面上有数个标题，黄色字体衬着加勒比海的蓝色背景，可我并没有来得及读它，因为玛雅·弗里茨早已用手指将杂志掀开，翻到了用黄色便利贴标记的一页。“拿着它得小心些，”玛雅说，“太潮了，这种纸根本就留不住。我都不知道它怎么可以保存这么久。”《圣安娜的悲剧》，题目是大写的。接下来有简短的题记：“在那场留给哥伦比亚深深印记的空难发生三十年之际，《克罗默斯》独家披露一位幸存者的证词。”文章出现在《克兰俱乐部》[1]的一则广告边上，广告我挺感兴趣，因为这个电视节目我曾听父母谈论过几回。在有线电视公司的标志上方，画着一个弹吉他的年轻姑娘。“致哥伦比亚青年的一则消息：”那广告夸大其词，“没有你的加入，就不是完整的克兰俱乐部”。

我正想询问那是怎么一回事，目光便落在了“拉韦德”这个姓氏之上，那个名字被分别印在了两页上，仿佛脏兮兮

[1] 克兰俱乐部（*Club del Clan*），1966年创办的哥伦比亚广播节目，主要内容是介绍歌唱新人，后在电视上播出。

的狗爪子留下的印迹。

“这个胡里奥是什么人？”

“我祖父，”玛雅道，“当然事情发生的时候他还不是我的祖父。不是我祖父也不是别的什么，当时他十五岁。”

“1938年。”我说。

“是的。”

“这篇文章里没有里卡多。”

“没有。”

“他还没出生呢。”

“还有几年。”玛雅说。

“所以呢？”

“所以我问您：您有时间吗？如果您急着知道我是可以理解的，不过假使您想要真正了解里卡多·拉韦德是个什么人，还是应该从这儿开始。”

“这是谁写的？”

“这无关紧要。我不清楚。无关紧要。”

“怎么会无关紧要呢。”

“是编辑部，”玛雅说着，已经不耐烦了，“是编辑部写的，随便哪个报人，一名记者，我不知道。一个不知名的家伙某天来到了我祖父母的家，然后开始问问题。再后来他卖出了这篇文章，又接着写起了别的。这有关系吗，安东尼奥？是谁写的有什么关系吗？”

“可我不明白，”我说，“这是什么。”

玛雅叹了口气，漫画式的一声叹息，像一个蹩脚演员的做作表演，她自己却还觉得是真情流露，真切得仿如她的不耐烦。“这故事够讲一整天的，”她说，“我曾祖父带着我的祖父去看飞行演习。儿子胡里奥当年十五岁。那以后他会长大，会结婚，会生一个儿子，他会给他取名叫里卡多。而这个里卡多也会长大，还会有我。我不知道这有什么难以理解的。而这是我的父亲送给我母亲的第一份礼物，远在他们结婚以前。我现在正读着它，读得十分明白。”

“什么意思？”

“他把这个送给了她。对她来说，这是一个太过明显的举动了，甚至都有点昭然若揭：看看人们是怎么写我的家族的吧，我的家族都上报了，诸如此类。不过后来事情就渐渐清楚了。她是一个堕落的美国佬，堕落到跟一个哥伦比亚人厮混在了一起，而且无论对哥伦比亚还是对这个哥伦比亚人，她都是懵懂的。当一个人来到一座陌生的城市，首先需要的就是一份指南，对不对？所以呢，1968 年的这篇关于三十年前的一天的文章就是做这个用的。我的父亲交给我母亲一份指南。是的，一份指南，干吗不这么想呢？一份里卡多·拉韦德指南，一份关于他感情的指南，上面所有的路径都有详尽的标注，全部。”

她静默了一会儿，补充道：

“好吧，随您怎么看。要为您倒一杯啤酒吗？”

我说好的，一杯啤酒，非常感谢。随后就开始了阅读。“波哥大正在欢庆之中。”文章是这样开篇的。作者继而写道：

> 1938 年的那个星期天，波哥大正在庆祝建城四百周年，整座城市到处挂着国旗。这一天并不是周年庆的正日子，而是它的前几天；可旗帜已然覆盖了全城——那个年代的波哥大人喜欢把事情做得提前一些。当许多年过去，胡里奥·拉韦德回想当初那个不祥的日子，他首先谈起的依然会是国旗。他会记得父亲带着他从家中一直步行到圣安娜镇的战神广场，而那个年代的圣安娜与其说是市镇，倒不如说是远离城市的一片旷野。然而对于拉韦德上尉来讲，搭乘公共汽车或者拦下一辆便车是他决计不能接受的事，因为在他看来，

走路是高贵且荣耀的，至于靠着轮子来回移动，那是暴发户和草根庶民才干的事情。在胡里奥的记忆当中，一路上拉韦德上尉都在谈论国旗，他反复地说，一个真正的波哥大人必须知道这面国旗的含义，又不断地给自己的儿子出一些有关城市文化的考题。

“这些东西你们学校没教过吗？”他说，“真是耻辱啊。城市落到这样的市民手上可怎么办哪。”

于是他逼着儿子记诵，红色象征自由、慈善、健康，黄色象征正义、贞节、仁爱。胡里奥一声不吭，只是重复道：“正义，仁爱和贞节。自由，健康，慈善。”

拉韦德上尉是一名跟秘鲁打仗时得过勋章的英雄。他同戈麦斯·尼诺，赫伯特·博耶在一起飞过，他的传奇经历包括在塔拉帕卡战役中表现卓著，以及在占领古埃皮时立下功勋。戈麦斯，博耶还有拉韦德，这是后来的人们说起空军在胜利当中所起的作用之时，最常提到的三个名字。空中的三个火枪手：人人为我，我为人人。尽管那三个名字并不是固定不变的，有时是博耶，拉韦德和安德烈斯·迪亚斯；有时是拉韦德，希尔和凡·欧德赞，这取决于讲故事的人究竟是谁，不过无论如何，拉韦德上尉的名字总是在的。

那么好吧。在那个星期天的上午，战神广场上，举行了一场庆祝波哥大建城周年纪念日的空军检阅。这是一场豪华程度堪比罗马皇帝当年的盛事。拉韦德上尉事先约了三个老伙计，都是些停战后再没碰过面的朋友，因为他们当中没有一个是住在波哥大的。除此以外，他出席检阅还有其他理由。其一，他收到了洛佩斯·普马雷霍总统本人的邀请，登上总统观礼台。或者即便不是也差不多了：据总统的亲近之人阿尔弗雷多·德·莱昂将军所说，总统将对他的莅临感到万分荣幸。

“想想吧，”将军对他说，“一个像您这样曾经对我们的侵略者还以颜色的人物，一个捍卫了祖国自由和领土完整的人。”

就这样，被总统邀请的荣耀成了出席的一个理由。然而除此之外还另有原因，不那么光鲜体面却更令人迫不及待——即将表演的飞行员中，包括了阿巴迪亚上尉。

塞萨尔·阿巴迪亚还不到三十岁，不过拉韦德上尉曾经预言，这个消瘦的、笑眯眯的外省小伙子，年纪轻轻已拥有两千五百小时的飞行时长，迟早会成为哥伦比亚史上最棒的轻型飞机驾驶员。还在跟秘鲁打仗的时候，拉韦德就曾目睹过他的飞行，当时的上尉还不是上尉而是中尉，他看到一个来自通哈[1]的小青年训练表现优秀，并且统领着一群极富经验的德国飞行员。拉韦德欣赏他，这份欣赏是共鸣与经验使然：一个人清楚自己同样被欣赏而产生的共鸣，以及一个人清楚自己拥有对方所不具备的经验。不过对于拉韦德来说，他自己能不能看到阿巴迪亚上尉那昭彰的天空战绩并不打紧：他的企图和希求，是让自己的儿子看到。因此他将胡里奥带到了战神广场。因此他让他在国旗丛中徒步穿越了波哥大。因此他告诉他，他们将会见到三种类型的飞机，分别是容克斯、猎鹰侦察机以及霍克战斗机。而阿巴迪亚上尉即将驾驶的是一架霍克812，人类在艰巨与残忍的战争任务当中，从未发明过如此轻巧迅捷的机械。

“霍克在英文里是鹰的意思，”上尉一边给年轻的胡里奥讲解，一边用手弄乱他短短的头发茬，“鹰什么样你知道的，对吗？”

胡里奥说是的，说他知道得很清楚，还说非常感谢这

---

[1] Tunja，哥伦比亚中部城市，博卡亚省首府，西南距波哥大136公里。

一番解释。不过他讲得毫无激情。他一直注视着地面，抑或说注视着人们脚上的鞋子——那五万名与他们擦身而过，摩肩接踵的人。他们的大衣彼此磨蹭着，木制的手杖与合起的雨伞彼此磕绊着，纠缠着，套头斗篷留下初剪羊毛的气味，军装的肩部带着装饰，胸前佩着勋章，当值的警察在人群中踱步，抑或骑在高高的马背上向下俯视，那些马儿被喂得很坏，总在毫无预兆时留下令人作呕的粪便痕迹……胡里奥从来没有一下子见到过这么多人。波哥大也从来没有在同一地点聚集过这么多为着同一目的而来的人。

也许是人群发出的声响——他们热情洋溢的招呼，高声大气的交谈——抑或是混合了口气和衣服味道的那种气息，使得胡里奥忽然觉得自己被困在了一个转速过快的旋转木马上，他能闻到涂料散发的苦味，并感觉自己的舌头上正嚼着草料。

“我头晕。”他对拉韦德上尉说道。

可拉韦德并没有放在心上。确切地说，他的心思的确在儿子身上，但并不是在为他的头晕担忧，而是想要将一个正向他们走来的男人介绍给他。那男人高高的个子，留着鲁道夫·瓦伦蒂诺式的小胡子，身上穿的是军装。

“德·莱昂将军，给您介绍我的儿子。”上尉道。继而他向着胡里奥说：“这位将军是安全部的上将。”

“将军上将的，”将军道，“但愿您也尝尝被人不称名字称职位的滋味。您瞧，拉韦德上尉，总统派我来带您入座呢，这么多人实在是太容易走丢了。”

这便是拉韦德：一名被将军以总统的名义寻找的上尉。就这样，上尉和他的儿子走向了总统观礼台，他们走在德·莱昂将军身后几步，一边尽量跟紧了他，不让他离开自己的视线，一边留意着庆典非同一般的场面。由于头一天晚上下了雨，地上到处都是水坑，没有水坑的地方则是泥泞，女人们的鞋跟陷在里面便拔不出来。一个粉红裙子的年轻姑娘一只鞋子掉了，鞋子是奶油色的，胡里奥弯身拾了起来，她单脚站在那里，微笑着，好像一只僵住的火烈鸟。胡里奥认出了她。肯定曾在报纸的社会版上见过的：她好像是外国人，商人或是实业家的女儿。对了，没错，一个欧洲企业主的女儿。可具体是什么呢？缝纫机出口商？啤酒厂老板？他试图在记忆当中搜索一个名字，然而已经来不及了，因为拉韦德上尉已然抓住了他的胳膊，拽了他顺着吱嘎作响的木台阶登上了总统观礼台。胡里奥在那儿可以居高临下地看着她的粉红裙子和奶油色鞋子如何攀登着外宾观礼台的阶梯。他们分别身处两个结构一样的观礼台，中间被一条好像大道似的宽阔地带分隔开来。两个观礼台仿佛两座建在粗木桩上的双层茅舍，一座就在另一座的边上，二者都朝向一片光秃秃的地带，待会儿飞机就将从那里经过。是的，一模一样，只在一个细节上有所差别：总统观礼台的中部竖立着一根十八米高的旗杆，上面飘扬着一面哥伦比亚国旗。多年以后提起当日的种种，胡里奥说，那面旗子正巧挂在那样的一个地方，这让他从一开始就觉得恐慌。然而马后炮总是轻巧的。

一派盛大节日的景象。风带来油炸食品的味道，人们手里拿着饮料，上台前须得喝完。阶梯的每一块厚木板上都堆满了还没挤上台的人，阶梯下的空地也是如此。胡里奥感到头晕目眩，他说了出来，可拉韦德上尉并没听见：在嘉宾中间穿行是件困难的事，须得一面跟熟人打着招呼，一面无视着暴发户们，一面加意提防不要轻忽了谁，一面留神可别向配不上的人错表了敬意。就这样，父子俩在人群中开辟出一条道路，片刻也没分离，终于走到了护栏边。从这个位置，胡里奥望见两个头发稀疏的男人正在几米开外交谈着，一副严肃的派头，这回他倒即刻认出了他们：浅色套装深色领带，戴圆框眼镜的那位是洛佩斯总统；而另一位深色套装浅色坎肩，同样戴着圆框眼镜的则是新当选总统的桑托斯。即将离去的人与即将上台的人：这个国家的命运就在这两平方米的木台上。一小群杰出人士——洛萨诺们，杜尔拜们，帕斯特拉那们，将总统包厢与看台的后部，也就是拉韦德父子所在的更高的部分分隔开来。隔着一段距离，站在“杰出人群”的上方，上尉用手势向洛佩斯打了个招呼，后者回报以微笑，牙齿没有外露，两人用眼色无声地约定稍后碰头，毕竟马上就要开场了。桑托斯回过头去想看看洛佩斯在对什么人使眼色；他认出了拉韦德，于是微微地侧了侧头，就在此时，天空中现出了三引擎的容克斯飞机，它拖起的烟尾吸引了所有人的目光。

胡里奥看得入了神。他从未这般近距离地见识过如此复杂的操作。容克斯机身沉重，带有条纹的外表显出史前鱼类的样子，而它们的移动却是庄严的。每当它们飞过，激起的气浪会到达看台，弄乱那些没戴帽子的女士的发型。波哥大这一片浓云遮蔽的天空，仿佛初始时便覆盖了整座城市的脏兮兮的被单，它成了本场电影放映的完美幕布。三架容克斯没入了云端，此刻出场的是六架猎鹰，仿佛正从一座巨大舞台的一边驶向另一边。队列呈现出绝佳的对称图形。胡里奥暂时忘记了嘴里的苦味，眩晕感消失了，城市东边的山丘攫取了他的注意——它们朦胧的剪影在天际舒展，悠长而晦暗，仿佛是一只睡着的蜥蜴。山丘的上方正落着雨。这雨啊，他想，就快下到这儿来了吧。猎鹰重又经过，人们再一次感到了空气轻微的震颤。发动机的轰鸣都掩盖不了看台上赞叹的惊叫声。转动的螺旋桨形成半透明的圆盘，飞机在天空画出圆圈，释放出微弱的火星。霍克战斗机就在此时出现。它们像是凭空而来，转瞬间便排成了燕子迁徙的队形。人们一时很难想到这并不是真的燕子，而是人为操纵的机器。"是阿巴迪亚。"一个女声道。胡里奥回过头去想找到讲话的人，然而一模一样的言语又从看台的另一端传来：这位明星飞行员的名字仿佛流言般地在人群中传开。洛佩斯总统伸出雄健的手臂指向了天空。

"这回是了，"拉韦德上尉说，"动真格的了。"

胡里奥的身边站着一对五十多岁的夫妻，一个戴着波点蝴蝶领结的男人和他的妻子。妻子生了一张老鼠脸，不过这并不妨碍她在某些时候看起来是美丽的。胡里奥听见那男人说他要去停车，又听见他的妻子说："做什么傻事，就在这儿待着，一会儿再去，最好的都要被你错过了。"此时飞行中队飞得很低，它们从观礼台前经过，继而驶向南方。人群迸发出掌声，胡里奥也拍起了手掌。而拉韦德上尉已把儿子忘在了一旁，他注视着空中的动向，紧紧盯着远方隐隐传来的危险信号，于是胡里奥明白，即便是他的父亲也不曾见过类似的状况。"我没想过一架飞机能做出这样的事。"许久之后，当事情在公众场合或是家庭聚餐当中重被提起的时候，拉韦德会如此说，"阿巴迪亚就像是失重了一样。"当机群自南方飞来，阿巴迪亚上尉的霍克战斗机脱离了队列，或者更准确地说，是其余的霍克战斗机脱离了它，仿佛花束一般四散逃开了。不知从何时开始，胡里奥发现天上只剩下了阿巴迪亚一人，余下的八名飞行员不晓得藏到了何处，他们忽然之间就消失不见，仿佛给云彩吞掉了似的。就这样，这架孤独的飞机第一次飞过了看台，它翻了一个筋斗，激起了掌声与尖叫声。人们的脑袋随着它移动，看着它旋转，翻转，又折了回来，这一次它飞得更低，速度也更快，在群山的映衬下又翻了一个筋斗，随即再一次消失在北方的天空，紧跟着又再度出现，仿佛从虚空中冲出，直奔观礼台而来。

“它这是在干吗？”有人问道。

阿巴迪亚的那架霍克笔直地向着嘉宾们飞来。

“这家伙搞什么鬼。”又有人说。

这一次的声音是从下方传来，来自洛佩斯总统的一位陪同人员。此时的胡里奥鬼使神差地望了总统一眼，结果发现后者的双手正牢牢抓在木栏杆上，好似脚下踩的不是坚实的建筑，而是公海上航行的小船一般。胡里奥嘴巴里又泛起了苦味，伴随着眩晕，以及眼球后部一阵急剧的疼痛。这时拉韦德上尉说了一句话，声音很小，不是说给别人听的，仅仅是自言自语。他的话里混杂着钦佩和妒忌，就好像眼看着别人解开了谜题的样子。他说：“活见鬼。他是想取走国旗。”

接下来发生的事让胡里奥仿佛置身时间之外，那仿佛是那场偏头痛带来的幻觉。阿巴迪亚上尉的战机以 400 公里的时速接近了总统观礼台，然后停了下来，像是一动不动地漂浮在了空气当中。飞机近在咫尺地翻了个筋斗，进而是又一个，拉韦德上尉管这叫“给刺猬烫卷发”[1]—— 一切都在死一般的寂静当中进行。胡里奥记得自己偷空观察了四周，看到了那些恐惧与惊骇之下变得僵硬的脸孔，还有那些仿佛正在喊叫着的大张的嘴巴。可并没有叫喊声，这个世界已然静默。忽然间他明白过来，他的父亲是对的：阿巴迪亚上尉力图在两次翻转之后无限接近飘扬的国旗，随后在经过时用一个不可思议的，好像斗牛士手下的斗牛做出的那种直立动作徒手将它取下，献给洛佩斯总统。胡里奥这下全懂了。他甚至还有余暇去想，也不晓得其他人都弄明白了没有。随后他的双眼觉察到了飞机的阴影——不可能出现的阴影，明明没有太阳。他闻见一股东西烧焦的味道，他清清楚楚地看见阿巴迪亚的战机如何在天空中古怪地腾起，仿佛橡胶做的一样从中间弯折，如何朝着地面坠落，并在坠毁时刮倒了外宾观礼台的木制顶棚，卷走了总统观礼台的阶梯，最后在草坪上撞成了碎片。

世界爆裂开来。巨大的声响炸开：尖叫声，鞋跟在木质地面的踩踏声，逃散的躯体发出的声音。一片黑云从坠机处

---

[1] 给刺猬烫卷发，习语，指把事情毫无必要地复杂化。

升起，不似烟雾，倒像是浓浓的灰烬，迟迟不肯散去。受到撞击的地表腾起残暴的热浪，顷刻便杀死了距离最近的人，其余的人则感到自己就要给活活烧焦。最幸运的是那些窒息而死的人——持续了太久的高温耗尽了空气中全部的氧。就好像置身烤箱一样——一位亲历者后来说道。观礼台阶梯的损毁导致了地板断裂和栏杆脱落，拉韦德父子随即跌在了地上。也就是从那一刻起——许久之后，胡里奥说——痛苦开始了。

“爸爸。”他喊道。然后见到拉韦德上尉欠起身子想要救助一个女人。那女人被台阶的厚木板牢牢压在底下，情况显然已经无法挽回。“爸爸，我有点不对劲。”

胡里奥听见一个男人叫着一个女人的名字。“埃尔维亚，”男人喊道，“埃尔维亚。”很快他便看见了那个系着波点蝴蝶领结的家伙，他先前还想去取车，这会儿走在一堆倒下的躯体之间，有时踩着他们，有时又被他们绊到。远处有股烤焦的气味，胡里奥辨认了出来：那是肉味。这时拉韦德上尉转过了身，胡里奥从他脸上的反应看懂了自己遭受的祸事。拉韦德上尉扯起儿子走得飞快，他想要赶紧远离灾难，尽快去找一间医院。胡里奥已然哭了出来，与其说是因为疼，倒不如说是因为害怕。经过外宾观礼台时，他见到两具死去的躯体，并且通过一双奶油色的鞋子认出了其中之一。于是他昏了过去。晚些时候他清醒过来，痛苦地躺在圣何塞医院的病床上，周围是一张张写满了忧虑的脸。

没人知道事情到底是如何发生的。不知飞机是在天空损毁还是在撞击地面的时候。可以肯定的只是胡里奥被汽油喷了满脸，汽油烧伤了他的皮肉，好在并不曾索要他的性命——就像对待其他不少人那样。这场意外总共产生了五十七名死者：第一个就是阿巴迪亚上尉。据说他的操作致使一个安全气囊弹了出来，而且，两个连续的筋斗之后飞机进入了真空，这些一并导致其无法保持高度，失去了控制，最终不可挽回地走向了坠落。伤患们在医院接收着类似的消息，有人漠然以对，有人吃惊讶异。随后他们又听说国库会负责安葬死者，那些城中最穷的人家会得到援助，以及，总统在事发当晚就已经探访了所有的伤员。起码年轻的胡里奥·拉韦德的确是被探望过的。只是当时的他还在昏迷当中，对总统的探视毫无印象，是他的父母一五一十地讲给他听的。

第二天，胡里奥的母亲留下来陪他，他的父亲去参加了葬礼，有阿巴迪亚的，有豪尔赫·帕尔多上尉的，还有驻扎在圣安娜的两名骑兵的。这些人被埋葬在了中央公墓，政府代表以及陆军、空军的杰出人士进行了列队行礼。胡里奥侧身躺着，没受伤的半边脸孔朝下，正在接受吗啡注射。他看这个世界像是隔了一个鱼缸。他徒劳无功地碰了碰绷带，想要将它摘掉，想得要命，却不能摘。最疼的那些时候他憎恨拉韦德上尉，随即又念起了主祷文，为那些坏念头祈求宽恕。他还祈祷伤口不要感染，因为已经听说了类似情况的后果。他看到一个年轻的外国姑娘，于是同她攀谈起来。他的半边脸烧焦了。而她呢，有时也是一张烧焦的脸，有时却又不是，不过每次都系着粉红的围巾，穿一双奶油色的鞋子。在幻觉当中，姑娘不时跟他聊着天。她问他还好吗。问他疼不疼。有的时候也会问：

你喜欢飞机吗？

暮色渐沉。玛雅·弗里茨点起一根香味蜡烛驱赶蚊虫。“这个时候什么都会出来。”她对我说。她递来一支驱虫剂，叫我把全身上下都涂抹到，尤其要注意脚踝。读标签时我发现天色陡然暗了下来，随即意识到自己这会儿已经不可能返回波哥大了，并且发现玛雅·弗里茨也意识到了这一点，仿佛我们一起干活儿直到此时就做好了我在这里过夜的打算。作为她尊贵的客人，我和她这两个没有干系的人同在一个屋檐底下，这也许是因为归根结底我们并非全然不相干：一个死去的人把我们联系在一起。我望了望天空，是马格里特[1]笔下的那种海蓝色的天空。夜幕还没有完全降下，早出的蝙蝠便在幽深的布景投下了它们黑色的影子。玛雅起身搬来一张木椅，将它放在两个吊床中间，并在上面摆好燃起的蜡烛、一个装满冰块的小泡沫保温箱、一瓶朗姆酒和一瓶可口可乐。做完这些她重又躺了回去（打开并攀上吊床一气呵成）。我的腿在疼。约莫过了几分钟，蟋蟀与蝉的合奏突然爆发，又过了几分钟，一切重归寂静，只有此处与彼处孤独的乐手孤零的乐音，以及游荡的青蛙时而呱呱的叫声。蝙蝠就在我们头顶三米处扇动着两翼，从木质天花板上它们的栖身之所来来回回地出入。黄色的灯盏被软风吹得动摇，空气是温热的，朗姆酒喝得人身子舒服。“看来今晚波哥大会有人睡不着了，”玛雅·弗里茨道，“要是您想打电话，我房里就有。”

---

[1] 此处应指比利时超现实主义画家勒内·马格里特（René Magritte, 1898—1967）。

我想起了莱蒂西亚，想起她熟睡的小脸。我想起了奥拉。想起了一个有着成熟桑葚颜色的抚慰器。

“不，”我说，“我没什么人可打。”

“小问题。”她说。

“但我没有衣服。”我说。

“噢，”她答道，“这我们会解决的。”

我望着她：她赤裸的手臂，她的前胸，她的方下巴，她的小耳朵和窄窄的耳垂，每当她摇头时那儿就一闪一闪的。玛雅喝了一口酒，然后将杯子放在腹部，我也学着她的样子。“您瞧，安东尼奥，是这么回事，”她说，“我需要您给我讲讲我的父亲，他生命的最后是怎样的，他死去的那天是怎样的。那些事情除了您，就没人见过。假如这一切是个拼图的话，您手里拿着一张谁都没有的线索卡，不知道我是否说明白了。您能帮我吗？”我没有即刻回答。“您能帮我吗？”玛雅执意问，而我没有回答。她用手肘撑起身子，睡过吊床的人都知道这有多难——不仅容易失去平衡，而且很快就会感到累了。我让自己陷在吊床里，包裹身体的织物散发着霉味和汗渍的味道，嗅得出男人跟女人在泳池里游了泳，或是在庄园中劳作后睡在上面的一段故事。我将目光从玛雅·弗里茨身上移开了。“那么如果我讲了您想知道的事，”我说，“您也会告诉我我想知道的吗？”忽然间我记起了我那崭新的日记簿，记起了上面那孤独而茫然的问号，脑海中草拟了几个词语：我想知道。玛雅没有回答。昏暗中我见到她躺在吊床上，跟我是一样的，于是，什么都不再需要了。我开始讲述，我告诉玛雅我所了解的关于里卡多·拉韦德的一切，抑或我自以为了解的一切，那些我还记得的，恐怕已经忘了的，拉韦德曾对我说过的，以及他死后我调查得来的——就这样直到黎明。我们各自躺在吊床里，各自研究着天花板上飞来飞去的蝙蝠，用话语填满了炎热夜晚的静寂。但我们谁也没有看着对方，就像忏悔中的神父与罪人那样。

IV

我们都是逃离者

天色渐渐亮了起来。玛雅带我来到客房，或者只是当时被她充作客房的某处地方，我半醒半醉，疲惫不堪，因为说了太久的话已然近乎失声。这里没有卧床，只有两张简易的行军床，且都是一副摇摇晃晃的样子（当我死尸般地将自己扔在其中一张床垫上时——那里铺着脏兮兮的白被单——只听得床铺在吱嘎作响）。电扇在我头顶疯狂地旋转，大概是酒醉惹来的瞬间妄想驱使我选择躺在那张并不与它直接相对的床铺上，以防它在半夜掉下来砸到我的身上。不过那以前，我记得自己在困倦难耐和醉意朦胧中接收到了几个指令。没有纱窗的窗户不要打开，可乐罐不要乱丢（房子里到处都是蚂蚁），卫生纸不要扔进抽水马桶。“这一点很重要，城里来的人总也记不住。”她对我说，抑或在我记忆里她是这样说的，用上述的词句或是别的什么词句。“上厕所是一种最无意识的行为，谁坐在那儿时都不会动脑子。接下来的污水处理会有多麻烦我都不知道该怎么跟您解释。”这些关于我身体机能的评语出自一个彻头彻尾的陌生人之口，却并未令我感到丝毫的不自在。玛雅·弗里茨身上的一派天然是我前所未见的，它与波哥大人的那种道貌岸然大相径庭——后者有本事将自己的一辈子过得好像从来不拉大便似的。我想我是记下了那些指令的，只是忘了自己有没有回应些什么。我的腿比平日疼得更加厉害，连胯部都跟着痛了起来。我将这归咎于潮湿的天气，以及在情况多变的危险路段开了太久的车导致的筋疲力尽。

醒来的时候一阵晕头转向。弄醒我的是正午的高温：我浑身是汗，床单已经浸得透湿，圣何塞医院被我梦魇中的汗水打湿的床单就是这副样子。我望了望天花板，发现风扇已经停止了转动。白日不可一世的明亮涌进木质的百叶窗格，在地面的白砖上洒下了光斑。门是关着的，门边摆了一张柳条椅，上面搁着东西，似乎是一叠衣物：两件短袖格子衬衫，一条绿色的毛巾。房子里一片寂静。远处则传来人语声，是干活儿的人们正在交谈，还有劳作时工具发出的声音：我不清楚那是些什么人，这个时候、这样的天气里他们在做些什么。还在疑惑时，那声响消失了——许是他们收工歇息去了。我拉起百叶帘，打开窗子探头张望，鼻尖就快贴在纱窗上，也没有望见一个人影：就只见到长方形的泳池闪着亮光，见到一辆孤零零的车子，见到一株木棉——跟公路上的那些一样，它长于此地仿佛就是为了给在这烈日炙烤的天地偷生的可怜活物们带来一丝荫蔽。木棉树下是我来时见过的德国牧羊犬。木棉树后延展着平原，平原尽头的某处地方，便是奔涌而过的马格达莱纳河。这条河流的声响我轻易就能辨识，那是我自小听惯了的——虽则是在远离拉斯阿卡西亚斯的另一处流域。我没有见到玛雅·弗里茨，因此只得洗了个冷水澡（还打死了墙角的一只蜘蛛，个头相当大，跟我对抗了好一会儿），并且换上了她给我留下的衬衣。那是件男式衬衫，对我来说显得有些过于宽大了。我被它曾经属于里卡多·拉韦德的念头攫住，不由得在脑海中设想起他穿着它的情形，而那形象不知为何，与我本人很是近似。来到走廊，很快便有一个年轻女子迎了上来，她穿一件红色的齐膝短裤，上面有两只蓝色的口袋，无袖衫上是一只蝴蝶吻着一朵向日葵的图案。

她手上端了一个托盘，上面是橙汁，盛在深口杯中。客厅的风扇也已静止了。

“玛雅小姐把东西给您搁在天台，”她告诉我，“他们吃午饭去了。”说着冲我笑笑，等着我把托盘里的橙汁喝掉。

“不能开电扇吗？”

“停电了。”那女人说，“先生想不想来杯红酒？”

“先打个电话吧。打去波哥大，如果可以的话。”

“电话在那儿，”她说，“这是您跟玛雅小姐事先说好了的。”

那是一台老式的一体化电话机，跟我童年里——七十年代末的时候见过的一模一样：一只大腹便便的长脖子小鸟，身下带着一只拨号盘，还有一个红色的按键。听筒只须向上一提就能取下。我拨着家中的号码，每一次都要转盘转回原处才能再拨下一个数字，因此我只能等待，同时惊奇地发现，自己居然重新体会到了儿时的那种不耐烦。电话还没响到第二声，便已被奥拉接了起来。“你在哪里？”她问，“你还好吗？”

“当然。我为什么会不好？”

于是她的语气变了，变得冷淡、沉重而疲倦。“你在哪儿？”她说。

“拉多拉达。来见一个人。”

“留言里的女人？”

“什么？”

“电话答录机留言里的女人？”

我并不讶异于奥拉的洞察力（从我们的关系初始我便见识了她的敏锐）。我三言两语地做了解释：里卡多·拉韦德的女儿，她手头有些文件，记忆里有些画面，能给我机会弄明白许多事，我想知道。这句话在我的脑海中盘旋，却并没有被说出口。叙述中我听见一串细碎的声响，应该是喉咙发出的声音，继而便是奥拉突然的大哭。“你是个婊子养的。”她说。她用的不是 hijueputa 这个简单有力的短语，而是将 hijo、de、puta 几个单词分得清清楚楚地说出。[1]“我一夜都没合眼，安东尼奥。我不能去医院，因为没人帮我带孩子。我不明白，我真的完全弄不明白。”奥拉抽噎着诉说，她哭泣的方式刺激了我，我从未听过这样的哭声从她的口中发出：那是焦虑，毫无疑问，是一整夜累积的焦虑。“那人是谁？”她问。

“不是谁，”我答道，“这么说吧，不是你想的那样。”

“你不知道我想的哪样。她是谁？”

---

[1] 三个词语在西班牙文中分别译为“儿子”，“……的”，“娼妓”。

“里卡多·拉韦德的女儿，”我说，“就是那个已经……”

于是我听见气恼的喘息声。“我知道那是谁，”奥拉道，“请别再侮辱我。”

“她想听我讲一些事，我也想听她讲一些事。就这么多。”

“就这么多。”

“没错。就这么多。”

“她漂亮吗？我是说，她可口吗？”

“奥拉，你别这样。”

“可我不明白，”奥拉道，“我想不通你为什么昨天不来电话，这会费你什么事。昨天你手边没电话吗？你没在那儿过夜吗？”

“是的。”我说。

“是什么？是你手边有电话还是你在那儿过夜了？”

“我是在这里过的夜。我也的确可以使用电话。”

“所以呢？”

“没什么所以。”我说。

“你干什么了？你们都干什么了？”

“讲话。一整夜。我起床迟了，所以现在才打来。”

“啊，这么回事。”

"对。"

"那明白了。"奥拉说。然后又道:"你是个婊子养的，安东尼奥。"

"但是这儿有信息，"我说，"我在这里可以了解很多事情。"

"冷血动物，婊子养的，"奥拉说，"你不能这么对待自己的家人。我整晚都醒着，担惊受怕，想到的全是最坏的状况。婊子养的。最坏的状况。星期五一整天我都缩在这儿，跟莱蒂西亚关在家里等消息，我不敢出门，因为生怕你碰巧打来。整夜不睡，怕得要命。你难道没想过这些？还是你根本就无所谓？要是反过来呢？你也会这样吧，对吗？想想看，如果是我带着孩子出去了一整天而你却不晓得我在哪儿。你也得吓得不轻吧，你就得管着我怕我出轨了吧。你也希望我无论到哪儿都打个电话好叫你知道我安全到达了吧。你也希望我出门时打个电话，好叫你知道我什么时候出去的吧。你为什么要这样，安东尼奥？你这是怎么了，你究竟想干吗？"

"我不知道，"于是我说，"不知道自己想要干吗。"

在随后几秒的寂静当中，我听到并且认出了莱蒂西亚发出的声音，那是一缕听得见的踪迹，好像猫儿的小铃铛，让父母在不知觉中学会了分辨：莱蒂西亚在铺了地毯的地面上走着或跑着，莱蒂西亚同她的玩具们说着话，或是让玩具们相互谈天，莱蒂西亚搬运着家里的东西（不能乱碰的装饰品，不能乱碰的烟灰缸，不能乱碰的扫帚，她很喜欢把它从厨房拿出来跑去扫地毯：她小小的身体在空气中制造的一切细微的震颤）。我在思念她，我意识到在那之前，自己甚至连一个晚上都不曾离开过她，意识到自己从未与她相距得如此遥远。我又感到了那种不安，就像先前的许多次一样，害怕她会失去庇护，我甚至有种直觉，仿佛那些意外（它们在每间房中、每条街上蹲守着她）在我缺席的时候加倍地容易发生。"孩子好吗？"我问。

奥拉的回答比预想中慢。"是，她还好。早饭吃得不错。"

"让她听。"

"什么？"

"请让她接一下。告诉她我想跟她讲话。"

一阵沉默。"安东尼奥，三年了。为什么你还是不肯走出来？为什么你非得活在那场事故的阴影里？为什么，说真的，我弄不懂这对你有什么好处。这究竟是怎么了？"

"我想跟莱蒂西亚讲话。把电话给她。叫她过来，把电话给她。”

奥拉重重地叹了口气。叹息里有种近乎厌倦与绝望的东西，又或者是直白的愤怒，一个人自觉无能为力的那种愤怒：这些情绪透过电话并不容易分辨，须得看着人脸才能精准地解读。在我那套位于第十层的公寓里，在我那座矗立在海拔两千六百米高空的城市当中，属于我的两个女人走动着，说着话，而我倾听着她们，并且爱着她们，是的，我爱她们，我不愿伤害她们。正当我这样想着，莱蒂西亚开口了。“喂？”她问。孩子们对这个词总是无师自通。“喂，宝贝。”我回应道。

“是爸爸。”她说。

于是我听见奥拉遥远的声音传来：“对，”她说，“听一听，听听他跟你讲些什么。”

“喂？”莱蒂西亚重复了一遍。

“喂，”我说，“我是谁？”

“爸爸。”她说，把后一个字母P讲得很用力，[1] 还拖了长音。

“不，”我说，“我是大灰狼。”

“大灰狼？”

---

[1] 西班牙文中“爸爸”一词的拼读为“papá”。

“我是彼得·潘。”

“彼得·潘？”

“我是谁，莱蒂西亚？”

她思考了一会儿。然后道：“爸爸。”

“完全正确。”我说。我听见她笑了起来：细碎的笑声，好像蜂鸟拍打着两翼。我接着问：“你有没有好好照顾妈妈？”

“啊哈！”她说。

“你要好好照顾妈妈。你照顾了吗？”

“啊哈！”莱蒂西亚说。“我让她听。”

“别，等等。”我试图这样告诉她，可是已经晚了，听筒从她的手中被抽走了，我落在了奥拉的手上，我的声音落在了奥拉手上，我的思念悬挂在炎热的空气中：我思念着那些我尚未失去的东西。“好了，去玩吧。”我听见奥拉用一种最柔软的语气在跟女儿讲话，那仿佛是低低的耳语，又仿佛是五音节的摇篮曲。而当讲话的对象换成了我时，强烈的反差便出现了：她嗓音里有种悲伤，相距那么近，故而我听得十分清楚，还有一份失望，以及尽力掩饰的责备。“喂。”她说。

“喂，”我说，“谢谢。”

“为什么？”

“让莱蒂西亚听了电话。”

“她在走廊会感到害怕。”奥拉道。

“女儿吗？”

“她说走廊里有东西。昨天她不愿从厨房走回自己的房间，是我陪她走的。”

“年龄的原因，”我说，“这些恐惧以后都会消失的。”

“她喜欢开着灯睡觉。”

“年龄的原因。”

“对。”奥拉说。

“儿科医生跟我们讲过的。”

“对。”

“这个年纪就是容易做噩梦。”

“我不想，”奥拉说，“不想我们再继续这样，安东尼奥。不该这样。”我还没来得及回应什么，她又加了一句：“这对谁都不好。对女儿不好，对谁都不好。”

原来如此。“我懂了，”我说，“所以是我的过错了。”

“没人跟你提过错。”

“女儿怕上走廊是我的过错。”

“没人这么说。”

“拜托了，真白痴。说得就跟恐惧也会遗传似的。”

“不会遗传，”奥拉道，“但会传染。”随即马上又说，“我无心的。”跟着又补上一句，“你明白的。”

我的两手都在出汗，尤其是握着听筒的那只。一种荒唐的恐惧感袭上心头：我感到听筒即将从我汗湿的手心滑脱，跌在地上，我们之间的联系即将切断，而我无力挽回。一场意外，事故确实发生了。奥拉讲述着我们的过去，讲述着我们曾经计划的将来——在那颗并没写着我名字的子弹碰巧打中我以前。我专注地听着，我发誓自己的确这么做了，可我的内心无法浮现任何回忆的画面。内心之眼，是有这样一种说法的。我的内心之眼试图看见里卡多·拉韦德死去以前的奥拉，试图看见那以前的我自己，结果却徒劳无功。“我得挂了，”我听到自己说，“电话是借来的。”而奥拉——这个细节我倒记得十分清楚——一直说着她爱我，说我们会一起走出来的，说我们会共同努力做到的。“我得挂了。”我说。

“你什么时候回来？”

“不知道，”我说，“这里有信息，有我想知道的事。”

听筒里一阵沉默。

“安东尼奥，”奥拉道，“你会回来吗？”

“怎么这么问，”我说，“当然会回来，我不知道你想象中我在干吗。”

“我什么也没想。告诉我什么时候。”

“不知道。尽快。”

“什么时候，安东尼奥。”

“尽快，”我说，“你别哭啊，不至于吧。”

“我没哭。”

“不至于。女儿会不安的。”

“女儿，女儿，”奥拉重复着，“你吃屎吧，安东尼奥。”

“奥拉，别这样。”

“你吃屎吧，”她说，“等你能回来的时候再见吧。”

挂上电话，我来到了天台。柳条箱躺在一张吊床底下，安静得像是一只宠物。那儿有埃莱娜·弗里茨与里卡多·拉韦德的人生，就散落在里面的文件当中——他们写给别人的信，还有他俩之间往来的信件。空气凝固了。我在玛雅·弗里茨前一晚睡过的吊床上躺下，头枕着配了白色刺绣外罩的椅垫，取出第一个文件夹，将它放在自己的腹部，又从这个文件夹中抽出了第一封信。那是颜色发绿、几近半透明的一张纸。

“亲爱的祖父祖母”[1]，抬头如是。跟着是第一行，孤零地倚着下一个段落，仿佛想要自杀的人站在房檐上的样子。

没有人告诉过我波哥大会变成这样。

我忘记了湿热的天气，忘记了那杯橙汁，也全然忘了自己此刻难受的姿势（自然更加不会去想这姿势稍后会令我的脖子痛得很厉害）。躺在玛雅的吊床上，我甚至遗忘了自己。我努力回想上一次有类似的体验究竟是何时——视现实世界如过眼烟云，将自我意识全然封闭，结果却发现，自我记事起，那是绝无仅有的一次。然而以上都是后话了，是我许久之后与玛雅交谈的那几个小时当中努力做出的推理。那是一次旨在给信件补白的长谈，我想让玛雅为我讲述信上并未提及，却早已启示的一切，那不露真容的，躲藏着沉默的一切。不过正如之前所说，那些都是后话了。那场交谈只能在稍后发生，在我从这些文件与它们泄露的真相当中穿行而过以后发生。因此躺在吊床读信的当下，我的感受是另外的样子，

[1] 原文此处为英文。

那是一次难以言喻的经历，尤为突出的是一份不知所措：我十分别扭地发现，尽管故事里并未出现我的名字，其实我在每一行文字当中被它提及。我感到思绪纷乱，而种种纷乱的思绪最终又汇聚在了一处，浓缩成一份可怖的孤独，一份晦暗难明，无从开解的孤独。一份属于孩子的孤独。

我将散乱的信息整合，再加上自己的记忆，重构了这段故事。它从 1969 年开始，也就是约翰·菲茨杰拉德·肯尼迪总统签署命令成立“和平队”[1] 后的第九个年头。当时伊莱恩·弗里茨刚刚结束了在佛罗里达州立大学接受的为期五个星期的训练，作为编号 139372 的准志愿者，正乘坐飞机准备在波哥大降落。彼时的她脑子里尽是些毫无新意的想法：想拥有更加丰富的人生经历，想要留下自己的足印，想象自己是一粒沙，但是可以聚沙成塔。旅途并不顺利，一阵阵疾风将他们的航班——一架老旧的哥伦比亚航空 DC-4 吹得摇摇晃

[1] “和平队”（Peace Corps）为美国志愿服务组织，成立于 1961 年，以“促进世界和平和友谊，为感兴趣的国家和地区提供有能力且愿意在艰苦环境下在国外服务的美国男性和女性公民，以帮助这些国家和地区的人民获得训练有素的人力资源”为宣传口号。

晃，因此她不得不掐灭了香烟，并且做了一件十五岁后就再没做过的事：祈祷。（当然她祈祷得飞快，只在没涂胭红的脸上和戴了两条木串珠项链的胸口潦草地画了两道。并没有给人看见。）临出发前，伊莱恩的祖母曾同她说起去年的那架从迈阿密飞往波哥大结果坠毁的客机，因此当她的航班朝着那片灰绿色的群山下降，在气流的冲击下颠簸着穿过低低的云层，被一道又一道雨痕沾污了舷窗的时候，她开始回想那架失事飞机的乘客究竟有没有全部罹难。她用两手紧紧抓着自己的膝盖——裤子被弄得又湿又皱，并在航班伴着铁皮撞击的巨响触碰地面的瞬间闭起了眼睛。随后她不住感慨平安降落一定是上帝显灵，心想到了住处马上就要坐到桌前给祖父祖母写第一封信。我已经到啦，很平安，这里的人十分和善。有许多工作要做呢。一切都会很好的。

伊莱恩的母亲在生她时便过世了，父亲当年在老秃山附近执行侦察任务，[1]一只脚踩上了地雷，从朝鲜回来时右腿截肢直到胯部，整个人也垮掉了。回来还不到一年，有一次他

[1] 1952—1953 年发生在朝鲜战争中的老秃山战役。美国习惯称作“Battle of Old Badly”。

出去买烟，从此便彻底消失，再也没人知道他的消息。自那以后，伊莱恩就在祖父母的庇护下长大。她其实并未真正意识到父亲的缺席，毕竟所有这一切发生时她还太小了。祖父母不仅负责教养她，还努力令她开心快乐，他们像养育子女那样精心地照管她，同时又比带大子女时有了更为丰富的经验和阅历。于是伊莱恩生命中成年人的形象便由这样两位来自旧时代的人物所扮演，而她自己也长成了一个拥有同龄人所不具备的强烈责任感的孩子。人们常在公开场合听见她的祖父说，他们让伊莱恩的成长路上充满骄傲，同时也令她饱受伤痛："因此她会被造就成我的女儿。"当伊莱恩决定中断新闻学的学业加入和平队时，祖父是第一个向她表示支持的人，当时他已经为肯尼迪的遇刺哀悼了长达九个月的时间。"不过有个条件，"他说，"你不能待在那里不回来，就像许多人那样。帮助别人是好事，可你的国家更需要你。"伊莱恩答应了他。

伊莱恩的名字被列入了使馆某机构的名单当中。机构将她安置在紧邻伊波德罗莫的一栋两层房子里，从波哥大向北半小时的车程。房子所处街区的柏油马路铺设得十分糟糕，一到雨天就会遍地泥泞。她即将度过接下来十二个星期的地方是一片到处在建房屋的区域：大部分房子都没有屋顶，因为屋顶是最费钱的，是最后完工的；平日里出行总会碰上带搅拌机的大型泵车，颜色赤黄，轰隆隆地响着，仿佛做噩梦时见到的蜜蜂；翻斗车随处卸下一堆堆的沙砾，工人们一手拿着小饼干，一手拿着汽水，看见她走过便会吹响下流的口哨。伊莱恩·弗里茨——这儿的人们从未见过如此清澈的绿眼睛，栗色的长发那样柔滑，帘幕一般垂落在腰际，花衬衫下还有一对在山区的寒冷中竖起的乳头。她总是垂头望着水坑，凝视水里倒映着的灰色天空，只在走到这一区域与北方公路交界的那片荒地时才肯抬起眼帘，也不过是为了确认那两头吃草的母牛跟自己隔了一段安全的距离。还有就是如何挤上那辆不知几时会来、停靠站也十分随意的黄色小巴。刚一上去就得用手肘在扁豆汤般浓稠的人群中开出一条路来。“原因很简单，”她写道，“得按时下车啊。”在半小时的车程当中，伊莱恩须得由入口处的铝制回转栅栏一路走到车子的后门（她学会了利用胯部一点点地挪动，根本用不着双手帮忙），并且在下车时避免将那两三名单脚站着、身子悬在半空的乘客一同带下车去。自然所有这一切都需要那么一段学徒期，因此最初的一个礼拜她总在坐过站一两公里后才得以下车也就并不稀奇。当她穿过陌生的街道，身上被绵密的雨水打得透湿，终于赶到 CEUCA[1] 的时候，课已经开始好几分钟了。

哥伦比亚—美国大学学习中心：对于一个只有几间教室的地方，这名字显得浮夸且冗长。教室里面挤满了人——那是些让伊莱恩·弗里茨倍觉亲切的人。在受训的这段时期，伊莱恩的伙伴们同她一样白纸一张，同她一样不过二十来岁，也同她一样厌倦了自己的国家，厌倦了越南，厌倦了古巴，厌倦了圣多明各，厌倦了毫无盼头地开始一个早上，跟父母朋友说上一堆陈词滥调，然后到了夜晚临睡时，发觉自己又度过了糟糕的一天，而这一天它将不会重来，它已被瞬间书写在充满卑劣行径的世界史当中：一支削短型霰弹枪射杀马尔科姆·X[2] 的一天，藏在汽车底部的炸弹炸死沃尔雷斯特·杰克逊[3] 的一天，弗雷德·康伦在邮局被炸弹袭击的一天，警察的步枪扫射杀死本杰明·布朗的一天。与此同时，不断有灵柩被从越南运送归来，制造它们的那些军事行动的名字全都优美

---

[1] CEUCA，即下一段第一句提到的“哥伦比亚—美国大学学习中心”（Centro de Estudios Universitarios Colombo-Americano）的首字母缩写。

[2] 马尔科姆·X（Malcolm X, 1925—1965），美国黑人运动领袖，于 1965 年在一次演讲中被暗杀。

[3] 沃尔雷斯特·杰克逊（Wharlest Jackson, 1929—1967），美国全国有色人种协进会成员。

无害：五号甲板室行动，雪松瀑布行动，章克申城行动。[1]对美莱村的屠杀[2]刚刚街知巷闻，没过多久人们又说起了青篷事件，[3]一场暴行被另一场暴行覆盖和取代，一个被强奸的女子与之前的某个被强奸的女子混为一谈。没错，就是这样：在这个国家，一个人早上起床就已经不知自己该期待些什么，不知道历史将会对他开一个怎样残酷的玩笑，将会在他的脸上吐一口怎样的唾沫。美利坚合众国几时开始变成了这样？这个每一天伊莱恩用千百种方式追问的问题漂浮在教室的空气当中，高悬于每个人的头顶上方——那些白发苍苍的，那些二十来岁的——不仅如此，还占据了他们的闲暇时光，在咖啡馆吃午饭时，从 CEUCA 去往贫民区的路途上——准志愿者们会在那里干些农活儿。美利坚合众国：是谁让他们走向迷失？是谁该对他们梦想的破灭负责？而就在那儿，就在

[1] 依次为越战中的三场军事行动：Deckhouse Five（1967 年 1 月 6 日至 15 日），Cedar Falls（1967 年 1 月 8 日至 28 日），Junction City（1967 年 2 月 22 日始，持续 82 天）。

[2] 越战期间美军于 1968 年 3 月 6 日在越南广义省美莱村进行屠杀。消息被美军封锁一年后于 1969 年 11 月被记者揭发。

[3] 青篷（Thanh Phong）是越南槟知省的一个小村庄，1969 年 2 月 25 日，美国海豹突击队袭击了该地区，造成 21 名平民死亡。

那几间教室当中，伊莱恩想道：我们已经逃离了那些。我们都是逃离者，她想。

上午被用来学习西班牙语。四个小时。这四个钟头十分难耐，每次都给伊莱恩留下头痛以及搬运工人身上常见的那种肩部劳损。在此期间她要坐在一位女教师的对面去领略一种新鲜语言的奥秘。女教师总是穿着长筒靴和高领毛线衫，模样干瘦，挂着一对黑眼圈，她常将自己三岁的儿子带到课堂上来，因为家中没有人照管。每当学生用错了虚拟式或是搞不清单词的阴阳性时，这位玛利亚女士便会用一场演说来做回应。“假使这个国家的穷人听不懂诸位讲的话，诸位怎么跟他们一同工作？”她双手握拳，撑在木桌面上，“假使让他们听懂这点事都办不到，诸位又如何取得社团领袖的信任？再过三四个月，你们当中有些人就要去往沿海地区和咖啡种植区了，你们认为‘公共行动’[1]的人会等着大家翻词典找单词吗？你们觉得如果连一句‘牛奶比黑糖水要好’也说得绞尽脑汁，教区的农民们会乖乖地坐下来听你讲话吗？”到了

---

[1] 公共行动，指“公共行动联合会”（Juntas de Acción Comunal，JAC），1958年根据哥伦比亚 19 号法令成立，旨在推动基础设施建设和提供社会服务。

下午是英文讲授的时间，官方计划表上写的是“美国研究”和“世界事务”。在这一时段，伊莱恩与同伴们将会参加和平队资深成员举办的讲座，这些人出于各种各样的理由在哥伦比亚一直待了下来。从他们身上，伊莱恩们懂得了重要的会话并不是关于黑糖水或牛奶的那些，而是与此全然不同的、其主要成分无一例外包含了没有的那一系列：我没有参加争取进步联盟，我没有为中情局工作，以及最为要紧的一句，真遗憾，我没有美元。

到了九月底，伊莱恩写了一封长信祝贺她祖母的生日，并且感谢他们为她寄来《时代》周刊的剪报。她问祖父去看过纽曼和雷德福的新片了没有[1]，这部电影甚至在波哥大都很出名（尽管上映的日期稍迟了一些）。接着她笔锋一转，郑重其事地询问起了比佛利山谋杀事件[2]究竟是怎么回事。“人们

---

[1] 此处应指保罗·纽曼（Paul Leonald Newman）与罗伯特·雷德福（Robert Redford）1969年共同主演的电影《虎豹小霸王》（*Butch Cassidy and the Sundance Kid*）。

[2] 比佛利山位于美国加利福尼亚州。1969年夏，罪犯查尔斯·曼森（Charles Milles Manson）及其追随者犯下九起连续杀人案件。1971年，在他的指示之下，其追随者闯入演员莎朗·塔特（Sharon Tate）家中杀害数人。小说中此处应为1969年，与史实略有不同。

众说纷纭，就连坐下来吃个午餐也总忍不住要提。那些照片太恐怖了。莎朗·塔特还怀着身孕呢，我真想不通人怎么能做出那样的事来。我们生活的这个世界让人不寒而栗。爷爷，你该见过更可怕的事吧。拜托告诉我这个世界一向就是如此。”随后她又转向了另一个话题。“我记得之前已经跟你们提过贫民区了。”她写道。她告诉他们，CEUCA 的每一个班级都会分成不同的小组，每个小组负责一片区域，而她所在的小组另外那三名成员全都是加利福尼亚人：他们都是男生，在盖房子和与当地委员会的领袖谈话时表现得十分厉害（以上是伊莱恩说出来的部分），在搞到物美价廉的瓜希拉大麻和萨马利亚大麻方面也表现得十分厉害（以上是她没有说出来的部分）。总之就是这样。她每个星期会同他们去波哥大的市郊爬一次山，穿过那些遍地泥泞的街道，踩上死老鼠也不稀奇，经过那些板房或是腐坏的木屋，它们就建在粪坑边上，而粪坑就暴露在人们的鼻端眼底。“我们要做的事情很多，”伊莱恩写道，“不过工作方面就先说到这儿吧，下封信里再接着写。我想给你们讲讲我这一次撞大运的事。”

事情是这样的。一天下午，分区委员会召开了一次费时颇长的会议。会议讨论了水污染的问题，宣布必须紧急修建一条水管，并对没钱完成这一举措达成了共识。散会之后，伊莱恩他们小组跑到一间没有窗户的店里喝起了啤酒。酒喝了两巡（褐色的玻璃瓶在狭小的桌子上渐渐堆积），戴尔·卡特赖特压低了嗓音，问伊莱恩能不能守住秘密。“知道谁是安东尼娅·杜鲁宾斯基吗？”他问。伊莱恩跟所有人一样，当然知道谁是安东尼娅·杜鲁宾斯基，原因不止是她在志愿者当中属于资格最老那一批，也不在于她因扰乱公共交通曾被逮捕过两次（此处的扰乱该当解读为抗议越南战争，公共交通指的则是在美国大使馆对面），而是安东尼娅·杜鲁宾斯基已经下落不明好几天了。

“好端端的，下落不明，”戴尔·卡特赖特说，“现在已经发现她在哪儿了，只是他们不想让这事儿变成新闻而已。”

“谁们不想？”

“使馆。CEUCA。”

“原因呢？她在什么地方？”

戴尔·卡特赖特四下里望了望，把头埋了下去。

“进山了，”他悄声说，“好像是要革命。怎么都好吧，这不重要。重要的是她的 cuarto 现在空出来了。”

“她的四分之一？”伊莱恩问，“还是房间？”[1]

“是房间，没错。就是全班都羡慕的那间房子。我想也许你想要搬过去住。你知道的，距离 CEUCA 十分钟的路程，还有热水澡可洗。”

伊莱恩陷入了沉思。

“可我不是为了享受才到这儿来的。”结果她说。

“热水澡啊，”戴尔强调了一遍，“而且你下车时再也不用像个四分卫似的往外挤了。”

“可那家人怎么办。”伊莱恩说。

“跟他们有什么关系？”

“我的房钱是七百五十比索，”伊莱恩道，“是这个家庭收入的三分之一了。”

“有什么关系呢？”

“我不想令他们失去这笔钱。”

“你以为你是谁啊，伊莱恩·弗里茨，”戴尔叹了口气，表情很是戏剧化，“你以为自己独一无二，不可替代，快别闹了。亲爱的伊莱恩，就在今天还有十五名志愿者来到了波哥

[1] Cuarto 一词在西班牙语中可以指“四分之一”，也可指“房间”。

大。星期六还会再有一架航班从纽约抵达。整个国家有几百个，甚至可能是几千个你我这样的美国佬，他们中的许多都是要来波哥大做事的。相信我吧，在你打好行李之前，你的房间就又会住上人了。”

伊莱恩喝了一口啤酒。经过许多时日，当一切已成定局，她会想起那次的啤酒，想起店里阴郁的气氛，想起下午的映像渐渐消逝在镶嵌在铝制窗框里的玻璃上。一切就是从那儿开始的，她想。然而事情发生的当下，面对着戴尔·卡特赖特显而易见的示好，她在脑子里飞快地将事情梳理了一遍。她笑了。

“可你怎么知道我像个四分卫似的往外挤啊。”最后她说。

“和平队里每个人都知道，亲爱的，”他回答，“大家都知道。”

就这样，过了大概三个星期，伊莱恩·弗里茨最后一次踏上了从伊波德罗莫出发的旅程，这次带上了行李。原本她期待着她的寄宿家庭会表现出一点点伤感，无可否认，她也曾期待过一个不舍的拥抱，或许是一份临别的小礼物，就像她为他们准备的那样——一只小小的音乐盒，打开时会响起《骗中骗》的主题曲。然而什么也没有：他们问她拿走了钥匙，陪着她到了门口，与其说是出于礼貌，倒不如说是心生戒备。一个女人用自己的身躯堵住了房门，她看着伊莱恩走下楼梯，走到街上，自始至终没有为她的箱子伸一把手。这时一个很小的孩子出现了（是这家的独子，衬衫下摆在裤子外面，手中握了一辆红蓝相间的木头卡车）。他问了些什么，不过听得不很真切，在转身之前，伊莱恩只听到女主人的回答。

“她走了，儿子，到有钱人家去了。”那女人说，“忘恩负义的美国佬。”

有钱人家。这不是真的，有钱人不会接收和平队的志愿者。但那一刻伊莱恩无凭无据，她无意卷入一场关于她第二个寄宿家庭经济状况的辩论。然而不得不承认的是，第二个家庭的确拥有伊莱恩几个星期以前全然意想不到的奢华：那是加拉加斯大街上一处舒适的住所，门面狭小而进深很大，尽头处有个花园，花园角落里种了一株果树，就长在铺了瓦顶的围墙边上。建筑的外墙是白色的，木窗框漆成绿色，大门前的空地与公共人行道间用一道铁栅栏分隔开来，每次想要进入须得先打开栅栏，随后便会听见一阵牲畜的叫声。与大门连通的是一道昏暗却令人舒适的走廊。走廊左手边向着客厅开了一扇双叶的玻璃门，再往前的那扇门通往餐厅，再往前则是一条走道，沿着狭窄的内院修建起来，内院中有些天竺葵，栽种在吊盆里。走廊的右手边，紧挨着入口便是楼梯。伊莱恩第一眼看到那些木台阶时，心中便已了然：那张红色的地毯曾经是上好的，如今已磨损了（有几级台阶的位置甚至看得见织物内里灰色的线头）；将地毯固定在阶梯上的铜枕木从螺栓上松脱了，或者确切地说，是螺栓从木地板中脱落了下来，有时人们走得快了，便会感到脚下打滑，并且听到不牢靠的金属发出的些微声响。在伊莱恩看来，眼前的楼梯对于这个家族来说就是一个备忘录，抑或见证者，记录了它曾经拥有、如今已失去的一切。“一个没落的上等人家。”使馆的工作人员在伊莱恩去办理迁居手续的时候这样说。没落的：伊莱恩将这个词想了又想，她试图逐字翻译，结果却不得要领。然而在看到台阶上的地毯的刹那，她完全明白了其中的含义。自然她的理解是凭着本能，并没有组织成连贯的句子，也不曾在头脑中做出一个科学的论断。不过随着时间的推移，一切终将得到解释——伊莱恩一生之中见过不少类似的情形：拥有辉煌过往的家族在某一天忽然意识到，原来过往并不能当钱使。

这个家族姓拉韦德。女主人是个眉毛稀疏、眼光流露悲伤的妇人，她有一头浓密的红发——这在这个国家显出十足的异域风情，但也可能仅仅是用了染发剂的缘故。红发无时无刻不用一只发卡固定得妥妥帖帖，无时无刻不散发着新涂的发蜡的气味。葛洛莉亚女士，这是一个从不系围裙的家庭主妇：伊莱恩从未见她拿起掸子干过活，她将时间全都消磨在梳理头发上，消磨在床头柜边，以及陶瓷制成的烟灰缸里。她身上没有一丝人间烟火气：除了着了魔似的将自己的外表打理得一丝不苟，其余的什么也不关心。男主人胡里奥先生脸上有块疤痕，不是类似刀砍留下的那种整齐而又细长的伤疤，而是弥漫开来、形状不规则的样子（伊莱恩误以为那是皮肤病造成的）。事实上不只是面颊：那块痕迹顺着他的连鬓胡子一路向下，划过了上颌骨，甚至浸染到脖颈，让人很难不注意到它。胡里奥先生的职业是法院书记员，起初在一次餐厅里的谈话中，他致力于跟他的客人谈一谈保险、可能性以及统计学的话题。

“您如何才能知晓一个人该买什么样的人身保险呢？”男主人道，“保险商十分关心这个，这是理所当然的，一个三十来岁身体健康的人跟一个患了两次梗死的老人交一样的钱显然不公平。于是我来了，弗里茨小姐，我展望未来。我就是那个能说出这个人什么时候会死，那个人什么时候会死，以及这辆车子在公路上有没有可能爆炸的角色。我的工作面向未来，弗里茨小姐，我是那个知晓即将发生什么的人。这是一个有关数字的问题：未来就在这些数字当中。数字告诉我们一切。比方说，数字告诉我，这个世界是不是正静待着我死于五十岁之前。那么您呢？弗里茨小姐，您知道自己什么时候死吗？我可以告诉您。只要给我时间，给我纸笔，给我一个误差区间，我就能说出您最有可能几时死，怎么死。我们这样的群体对过往十分着迷。而你们美国佬却对过往不感兴趣，你们放眼前方，只重将来。你们比我们想得更明白，比那些欧洲人想得更明白：将来才是人应该着眼的方向。我就是这么做的，弗里茨小姐，我靠着告诉人们即将发生什么来养活妻儿。当然了，今天这些人就只是保险商而已，不过明天将会有更多的人对这种天赋发生兴趣，这是必然的。美国比谁都清楚这一点。因此你们走得最远，弗里茨小姐，因此我们落后了这么多。告诉我，难道您认为我说得有问题吗。”

伊莱恩一语不发。在餐桌的另一端，这对夫妇的小儿子正注视着她，嘴角牵起，唇边现出一抹戏谑的笑容。他的睫毛既长且密，让那对黑眼睛显出一丝女性化。他从一开始就这么看她，这十分无礼，伊莱恩却不知为何有些欣喜。来到哥伦比亚好几个月了，她还从没被人这么看过，她也从来没跟美国人以外的谁睡过，从来没跟高潮时不讲英语的人睡过。

“里卡多不相信未来。”胡里奥先生说。

“我当然相信，”他的儿子反驳道，“只是我的未来不该管别人借钱。”

“好了，别又说这个了，”葛洛莉亚女士微笑道，“客人会怎么想啊，人家才刚来呢，行了。”

里卡多·拉韦德：对于伊莱恩生硬的发音来说，这里的字母 R 实在是太多了。[1]“喂，埃莱娜，念我的名字。”当里卡多带着她去熟悉环境时，这样命令道。他指给她属于她的浴室，她即将居住的房间，那只糖果色的床头柜，有三个抽屉的衣橱，以及挂了帘子的卧床，它们都是他姐姐出嫁之前用过的（那儿还有一张姐姐小时候在照相馆拍的相片：头发中间光溜溜的一条缝，眼光茫然，摄影师的签名是巴洛克式的）。这家的客房是许许多多她这样的美国佬曾经待过的地方。“把我的

[1] 里卡多·拉韦德在西班牙语中写作 Ricardo Laverde，字母 R 较多，而 R 在西班牙语中发大舌音，非母语者不易掌握。

名字念三遍我就再给你一床被褥。”这位里卡多·拉韦德如是说。不过是游戏而已，但的确是带了些敌意的。伊莱恩感到不舒服，可还是参加了进来。

“里卡多，”她的舌头磕磕绊绊，“拉韦德。”

“差劲，好差劲，”里卡多说，“不过没关系，埃莱娜，你的小嘴真好看。”

“别叫我埃莱娜。”伊莱恩反驳。

“你不明白，埃莱娜，”里卡多道，“你还得练习才行，愿意的话我帮你好了。”

里卡多小她两三岁，却总表现出一副人生阅历丰富得多的样子。起初他们在傍晚碰面，那时候伊莱恩正好从CEUCA放学回来。他们会在二楼的小客厅交谈几句，就在那只名叫柏高的金丝雀的笼子底下：怎么样，还好吗，今天学了什么啊，把我的名字念三遍舌头不要打结。“波哥大人特别擅长唆一堆却什么有用的也没说，”伊莱恩在给祖父母的信中写道，“我就要溺死在闲聊里了。”然而某天下午，他们居然在第七大道上相遇了，不仅如此，让两人都觉得很巧的是，他们都是刚刚在美国大使馆门前喊了一上午的口号，尼克松是罪犯之类，还一起高唱了“停战，停战，停战”。许久以后伊莱恩方才得知，那次的“偶遇”其实跟偶然没有任何关系：里卡多·拉韦德之前就在CEUCA的门口等候她，他跟踪了她几个钟头，一直在远处窥探，将自己藏在街头的人群中，藏在写着“卡利＝谋杀犯”[1]，“逃兵役光荣”和“我们又为什么在那儿？”的标语牌后面。当他在伊莱恩身后几米远的地方被迫听着赞美诗时，一直忙着排练不同的词句和语气，好去扮跟她偶遇：

“哈，这实在太巧了，不是吗？走吧，我请你喝东西，让你好好宣泄宣泄对我爸的牢骚。”

于是，在拉韦德家的房子以外，远离了布置考究的瓷器、油画上军人的注视以及金丝雀恼人的叫声，伊莱恩与房东儿子的关系发生了转变，有了一个新的开始。那一次，她捧着手中的热巧克力讲了些自己的事，也听里卡多说了一些他的。由此她得知里卡多毕业于一间耶稣会中学，随后学了一段时间的经济学——选这个专业是他父亲的意愿，或者说是他父亲强加给他的——不过几个月前他已经抛弃了经济，转而去追求自己唯一感兴趣的东西：驾驶飞机。“我爸不愿意，那是

[1] 此处的卡利应指威廉·卡利（William Cally），美莱村屠杀的涉事中尉军官。

自然的。”许久以后，当他们已经可以坦诚相对时，里卡多这样告诉她。“他一直都反对。可我说给爷爷听，爷爷站在我这边。于是我爸就没辙了。跟战斗英雄作对可不是那么容易的。尽管那场战争很小，同之前和之后世界上发生的战争相比，它就跟游戏似的，就只是战争之间的一场小仗而已。可再怎么样，战争就是战争，所有的战争都有它的英雄，不是吗？演员的价值与剧场的大小并无关系，这是我爷爷说的。对我来讲这当然是一种幸运——在开飞机这件事上，爷爷支持我。记得最初我表示有兴趣学飞行时，爷爷是唯一一个没有说我疯了，没有说我不成熟、说我乱来的人。他支持我，毫无保留地支持我，甚至跟我爸对着干，而对一个空军战斗英雄说不是很难的。我爸尝试过，这点我记得很清楚，可并没有结果。那已经是两三年前的事了，可我总觉得就像发生在昨天。我们就坐在这里，爷爷坐您那儿，我爸坐我的位子。爷爷伸出一只手，拍了拍我爸脸颊上的伤疤，对他说他心里的恐惧不该由我来偿还。爷爷一定很渴望我能明白那个姿势对他来讲是多么残忍，一个年迈的、疲惫的老人——尽管他看起来并非如此——伸手去拍打一个年轻的、健壮的人——尽管那人看上去也并不那么年轻健壮。当然了，这还不够，别忘了那个疮疤，他拍打的是那个疮疤……您一定知道想要拍打我父亲的脸而完全不去触碰疮疤该有多难。是了，没错，尤其我爷爷还是个惯用右手的人。一个惯用右手的人的手掌落在承受它的人的左边脸颊，落在我父亲的左脸，落在他受伤的面颊。”

那场关于面颊上的疮疤有何来历的谈话发生在许久以后。彼时他们已是一对情人，对彼此身体的好奇当中渗入了对各自人生的好奇。而性对于他们来说毫不意外，仿佛一件早已摆放出来却无人问津的家具。每天夜里吃过晚饭，这位东道主和他的房客都会聊上好一会儿，然后道别，一起攀上楼梯，上到二楼伊莱恩会继续向尽头走，她会钻进浴室，插上门闩，几分钟后再出来，身上套一件白色的大衬衫，脑后绑一条长长的马尾辫。一个下着雨的星期五——雨水噼里啪啦地打在防雨罩上，浇熄了一切旁的声音——伊莱恩像往常一样从浴室出来，却没像往常一样看到那道黑漆漆的走廊，以及内院的天窗透进来的街灯的亮光。出现在她面前的是里卡多·拉韦德的侧影，正斜倚在栏杆上。逆光中伊莱恩瞧不清他的面容，却从他的姿态和语调里读出了一种渴望。

“要睡了吗？”里卡多说。

“还没，”她答道，“进来给我讲讲飞机的事。”

天气很冷。木制的床板在身躯的每一次动作之下发出吱吱嘎嘎的响声。兼且它只是一张年轻姑娘的床，如此嬉戏未免显得过于窄小。因此伊莱恩一把扯下了床罩，将它铺在地毯上，自己的毛绒拖鞋旁。就这样，在那张毛线床罩上，冷得要命的两人迫不及待，一拍即合。伊莱恩感到自己的乳房在里卡多·拉韦德的大手之下仿佛变得细小，却没把这话说给他听。她穿回那件长衬衫去了浴室，坐在抽水马桶上，想着要给里卡多留些时间好让他自己回房。她还想着，自己是喜欢跟他睡的，有机会的话还要再来一次，不过刚刚发生的事情在和平队的条例当中应当是被禁止的吧。她在坐浴桶那儿清洗了一番，照了下镜子，笑了笑，关灯出了浴室往回走，害怕绊倒故而走得很慢。当她回到自己的床边，她发现里卡多原来并没有离开，他已经把床重新铺好，就躺在上面等她，侧卧着，单手撑着脑袋，就像是好莱坞烂片里的男主角。

“我想要自己睡。”伊莱恩说。

“我不想睡，我想聊天。”里卡多道。

“好吧，”伊莱恩便说，“聊点什么？”

“您想聊什么就聊什么，埃莱娜·弗里茨。您起一个话头，我就接下去。”

于是他们天南海北地聊了起来，只是没谈他们自己。他们赤裸着，里卡多的手在伊莱恩的腹部随意游走，手指在她垂顺的发间随意拨弄，他们讲着彼此的打算和计划，像每一对新晋的情侣那样，以为谈论一个人的愿望就等同于谈论这个人本身。伊莱恩讲述了她在这世上的使命，她说年轻就是前进的武器，还说自己肩负着与人间的权贵对抗的职责。她问里卡多他喜欢当一个哥伦比亚人吗，他是否愿意生活在世界的其他地方，他是否也恨过美国，他读过新新闻主义记者的报道吗？不过还要等上几个星期，要再经过七次性爱，她才有胆量去问那个从第一天起就牵动了她的好奇的问题：“您父亲的脸是怎么回事？”“这位小姐也太小心谨慎了吧，”里卡多道，“从来没有人等了这么久才问这个问题。”伊莱恩提问时他们正乘着缆车攀登蒙塞拉特山——那之前里卡多在CEUCA的门口候到她出来，对她说是时候当个游客了，来哥伦比亚总不能只为了工作吧，别再把自己弄得跟个信徒似的，看在上帝的分上。每当有风吹过，缆车就在缆绳上摇摇晃晃，游客们随即不约而同地发出尖叫声，这时伊莱恩会牢牢缠在里卡多的身上（头抵在他的胸口，两手攥住他上衣肘部的补丁）。到了夜晚，他们站在旷野里，坐在教堂的长凳上，绕着圣殿一圈又一圈地散步，从三千米的高处俯瞰波哥大时，伊莱恩听说了发生在遥远的1938年的那次飞行演习的故事，故事里有飞行员，有惊险动作，有那场事故以及它所造成的为数众多的死伤。而第二天清晨，当她醒来的时候，发现等待她的除了刚刚送到的早餐，还有一个包裹。伊莱恩撕掉包装纸，里面是一本西班牙文杂志，杂志中间夹着一个皮质的书签。如果不是掀开内页时见到了房东家的姓氏，她差点以为书签才是那份礼物。同时发现的还有里卡多留给她的一张字条："为了使您明白。"

伊莱恩便试着明白。她提问，里卡多回答。在好几次谈话当中，他陆陆续续地解释说，父亲那烧伤的脸孔——一张颜色略深、凸凹不平、粗粝得好比莱瓦镇沙漠的地图——已然成了环绕他整个生命的一道景致，总有人无缘无故地向他问起。然而即便年幼时，里卡多都对自己所见的这一切的起因毫无兴趣，对他父亲的脸与其他人的脸有何区别漠不关心。这或许也是因为（据里卡多所说）他的家人甚至没有给他留下足够的时间去产生那份好奇，毕竟关于圣安娜那次意外的故事从彼时彼刻一直伴随在他们左右，从来不曾蒸发消失。

它总在各种各样的场合被各种各样的叙述者一讲再讲，于是拉韦德的记忆里留存下许多不同的版本，有圣诞节九日祭的，有星期五在客厅喝茶时的，有礼拜天足球场上的，有睡前走向床边时的，也有早晨去往学校的路途上的。那场意外被讲述着，没完没了，并且每次都以不同的语气、不同的动机讲出，不是为了向他证明飞机是危险而又难以预测的东西——好比得了狂犬病的疯狗（这是他父亲的说法），便是为了向他告知飞机犹如希腊的诸神，会将每个人安放在自己的位置，容不得人们的傲慢无礼（这是他祖父的说法）。许多年过去，里卡多·拉韦德自己也成了讲故事的人，起先他添油加醋，后来发现这其实完全没有必要。事实上，在学校的时候，讲述他父亲的脸被烧伤的前因后果是他吸引同学注意的最佳方式。“我也曾讲过爷爷的战斗故事，”拉韦德说，“结果发现原来没人爱听什么英雄事迹，恰恰相反，全世界都对别人的祸事兴致勃勃。”没错，他记得的，他记得他向同学们讲述圣安娜的那场意外，随即出示父亲的相片让那张脸证明自己并没说谎的时候，他们脸上流露的表情。

“事到如今我敢肯定，”拉韦德说，“今时今日我想成为一名飞行员，再也没法对这世上别的什么提起兴致，这都是圣安娜的错。假使有天我死在了飞机上，也一定是圣安娜的错。”

都怪那故事惹祸，拉韦德说。都是因为那个故事，他才接受了祖父的邀约。都是因为那个故事，他才踏上了瓜依玛拉飞行俱乐部的跑道与这位老英雄一同飞行，从而感到自己活着，比以往任何时候更加真切地感到自己活着。他走在加拿大军刀战斗机之间，试图坐进驾驶室里（他的姓令一切畅通无阻），随后，（又是因为他的姓）飞行俱乐部中最好的教练在他身上倾注了超出他学费的时间：这一切的罪魁祸首便是圣安娜的故事。在那段日子里，他第一次尝到了当一个王位继承人是何等滋味，拥有一点继承权是何等滋味。“我真的好好利用了，埃莱娜，我发誓，”他说，“我学得不错，我是个好学生。”祖父一直都说他有天赋。还有他的教官们，他们也都久经沙场，大部分人参加过秘鲁战争，还有一位是从朝鲜战场上下来的，甚至接受过美国人的授勋——至少传闻中是这样。大家都认为这小伙子不错，拥有罕见的直觉和十根金手指，并且最重要的一点是，飞机认他——而飞机是从不会弄错的。

“就这么到了现在，”拉韦德道，“我爸闹得死去活来，可我已经能为自己的人生做主了。一个拥有上百飞行时长的人能为自己的人生做主。他靠着占卜未来度日，可那是别人的未来，埃莱娜，我爸并不晓得我的未来，无论他的公式还是他的统计，都没法算出我的未来。我花了许多时间试图搞清我的人生跟我爸的脸究竟有什么关系，而直到现在，直到最近这段日子，才终于弄明白了。我这个人，英雄的孙子，一生是要做大事的。我将要摆脱这平庸的生活，埃莱娜·弗里茨。我不惧怕，我要让拉韦德这个姓在空中重振雄威。我要比阿巴迪亚上尉更加优秀，让全家都以我为荣。我要摆脱这平庸的生活，我要逃离这个家，每次有人请客吃饭对这个家都是一种折磨，因为下次就得轮到我们回请人家。我不要再像我妈一样每天早上数着硬币过活。我不再需要给美国佬留一张床位好让全家能有饭吃，不好意思，冒犯了您我很抱歉，我并不是针对您。您觉得呢，埃莱娜·弗里茨。我是英雄的孙子，我活着不是为了那些。是的，干大事，我说到做到，别人怎么看我才不管。”

同上山时一样，下行时他们依然乘着缆车。正是黄昏时分，波哥大的天空化作了一袭巨大的紫色披风。两人下方是零星的灯火，朝圣者赤脚来回，宛如石阶上彩色的图钉。“这城市的光线真怪，”埃莱娜·弗里茨说，“上一秒闭一闭眼，下一秒天就黑了。”此时一阵风吹过，缆车打了个晃，游客们却已然不再为此大呼小叫。天气很冷。风穿过缆车时发出飒飒的响声。伊莱恩拥抱着里卡多·拉韦德，背靠着窗边的横栏杆，不期然间陷入了黑暗。游客们的头与天色融成一片，漆黑叠着漆黑。里卡多的气息涌至鼻端，那是烟草与纯水的味道，而就在那一刻，悬浮于这西郊的山丘，眼望着城市在夜色中亮起，伊莱恩期盼着缆车的下降永无尽头。也许是第一次，她想到了一个像她这样的人在一个这样的国度生活下去的可能。在许多层面上说，她想，这个国家此刻百业待兴，才刚刚在世界上发现了自己的位置，而她甘愿成为这种发现的其中一分子。

和平队在哥伦比亚的副主管是个身材瘦小、冷漠疏离的男人，常戴一副和基辛格一样的粗框眼镜，系一条针织领带。他穿着短袖衫接待了伊莱恩。如若不是这样的衣着让人误以为此刻他正身处酷热难耐的巴兰基亚或吉拉尔多特，而并非这冻死人的高寒荒凉之地，这倒也没什么值得大惊小怪的。他黑色的头发上打了太多的发蜡，日光灯管一照，给人一种鬓角早生华发的错觉，或是误以为他同军官一样笔直的发缝处露出了白色的发根。她无从分辨他是美国人还是本地人，也许是本地裔的美国人，抑或美裔的本地人，总之并没有任何线索，墙壁上没有海报，房间中没播音乐，书架上没摆着书籍，没有任何东西能用来推测他的轨迹，猜想他的来历。他的英文无懈可击，但他的姓——这长长的姓此刻正从书桌上向着伊莱恩凝望，它被镌刻在铜制的名牌上，十分牢固的样子——却是拉丁美洲的，或者至少是西班牙文的，伊莱恩并不清楚二者的分别究竟在哪里。会见是一次例行公事：和平队的每一位成员都曾来过或是即将来到这间幽暗的办公室，坐一坐这张并不舒适的椅子——此时的伊莱恩从座位上欠了欠身，伸手理了理自己海蓝色的长裙。也就是在这儿，在这位身材瘦小、冷漠疏离的巴伦苏埃拉先生面前，每一个曾在 CEUCA 接受训练的人或早或晚都会坐到椅子上聆听一场短小的，关于训练接近尾声、志愿者们即将奔赴各地完成自身使命的演说，一场关于高尚与责任、关于一个令自己与众不同的机会的演说。他们会听到“长期安置点”这样的名词，紧接着则是一模一样的问题：“您有什么想去的地方吗？”于是他们会讲出一些自己新近听说、对其情况却一无所知的地名：玻利瓦尔，巴耶杜帕尔，马格达莱纳，瓜希拉。要么便是 Quindío（他们读作 Cuindio），或者 Cauca（结果拼成 Cohca）。[1] 随后他们会被送往目的地附近的地方，由一位资深志愿者带领，接受一个为期三周、中等规模的培训，这被称作是“实地训练”。以上就是这半小时的会面所涉及的内容。

“好吧，所以会是哪儿呢？”巴伦苏埃拉问，“卡塔赫纳不行，圣玛尔塔也不行。已经满员了。大家都想到那里去，那儿有加勒比海嘛。”

“我不想去城市。”伊莱恩·弗里茨道。

“不想？”

“我认为在乡村能够学到更多的东西。一个民族的精神体现在她的农民身上。”

“精神。”巴伦苏埃拉说。

“也能帮上更大的忙。”伊莱恩说。

“好的，这也是。那么，是冷一点还是热一点的地方？”

“能帮上最大的忙的地方。”

“任何地方都需要帮助，小姐。这个国家还只是个半成品

---

[1] Quindío，金迪奥；Cauca，考卡。均为哥伦比亚省份。

呢。也请想想您都会些什么，什么是您做起来觉得顺手的。”

“我会做什么？”

“当然。假使您都没在照片里见过锄头，那您就没法去种植土豆。”巴伦苏埃拉打开了那个一直被他按在手下的文件夹，翻了一页，抬起了头。“乔治·华盛顿大学。新闻学专业学生，是吗？”

伊莱恩承认是的。“可我见过锄头，”她说，“并且我学得很快。”

巴伦苏埃拉脸上现出不耐烦的表情。

“那就三个星期，”他说，“要么行，要么变成别人的负担，让自己陷入尴尬的境地。”

“我不会是别人的负担，”伊莱恩说，“我——”

巴伦苏埃拉翻过几页纸，拿出一个新的文件夹来。“您瞧，三天以后我就要跟地区领导人们会晤，到时我会知道谁需要些什么，也就能清楚您将要去哪里接受实地训练了。不过其实现在就有一个肯定需要人的地方，在拉多拉达附近，您知道我说的是哪儿吗？在马格达莱纳河流域，弗里茨小姐。那里很远，不过也并不是与世隔绝。它不像拉多拉达那么热，毕竟位置要再往山上去一点。从波哥大可以乘火车抵达，来回都方便，您也看到了，这儿的公共汽车简直就是公共灾难。总而言之，那是个好地方，又没什么人申请要去。在那儿最好会骑马。最好有一个坚强的胃。要同‘公共行动’配合做许多工作，公共事业方面的，扫盲、营养，类似的事务，这您都知道。三个星期而已。到时候如果不喜欢，也是有办法回头的。”

伊莱恩想到了里卡多·拉韦德。那一瞬间，她觉得让拉韦德在火车上度过几个钟头是个不错的主意。她思量着那地方的名字，拉多拉达，随即在心里翻译成了自己的语言：金色之城[1]。

“拉多拉达，”伊莱恩说，“我觉得可以。”

“先去那个地方，然后才是拉多拉达。”

“嗯，那个地方也行。谢谢。”

“好的，”巴伦苏埃拉说，接着他拉开一只金属抽屉，从里面取出一张纸来，“喏，省得我一会儿忘了。这是要您填写的，填好后返给秘书处。”

---

[1] 拉多拉达，西班牙语为 La Dorada，是英文 The Golden One（那个金色的）之意。

那是一张调查表，确切地说，是一张调查表的副本。抬头部分是一个问题，用大写字母打印而成：您在波哥大的家与自己的家有何不同？问题的下方分了若干段落，中间用慷慨的空白隔开，显而易见是为了让志愿者们事无巨细地填写。伊莱恩是在查皮纳罗的一间汽车旅馆填的表格，当时她趴在床上，身下十分凌乱，弥漫着做爱的味道。她拿一本电话手册垫在表格底下，用被单遮住臀部，防备里卡多的手在上面乱摸，防备他的肆无忌惮和情色下流。在“身体上的不便与不适”一栏中，伊莱恩写道：“家里的男人们小便时从来都不掀开马桶圈。”里卡多便说，斤斤计较又没教养的小娘们儿。在“房客自由受限”一栏，伊莱恩写的是：“九点钟就上门栓，我总得把房东太太叫起来。”里卡多则说她实在是太能熬夜了。而在“交际问题”一栏，伊莱恩写了“我不明白为什么他们用‘您’来称呼小孩”。里卡多评价道，她要学的还多着呢。而到了“家庭成员的行为”一项，伊莱恩写的是“这家的儿子喜欢一上来就咬我的乳头。”里卡多对此什么也没说。

伊莱恩到拉萨巴纳车站乘火车的那天，全家都去送行。车站是一座大而庄严的建筑，正面柱子顶端装饰着石雕的神鹰，它们振翅欲飞，张开利爪，像是就要把屋顶擒上天空。

葛洛莉亚女士送给伊莱恩一束白玫瑰，然而此时此刻，当她手上拎着箱子、胸前挎着皮包在前厅穿行时，这束花变成了恼人的累赘——它像一根掸子似的总是碰到过路人，沿途还在地上留下悲戚的花瓣，而每当伊莱恩试图将它拿得稳些，或者尽量避免它被周遭的敌意抓住把柄，自己就免不了为它的尖刺所伤。这家的男主人一直等到上了月台才将礼物展示出来，在熙来攘往的人群中，在擦鞋匠的吆喝与乞丐的乞讨声中，他介绍说这书是一个新闻记者写的，前几年就出版了，不过现在还在卖，写书的家伙是个粗野的人，可书据说还不坏。伊莱恩撕下包装纸，只见封面上是九个蓝色的八边形框，框里有铃铛，有太阳，有弗里吉亚无边便帽，有简笔画的花，有画着女人脸的月亮，有被胫骨交叉穿的骷髅，还有跳着舞的小鬼，一切都给人一种荒谬与廉价之感，它的书名《百年孤独》也有一种过分夸张之感。胡里奥先生伸出长长的指甲，在书名最后一个单词里的字母 E 上指点了一下，这个字母是反的。“我是买完才发现的，”他辩解道，“要是您觉得不妥的话，咱们可以试着换一本别的。”伊莱恩忙说没有关系，说她可不想为了一个愚蠢的印刷错误而在火车上没有书读了。然而过了一段日子，在给祖父母的信中她写道：“拜托给我寄些书吧，夜里无聊极了。我手边就只有一本房东先生送的书，我努力读了，我发誓真的努力去读了，可里面的西班牙文实在是太难了，而且所有的人都叫同样的名字。这是我这么久以来读过的最讨厌的书，封面上甚至还有印刷错误。骗人的吧，还说已经出了十四版，居然都没有改过来。[1]想想看，你们就快读上格雷厄姆·格林的新作了。真不公平啊。”

信中接下来写道：

> 好了，让我给你们讲讲我现在在哪儿吧，这也是接下来的两个星期我将要待下去的地方。哥伦比亚有三条山脉：东部山脉，中部山脉，以及（没错，你们猜到了）西部山脉。波哥大就在东部山脉之中，8500英尺的高度上。我乘坐的火车要从山上下来，一直开到马格达莱纳河——这个国家最主要的河流。河流穿过一片美丽的谷地，那是我这辈子见过的最漂亮的景致之一，的的确确就是天堂。一路之上也很令人难忘。我从没见过那么多的鸟，那么多的花。

[1] “孤独”一词西班牙文写作soledad，中间有字母E，与伊莱恩（Elaine）名字的首字母重合。胡里奥先生的本意是担心伊莱恩忌讳此事，但伊莱恩显然误解了他的意思，以为soledad中的E是一个拼写错误。

真羡慕菲利普舅舅啊！我羡慕他的学识，当然了，还有他的双筒望远镜。他要是在这儿该有多开心啊！向他转达我最美好的祝福吧。

还是说回这条河。从前这里会过轮船，载着从密西西比，甚至是从伦敦来的旅客，由此可见它的重要性了。如今也会见到小船，它们仿佛直接从《哈克贝利·费恩》[1]里驶出来的一样，我可没有夸张。我乘的火车停靠在一个叫作拉多拉达的镇子，它将会是我的长期安置点，不过根据和平队的安排，我们志愿者须得由另一名志愿者陪同，在不同于长期安置点的一处地方进行为期三周的实地训练。理论上来讲，另一名志愿者应该是更有经验的，不过并非总能如此。而我是幸运的。他们把我安排在了距离河边几千米的一个市辖区，就坐落在山坡上。这个地方叫作卡帕拉皮，名字像是故意设计的一样，我念起来显得特别滑稽。[2]这里天气炎热，也很潮湿，不过还是能够活下去的。我被分配到的志愿者是个和气得不得了的男生，懂得也很

[1] 此处应指小说《哈克贝利·费恩历险记》。

[2] 卡帕拉皮，西班牙文为Caparrapí，发音对非母语者来说较为困难。

多，尤其是对于那些我一无所知的事。他的名字是迈克·巴比里，芝加哥大学的肄业生。他是那种会让人瞬间产生好感的家伙，两秒之内你就会觉得自己已经跟他认识了一辈子。的确有这样的人啊，他们具备超凡的能力，在另外的国度生活对他们来讲总是轻而易举，这一点我已经意识到了。他们是那种全世界通吃的人，不会有任何生存问题。要是我也能这样该多好啊。

巴比里在和平队的哥伦比亚分支已经干了两年，之前的两年他的工作地点是墨西哥，他与农民们一道在伊斯塔帕和巴亚尔塔港劳作。再往前他还在马那瓜的贫困区待过好几个月。他个子很高，线条分明，一头金发，皮肤却是古铜色的。如若见到他没穿上衣那并不出奇（一个木制的耶稣受难像始终挂在胸口），一条齐膝短裤和一双皮凉鞋便是他的全部衣物了。他用手上的啤酒以及一碟小块的阿瑞巴玉米饼欢迎伊莱恩的到来，这种食物对她来讲还是十分新鲜的。伊莱恩之前从未接触过如此多话同时又如此坦诚的人，不过几分钟她便得知他就快满二十七岁了，得知他中意的棒球队是芝加哥小熊，还了解到他痛恨烧酒，这在此地是个问题，以及他害怕蝎子，哦不，那是真实的恐惧。他劝告伊莱恩买几双凉鞋，不过每次穿上之前要仔细检查。“这里蝎子很多吗？”伊莱恩问。“应该是很多的，伊莱恩，”巴比里用阿波罗般的嗓音回答，“应该是很多的。”

公寓一共四个房间，还有一个几乎不带任何家具的客厅，位置在一座天蓝色墙面的房子的第二层。房子的一楼是商店，店里有两张铝制桌子，一个橱窗，橱窗里是牛奶小饼干、黄油面包片，还有红皮牌[1]香烟。商店的尽头变戏法似的成了住家，住着店主夫妻俩。他们的姓是比亚米尔，已经不下六十岁了。“我的房东，”巴比里向伊莱恩介绍他们时这样说，随即发现他的房东弄不清楚这位新房客的名字，于是用纯正的西班牙语道，“她是个老美，跟我一样，不过名叫埃莱娜。”于是比亚米尔夫妇便如此称呼她：问她水够不够喝时这样叫，让她现身跟醉鬼们打个招呼时也这样叫。伊莱恩忍了又忍，她怀念起了拉韦德家的房子，同时又觉得羞愧，毕竟这不是有教养的姑娘该有的想法。出于以上种种原因，她尽量回避着比亚米尔夫妇。还好有一道钢筋混凝土楼梯是贴着

---

[1] 红皮（Pielroja），哥伦比亚著名烟草品牌。

房子的内墙修建起来的，正好方便她不被任何人瞧见地出入。至于巴比里，这个和气到令人发指的家伙，是绝对不会使用这道楼梯的：他每天都会走进商店聊一聊自己这一天过得如何，说一说当日的得失，也听一听比亚米尔夫妇出了什么新闻，甚至他们的客人又有哪些轶事。与此同时，他坚持不懈地向这些农民们阐释美国的黑人现状，要么便是跟他们谈论有关“爸爸妈妈”乐队的话题。而伊莱恩呢，尽管不情不愿，她还是一面看着，一面在心中佩服不已。她曾试图探究自己为什么会这样，结论是，这个外向的、好奇心重的男人，这个总是厚着脸皮盯着她看并且说起话来就仿佛全世界都欠了他什么的家伙，令她想到了里卡多·拉韦德。

在那二十天中——酷热难耐的学农的二十天，伊莱恩与迈克·巴比里并肩劳动，而“公共行动”在当地的一名领袖也同他们一起工作。那是一个矮个子、沉默寡言的男人，留着小胡子，遮住了兔子般的嘴唇。他的名字读起来非常简单：卡洛斯，仅仅就是卡洛斯而已，然而就在这简单之中蕴藏了一种深不可测，一种侵略性，尤其是他姓不为人知，行踪又飘忽不定——每天早上他都会来接他们，下午将两人送回以后，他便会消失不见。根据事先的约定，午间休息时，伊莱恩和巴比里会在卡洛斯家吃午饭。工作日程十分紧张：和附近教区的农民们一同劳作，与地方官员进行会晤，跟本地的地主们继续徒劳无功地商谈。伊莱恩逐渐发觉，每一项农村事务都得靠说话来完成：教会农民们如何饲养肉质绵软的鸡雏（得找个地方把它们关起来，而不是让它们撒欢乱跑），说服官员们利用本地资源建造一所学校（已经没人还在指望中央政府了），还有就是努力让那些富人别再简单粗暴地将他们视为反共十字军。完成所有这一切都得先围着桌子坐下来喝酒，直喝到互相听不懂对方究竟说什么为止。“所以呢，我的日子不是耗在快死的老马背上，就是耗在跟半醉的人们讲话上了。”伊莱恩在给祖父母的信中写道，“尽管如此，我仍相信正在学习当中，只是自己并没察觉罢了。迈克告诉我，在哥伦比亚的语言里，人们管这叫‘找到诀窍’。就是说理解事情是怎样运作的，掌握该当如何处理它们，诸如此类。用我们的话说，就是了解内情。我现在就正是这样。啊，还有件小事：别再往这儿寄信啦，下一封寄到波哥大吧。我就要动身去波哥大了，在那儿待上一个月，处理一下培训的最后细节。然后就是拉多拉达了。到了那里可就要动真格的了。”

临行的那个星期，里卡多·拉韦德来了。他事先并未张扬，一个人安排好了一切——先是乘火车抵达拉多拉达，又在那儿坐汽车到了卡帕拉皮，随后向老美们一番打听，询问有没有一个叫作伊莱恩的，就这样找到了她的住处。自然附近的人们都是知道她的。不出伊莱恩所料，拉韦德与迈克·巴比里相处甚欢：巴比里给了伊莱恩一个下午的空闲，让她带着“波哥大男友”四处转转（他用了“波哥大男友”这样的词），又同他们约好晚上一起吃饭。于是那天夜里，不晓得是几点钟，但一定已经很晚了，在一座牧场的中央，围着火堆，面前是一瓮甘蔗酒，里卡多和巴比里发现他们两个人的共同之处居然如此之多——巴比里的父亲是一名邮政飞行员，而里卡多又痛恨烧酒，于是他俩互相拥抱，一拍即合地谈起了飞机。里卡多讲到他的飞行课程和导师们的时候简直眼睛发亮，这时伊莱恩便加入进来，把里卡多夸赞一番，又将别人夸赞他有做飞行员的天赋那些话复述了一遍。接着里卡多和迈克又谈起了伊莱恩，他们当着她的面，谈论她是个多么好的姑娘，还有她的美貌。是的，她还很漂亮，眼睛很美，迈克说。没错，尤其是眼睛，拉韦德说。然后两人便一起哈哈大笑，窃窃私语了好几句，仿佛他们并不是萍水相逢，而是兄弟会的同窗似的。他们唱起了“她是一个快乐的好姑娘”，然后一同长吁短叹，抱怨伊莱恩就要去往别的地方，“那里该是你的地方，去他妈的拉多拉达，去他妈的金色之城，去他妈的这一路折腾”，他们为伊莱恩干杯，为和平队干杯，为“我们是一群快乐的好青年，没人能否认”[1]干杯。到了第二天，迈克·巴比里忍着甘蔗酒引发的头痛送他们去搭乘公共汽车。三个人骑马来到镇子上的广场，一副早先殖民地开拓者的模样（尽管他们的老马又脏又瘦，早先的殖民地开拓者无论如何是瞧不上的）。此时在拉韦德的脸上——他正很有风度地提着两人的行李——伊莱恩读到了一种自己前所未见的东西：佩服。他佩服她，佩服她在镇子里自在来去，佩服她短短三个星期就赢得了众人的好感，佩服她用自己身上一派天然，同时也是不容置疑的气度，收获了当地人的认同。这份佩服映入了伊莱恩的眼底，她感到自己是爱着他的。不期然间，在这个看上去似乎也爱她的男人身上，她感受到了一些新鲜的、比以往更为浓烈的东西，而与此同时，她想，那个幸福的时刻已经来临：这个地方再没什么能让她大惊小怪

[1] 原文为英文，与前文“她是一个快乐的好姑娘”相同，应改编自英文经典歌曲《他是一个快乐的好小伙》，歌词为：“For he's a jolly good fellow, which nobody can deny.”

的了。当然意外总是有的，在哥伦比亚，制造无从预知的事件原本就是人们生活的常态（他们的行为，他们的方式：没人知道他们究竟在想些什么）。不过伊莱恩认为，情况是在自己的掌握之中的。“快点问我有没有找到诀窍。”上车的时候，她对拉韦德说。“您找到诀窍了吗，伊莱恩·弗里茨？”于是他问道。她的回答是：“没错。我找到了诀窍。”

她不知道自己是大错特错了。

V

在那里为何而活？[1]

[1] 原文为英文：What's there to live for?。

她在波哥大的最后三个星期是与拉韦德相伴度过的。那段时光对于伊莱恩来说恍如童年记忆，画面在情感的冲击之下变得模糊不清，重要的时刻交缠在一起，时常不知孰前孰后。去CEUCA上课的日常——那会儿大家已经很少逃课了，或许是想最后再学点东西，或许只是想迎合官僚机构——总是被里卡多随性制造的相会破坏。他总能恰好赶在她到家的一刻守在一株蓝桉树旁等她，要么便是在她的笔记本里塞上一张小纸条，约她去十七号街和第八大道交叉口的一间昏暗的咖啡馆见面。伊莱恩总是按时赴约。两人在市中心难得僻静的咖啡馆里眉来眼去，随即钻入电影院坐进最后一排，在一件长款的黑色大衣底下相互抚摸。那件大衣曾经是属于祖父的，那位秘鲁战争中的英雄飞行员。不过一旦关起门来，在查皮纳罗区的那栋狭长的房子里，在胡里奥先生和葛洛莉亚女士的地盘上，两人仍扮作一切如旧的样子——他是房东的儿子，而她呢，还是分派给他家的单纯的学生。理所当然地，不变的还有房东儿子对这位学生的深夜造访，以及深夜里沉默无声的性欲高潮。就这样，他俩仿佛过上了一种双重生活，不曾引起任何人怀疑的地下情人生活——里卡多·拉韦德就是《毕业生》里的达斯汀·霍夫曼，而弗里茨小姐则是罗宾逊夫人和她的女儿，女儿的名字也是伊莱恩：这难道不是太巧了吗？其中定有深意吧。在波哥大的短短数日，伊莱恩和里卡多参加了数次反对越战的抗议集会，也曾出双入对地参加过本地美国侨民组织的聚会——此类社会活动的出发点似乎就是让志愿者们能够说回母语，热切地谈论“大都会”和“维京人”最近都干了些什么，[1]或者弹起吉他齐声唱歌，一群人围着炉火将一大块肉传递分食，两圈之内吃得精光。他们唱的是弗兰克·扎帕[2]的歌：

---

[1] 应指美国棒球队“纽约大都会”（New York Mets）以及职业橄榄球队“明尼苏达维京人”（Minnesota Vikings）。

[2] 弗兰克·扎帕（Frank Zappa，1940—1993），美国著名歌手。下文提到的歌词原文为英文：“What's there to live for? Who needs the Peace Corps?”出自歌手1968年发行的歌曲 *Who needs the Peace Corps?*。

在那里为何而活？

有谁需要和平队？

最后三个星期结束于11月1号。上午八点半，新一批的学生在做出一系列的保证并签署了一份意旨不清的声明后，宣誓忠于和平队的章程，随即被正式授予志愿者的称号。那是一个下着雨的寒冷早上，里卡多穿的皮夹克被雨水打湿以后散发出一种浓烈的气味。“所有人都来了，”伊莱恩在给祖父的信中写道，“毕业生中有戴尔·卡特赖特，还有华莱士家的女儿（大点的那个，想起来了吧）。出席的嘉宾里包括大使夫人，以及一个打领带的先生，看上去十分眼熟，应该是从波士顿来的民主党的重要成员。”她还提到了和平队在哥伦比亚的副主管（基辛格眼镜，针织领带的那位），提到了CEUCA领导委员会的成员们，甚至还有市政府的某位乏善可陈的公务员。然而从头至尾，关于里卡多她只字未提，时隔多年来看，不得不说这有点讽刺。当天晚上，里卡多借口要为伊莱恩庆祝，同时代表全家替她送行，邀请她去“黑猫”餐厅吃晚餐。借着烛火——几根蜡烛摆得歪歪斜斜，眼看就要栽在菜盘里了——趁着弦乐三人组唱完《老旧的小城》[1]的间隙，里卡多跪倒在走道中央，顾不得自己阻碍了蝴蝶领结侍者们的通行，用一堆过剩的词语请求让伊莱恩答应嫁给他。电光火石间，伊莱恩想到了祖父祖母，她遗憾他们与自己相隔太远，并且年纪和身体状况都很难支持一场长途奔波了。幸而这伤感并不算太过难以承受，毕竟它出现在幸福的时刻，于是她收拾情绪，低头用力亲吻了里卡多。吻他的时候，她嗅到了沾过雨水的皮夹克的气味，尝出了他嘴里麦年酱的味道。“这是答应的意思吗？”那个吻完结时，里卡多问她，依旧跪着，阻挡着侍者们的道路。伊莱恩边答边流下了眼泪，不过是带着笑的。“当然了，”她说，“怎么问得这么傻啊。”

就这样，伊莱恩不得不将启程去拉多拉达的日期向后推迟了十五天。在这段紧张得要命的日子里，她的未来婆母帮她筹备了一场婚礼（婆母已经事先劝告她不要怀孕，千万不要）。婚礼的规模很小，几乎是悄无声息地举行的，地点就在圣弗朗西斯科教堂。伊莱恩刚到波哥大时就喜欢上了那儿，她喜欢那里厚重、潮湿的石墙，也喜欢从小街一侧的门进

---

[1] 《老旧的小城》（*Pueblito Viejo*），哥伦比亚著名歌曲。

去，再从大路一侧的门出来，以此感受光明与黑暗、喧哗与寂静之间的强烈反差。就在婚礼的前一日，她还去市中心逛了逛（一次侦察，用里卡多的话说）。跨进教堂的门槛时，她脑中想着寂静与喧哗、黑暗与光明，眼光则落在被照亮了的祭坛上。就在那一天，这里让她产生了一种熟悉的感觉，不同于多次造访的人感受到的那种熟识，它更为深刻、更为内在，就好像曾在某篇小说里读过似的。她注视着大大小小的蜡烛羞怯的火焰，还有柱子上宛若松明般发出黄色微光的电灯。彩色玻璃折射的日光映照在睡着了的乞丐们身上，他们双腿交叉，双手交叠放在腹部，仿佛躺在大理石坟墓中的教皇。在她右手边是一尊真人大小的基督像，四肢伏地，犹如在匍匐前行。日光透过另一扇门汹涌而来，映着他的脸，带刺的冠冕闪闪发亮，祖母绿色的水珠——他的泪水或是汗滴，莹然生光。伊莱恩继续向前，沿着左边的过道走向远处的祭坛，在那儿她见到一只笼子，里面是另一尊基督像，头发更长，肤色更黄，身上的血迹更暗，就像被展览的野兽那样。“波哥大最好的基督像，”里卡多曾这样说，“我打包票，别的拿来一比，统统一文不值。”伊莱恩弯下身子，将脸凑近了解说牌：“耶稣受难。”她又朝布道台走了两步，结果看到一只黄铜箱子，其上也有铭文："在此奉献，讨神喜悦。"于是她从口袋摸出一枚硬币，像拿小薄脆饼似的用两根手指环着边缘将它举起，好让光线照在硬币上：那是一个比索，上面的盾形花纹发黑，仿佛曾在火里烤过。她将它丢进箱子。这一小束光线便能令耶稣复活。伊莱恩感到，确切地说是她清楚，自己将会一生幸福。

接下来就是宴请宾客了，伊莱恩一路昏头昏脑，仿佛事情并不是发生在自己身上似的。拉韦德家决定就在自己家中设宴：葛洛莉亚女士对伊莱恩解释说，在这么短的时间内想去租个宴会厅，或是别的什么更加体面的地方是不可能的。而拉韦德呢，他目睹了母亲费尽唇舌的解释，虽然一声不响地默认了，心里还是希望她能跟伊莱恩交代实情。"他们欠了债，"他说，"拉韦德夫妇是负债的。"出乎意料，真相的揭露并没给伊莱恩带来他意想之中的强烈反应：毕竟最近几个月里已经有过无数的蛛丝马迹了。让伊莱恩惊讶的反而是里卡多叙述此事时用了第三人称，仿佛这个家庭的破产与他毫不相干似的。"那我们呢？"伊莱恩问。"什么我们？""我们要做些什么呢，"伊莱恩说，"我的工作赚钱不多的。"里卡多凝望着她的眼睛，将手放在她额头上，一副试体温的模样。"还能撑一撑的，”他说，“以后再说以后的。如果我是你，才不会担心这个呢。”伊莱恩想了想，觉得自己并没有，并没有担心什么。于是她又问：“为什么你是我就不会担心呢？”“因为像我这样的飞行员是绝不会缺活儿干的，埃莱娜·弗里茨。这毋庸置疑，事情就是如此。”

晚些时候，当客人们走了以后，里卡多引着伊莱恩来到了他们第一次一起睡的房间，让她在床上坐了下来（他用手掌将少得可怜的几件结婚礼物拨到一边）。伊莱恩心想，他是要跟自己谈钱的事了吧，他们没办法去什么地方度蜜月了吧。然而并非如此。他用一块布将她的眼睛蒙了起来，布料很厚，上面还有樟脑的味道，也许是一条旧围巾。然后他说：“现在开始，你什么也看不见了。”就这样，伊莱恩盲着双眼，任由他牵着自己走下楼梯，盲着双眼听到了家里人同他们告别（葛洛莉亚女士似乎是哭了），盲着双眼撞进黑夜的寒冷，坐上了一辆有人驾驶的汽车。是出租车吧，她想。在不知去往何处的路途当中，她问里卡多这一切是怎么回事，而他叫她不要作声，否则就会破坏惊喜。盲着双眼坐在出租车里，伊莱恩感到车子停了下来，车窗摇开，里卡多表明了身份，有人毕恭毕敬地同他打了声招呼，随即一扇大门开启，发出金属的声响。下车以后，很快她便感到自己的双脚踩上了粗糙的地面，头发被冷风吹得凌乱不堪。“有台阶，”里卡多道，“对，慢点，别摔着。”他按着她的头，像是要避免她的头顶撞上低矮的天花板，又像是警察将犯人们押进看守所时怕他们的脑袋磕到门框上。伊莱恩听凭摆布，直到自己的一只手触碰到了什么金属物质，转瞬间这物质变成了一把椅子，她坐了上去，感觉有什么东西顶着膝盖。在坐下的刹那，她脑海中浮现出了一幅图景，她搞清了自己置身何处，也明白了接下来将会发生什么。她的想法随即得到了证实：里卡多开始与控制塔通话，轻型飞机开始沿跑道滑行。又过了一会儿，直到飞机起飞，他才同意她将蒙着的围巾摘了下来。光明乍现的瞬间，伊莱恩发觉自己正面向地平线，眼前是一个从未见过的世界，沐浴着一种从未见过的光辉。同样沐浴着光辉的还有里卡多的脸庞，他的双手在控制板上操作，双眼注视着仪表盘（旋转的指针，闪烁的按钮），而她对此一窍不通。他们即将前往的是帕兰盖洛基地，在萨尔加港，拉多拉达几公里以外的地方：这便是她的结婚礼物了，在一架借来的轻型飞机上——在一架祖父为了帮新郎讨得新娘欢心而借来的赛斯纳天鹰上，度过这几十分钟。伊莱恩觉得这是她所能想象的最美妙的礼物，而和平队从来没有哪个志愿者是乘坐轻型飞机到达自己的工作地点的。一阵风吹得他们打了个晃。随即飞机便着陆了。这就是新生活，伊莱恩在心里说，我刚刚降落在自己的新生活里。

的确如此。蜜月与初到长期安置点的忙乱交织在一起，最初的合法性交与新人志愿者最初的任务重合在一起：在没有下水道系统的地区推广下水道的几次张罗奔走，与“共同行动”的人碰头的几场会议。伊莱恩与里卡多放任自己保留了在 CEUCA 上课时享有的铺张和体面，去拉多拉达游客区的一间旅馆住了两三晚。旅馆四周都是来自波哥大的住户以及发迹了的安蒂奥基亚人，他俩便趁着那几天用自觉合理的价钱租来了一栋平房。在这对新婚夫妇看来，比起卡帕拉皮的那间小屋，这栋房子的条件可要好得多了。房子的颜色是粉红的，鲑鱼一样，自带一个九平方米大小、许久无人看顾的土院子。伊莱恩一住进去便即刻着手收拾了起来。而今她发现，在自己的新生活中，清早已然产生了新的意义。她在清早的第一缕晨光中醒来，趁着酷热还没来得及将白昼吞噬，去感受黎明时空气的清新。“我一大早沐浴，用的是冷水，”她给祖父母写信时说，“想当初在波哥大，冷水可不知被我抱怨过多少回。用来洗澡的东西叫作加拉巴木果。寄张照片给你们瞧瞧。”在最初的那段日子里，她还为自己配备了一件生活在此地不可或缺的东西：一匹用来在临近的村镇间代步的马。马的名字叫塔帕乌埃科，伊莱恩念起来实在费劲，于是就改成了杜鲁门。杜鲁门有三种速度可供调节：缓步慢走，小步快跑，公路疾驰。“一个月五十比索，”伊莱恩写道，“一位农民帮我照料它，喂它吃的，每天早上八点钟将它牵来给我。我的屁股磨出了泡，浑身的肌肉都在痛，不过已经骑得越来越好了。杜鲁门比我会的更多，它在帮助我学习。重要的是我们懂得彼此。一个人有了马就能更好地掌控时间，不再需要依赖任何人，同时花费也更少。我并不是《豪勇七蛟龙》[1]里的谁，不过我也不会丧失激情。”

此外，伊莱恩还决心花时间建立联系：在前辈志愿者——一名来自俄亥俄州、将启程回家的小伙子（伊莱恩打从一开始就看不上他，他留着电影里传教士般的头发，却不具备半点开创精神）——的帮助下，她完成了一份三十人的名流清

[1] 《豪勇七蛟龙》（*The Magnificent Seven*），1960年上映的美国电影，有骑马的情节。

单，名单中包括神父、有影响力的家族的首领、地方长官以及波哥大和麦德林的地主们（这是一类缺席的势力，他们拥有土地，却从不出现在土地上，他们依靠土地过活，却从未上缴相应的税款）。伊莱恩对此十分不满，她在夜里抱怨，在婚床上抱怨，她抱怨在哥伦比亚，每一个公民都是政客，却没有一个政客愿意为公民做一点事。每当这个时候，拉韦德便会摆出一副过来人的样子，毫不掩饰地拿她取乐，称她是无知少女，还管她叫天真小姐，以及好骗的美国佬。他总是嘲笑她那俗世中的传教士般不切实际的幻想，嘲笑她把自己弄得像个第三世界的好撒玛利亚人[1]，然后变本加厉地做出一副十分讨嫌的表情，用难听至极的声调哼起歌来："在那里为何而活？有谁需要和平队？"而当伊莱恩最终被惹火，不再觉得这首小歌里的嘲讽有什么好笑时，他便会唱得更加起劲：

我彻彻底底神思恍惚，
我是嬉皮士，我迷失在幻觉中，
我是独自一人的流浪者。

---

[1] 参见《圣经 · 路加福音》第 10 章 25—27 节。

“去你妈的。”[1] 她对他说。而他完美地领会了她的意思。

临近圣诞的某一天，在同一名本地医生进行了一场漫长而又全无成效的会谈以后，伊莱恩回到了家中。她迫切地想要好好洗个澡，把满身的尘土和汗水冲掉，这时发现家里来了客人。时近黄昏，邻人的灯光次第点亮，她把杜鲁门就近拴好，兜了个圈子，穿过小院和厨房进了家门。打开泡沫保温箱拿可口可乐时，她听到了讲话的声音。那语声从客厅传出，都是男人的，于是她以为又是哪个熟人突然造访，找她这个美国佬办事来了。这之前已经有过好几次了：哥伦比亚人啊，伊莱恩抱怨道，总以为和平队的工作就是解决所有他们自己懒得干或是干起来犯难的事。“殖民地思维。”同里卡多谈及这个问题时，她常这样说，“太多年了，已经习惯了什么都让别人来做，如今这习惯根本就抹不掉了。”而此时此刻，她的第一反应是又要去跟这些人打交道了，又要讲一大堆的陈词滥调了，家里怎么样孩子还好吗，又要去开一瓶朗姆酒或是啤酒了（因为你永远不晓得未来的什么时候这个人会派上用场，毕竟在哥伦比亚，事情的解决靠的不是实干而

[1] 原文为英文。

是情谊——管它是真是假呢）。一想到这些，她便陷入了深不见底的疲惫之中。然而就在此时，在那些声音里面，她模糊地听到些熟悉的音色，于是刚一踏进客厅，还没被里面的人注意到，她便认出了迈克·巴比里，紧接着，几乎是无意识地，她认出了卡洛斯，那个有着兔子般的嘴唇、在卡帕拉皮的时候给过他们许多帮助的人。此时此刻，男人们许是听见了她的动静，抑或感觉到了她的存在，于是一起转过了头。

“啊，终于，”里卡多说，“过来过来，别愣在那儿啊。这两位是来探望你的。”

很久以后，当伊莱恩回想当日的情境，依然对自己无凭无据便能断定里卡多撒了谎而感到不可思议。不，他们不是为她而来，那几个单词被拼读出来的一刻，她便明明白白地知道。那是与卡洛斯握手时他回避的眼神带来的一阵战栗、一分不适，那是用西班牙语同迈克·巴比里打招呼，问他最近可好，事情顺利吗，为什么没去参加省里上次的会议时察觉到的一种不安，一丝怀疑。里卡多坐在柳条编就的一把摇椅上，那是他们在手工艺品市场用一个好价钱搜罗到的；而两位客人坐在木条凳上。他们之间有张桌子，玻璃桌面上搁着几页纸，尽管被里卡多一把收了起来，伊莱恩还是瞥见了一幅潦草的图画，画的像是一个巨大的细胞外质，有着美洲大陆的形状，抑或说它的形状看起来就像小孩子涂鸦的美洲大陆一样。“嗨，你们做什么呢？”伊莱恩问。

“迈克来跟咱们一起过圣诞。”里卡多答道。

“要是你不介意的话。”迈克说。

“不，当然不，”伊莱恩道，“就你一个人？”

“就我自己。”迈克说。“有你们俩在这儿，不再需要什么其他人了。”

此时卡洛斯站了起来，向伊莱恩示意了一下自己的木凳，似乎是让给她坐的意思，跟着低声说了些什么，也不知究竟算不算是道别，他挥了挥短胖的手，朝门口走去了。一块大大的汗渍挂在他的背上。伊莱恩将他从头到脚打量了一番，发现他的腰带漏穿了一只裤耳，还发现他的裤子熨得十分平整，同时留意到他的凉鞋发出嗒嗒的声响，以及他的脚后跟颜色发灰。迈克·巴比里又坐了一会儿，逗留期间喝了两杯朗姆酒兑可口可乐，还讲了一个来自萨克拉门托的志愿者找他一起过感恩节，并且教他用“火腿电台”[1]给美国打电话的事。

---

[1] 即业余无线电。利用各种无线电通信工具与其他爱好者进行通信。

这是魔法，肯定是魔法。须得在这儿找到一个业余无线电爱好者，再在美国找到另一个，找那种友好的人，愿意把机器借给你，再帮你连上，这样你就能即刻跟家里通电话了，还一个子儿都不用给。别紧张，都是合法的，完全不涉及欺诈，或者可能有那么点吧，就一点点，不过又有什么关系呢：他自己也会这么跟妹妹聊天，跟一个借他钱的朋友聊天，跟他大学时的女朋友聊天，这个女朋友也许曾经甩过他，可现在呢，在时间和距离面前，再大的罪过也都可以不计较了。更何况所有这一切完完全全都是免费的，简直棒极了，难道不是吗？

迈克·巴比里同他们一起度过了平安夜，度过了圣诞节，度过了接下来的一个礼拜，度过了新年前夜，又度过了新年。直到1月2号这天，他仿佛离别家人般跟他们告别，眼里含着泪，动情地拥抱他们，不停地说着感谢的话，感谢他们的热情款待，感谢陪伴，感谢友爱，感谢朗姆酒兑可口可乐。这段日子对伊莱恩来说显得分外漫长，没有手杖糖和挂在壁炉前的长筒袜的节庆根本无法令她兴奋起来，更何况她一直都弄不明白，这个莫名其妙的美国佬从何时开始在他们家安营扎寨了。至于里卡多呢，他似乎过得十分享受——"你就是我失散的兄弟。"拥抱巴比里的时候，他这样说。每到夜晚，喝上几口酒后，迈克·巴比里就会掏出烟叶卷一支烟，同时里卡多打开电扇，三个人便聊起政治来。他们聊尼克松，聊罗哈斯·皮尼利亚[1]，聊米萨埃尔·帕斯特拉纳[2]，聊爱德华·肯尼迪，说起他的汽车撞上大桥掉落水中，说起玛丽·乔·科佩奇尼[3]，那个陪同他的溺死的女孩。到了最后，伊莱恩总会筋疲力尽地回房去睡。对她来说，跟辖区范围内的农民们一样，一年的最后这个星期并不是什么假期，她每天还是要早早起床去赴他们的约会，下午则会满身尘土、心情沮丧地回来，因为事情总是没什么进展，腿肚子却早已因为在杜鲁门身上颠了太久而变得又痛又酸。通常这个时候，里卡多和迈克已经把饭做得差不多了，正等着她一起用餐。而

[1] 古斯塔沃·罗哈斯·皮尼利亚（Gustavo Rojas Pinilla，1900—1975），哥伦比亚独裁者，1953—1957年担任该国总统。

[2] 米萨埃尔·帕斯特拉纳·伯雷罗（Misael Pastrana Borrero, 1923—1997），哥伦比亚保守党政治家，1970—1974年担任该国总统。

[3] 1969年，爱德华·肯尼迪在查帕奎地开车时，汽车冲出大桥落水，肯尼迪安然无恙，但车上的女助手玛丽·乔·科佩奇尼（Mary Jo Kopechne）溺水身亡。

饭后又是老样子：洞开的窗户，朗姆酒，大麻，尼克松和罗哈斯·皮尼利亚，静海[1]，胡志明去世后生活会有怎样的变化、战争会有怎样的变化。[2]

1970 年第一个上班的星期一——当日的天气燥热难耐，强烈的阳光映得天空仿佛已经由蓝转白，伊莱恩骑着杜鲁门朝瓜里诺西多的方向走，那里正在建一所学校，她得去谈谈本地区的志愿者们业已展开的扫盲计划。经过某处转角的时候，她看到远处的两个人好像是卡洛斯和迈克·巴比里。而下午回到家中，里卡多便告诉了她一则消息：他们俩给他找了个活干，他要出门两三天，去圣安德列斯运些电视机回来。事情本身并没什么大不了的，只是得在目的地歇宿而已。“目的地”，他这样说。伊莱恩很高兴，原来已经开始有人找他做事了：也许靠当飞行员过活不是那么难的。“一切都好，”她在 12 月初的信中这样写道，“当然，让地方政客们合作可比驾驶飞机要难上一千倍呢。”接着又意犹未尽地说，“尤其是

[1] 1969 年 7 月 20 日，美国宇航员尼尔·阿姆斯特朗登月，后将登月点取名为静海基地。

[2] 胡志明于 1969 年 9 月 2 日去世。

对于女人。”随后她继续写道：

> 我学会了一件事：既然村民们已经习惯了有人发号施令，我就摆出一副雇主的做派。原来真的有效果——虽然这么说我很难过。我成功地使得维多利亚（就是附近的一个村子）的妇女们向医生提出开展营养和牙齿健康活动的需求。没错，这两件事放在一起的确很怪，不过只用喝黑糖水的方法获取营养确实损坏了每个人的牙齿。所以呢，至少这件事我是做成了的。不算很多，但起码是个开始吧。
>
> 至于里卡多，他的心情真是好极了。就像孩子到了玩具店似的。开始有人找他干活了，活虽不多，可已经足够了。他的飞行时数还拿不到商业飞行员的资格，但这样更好，他的酬劳更便宜，人们也因此更愿意请他（在哥伦比亚，低于正常标准的就是好的）。他总是一大早就出发，飞波哥大，或是类似的工作，整整一天就得耗在上面。有时他甚至得住到他从前的家里，他父母那儿，去程或是回程，甚至去程加上回程。而我就一个人在这儿待着。有时候真觉得很烦，可我又有什么权利抱怨呢。

不工作的时候，里卡多总有几个星期的闲暇时间，于是每天下午，当伊莱恩改变世界的努力再一次落空，垂头丧气地回到家中时，他已经无所事事许久了，不是正在继续无所事事，便是开始用他的工具在家里做起东西来，因此他们的房子长年累月地呈现一副半成品的样子。三月，他为伊莱恩建起了一间浴室，就建在土院子里——如今那儿已变成了一座小花园：浴室是木头搭就的一个小间，贴着房子的外墙，伊莱恩拉出一根水管就可以在夜空之下沐浴。五月，里卡多打了一只柜子，用来摆放他的工具，柜子外面安了一把坚不可摧的锁，个头有纸牌那么大，足以令全体小偷望而却步。六月，他没有做任何东西，因为不在家的日子比往常要多：在跟伊莱恩商量过后，他决定回到飞行俱乐部去考商业飞行员执照，这样他会得到运输货物的许可，更重要的是，还能搭载乘客。“将来我们可以光明正大地飞了。”他说。考执照意味着他不仅要在双控制教练机上训练十个钟头，还须得再积累超过一百小时的飞行时长，因此每个星期的工作日他都要先到波哥大去（睡在自己的家中，听听父母近来有什么新闻，也讲讲他的新婚生活，大家举杯相庆，其乐融融），星期五的下午再回拉多拉达，乘火车或是公共汽车，有时还会搭出租车。“花那么多钱。”伊莱恩说。“没关系的，”他回答，“我想见你。想见我的妻子。”那段日子里的某一天，他直到半夜方才回来，而且乘坐的并不是公共汽车，也不是火车，甚至不是出租车——他开了一辆白色的吉普，发动机的喧嚣和车灯的强光将街上的寂静一举打破。“还以为你不回来了，”伊莱恩道，“这么晚了，刚才还在担心呢。”她向那辆白色吉普的方向示意了一下，“那是谁的？”

“你喜欢吗？”里卡多问。

“那是辆吉普车。”

“没错，”他说，“我是问你喜欢吗？”

“这么大，”伊莱恩说，“白色的，很吵。”

“它是你的了。”里卡多道，“圣诞快乐。”

“现在可是六月。”

“不，已经十二月了。气候一向如此，你没有察觉而已。何况你最好明白，你得像一个哥伦比亚人女人那样过圣诞节。”

“可它是从哪儿来的，”伊莱恩问，辅音发得很重，“我们怎么能，什么时候……”

“你的问题太多啦。这是一匹马，埃莱娜·弗里茨，唯一的分别是它跑得更快，而且下雨天不会叫你淋湿。来，我们去兜个风吧。”

那是一辆68型尼桑途乐，据伊莱恩所知，它的官方标配色——注意了，并不是白的，而是象牙色的。不过比起这些，更能引发她兴趣的还是车子的两扇后门以及后排乘坐空间，那里相当开阔，地下甚至还能摆一张垫子。自然事实上无须如此，因为吉普车本身自带了两个可折叠的座位，浅咖啡色的椅套，小孩子在上面躺着都绰绰有余。前排的座位则是大沙发的样式，伊莱恩坐了进去，看到又细又长的变速杆从下方伸出，换挡旋钮是黑的，上面标记着三种速度。她还看到了白色的仪表板，随即告诉自己那并不是白色，而是象牙色的。再有便是黑色的方向盘，此时此刻，里卡多已经使它旋转了起来，于是她连忙握紧手套箱上的把手。尼桑开始奔跑，它在拉多拉达的街巷中行进，很快又驶上了公路。里卡多将车子往麦德林的方向开去。“我的事情进展得不错。”他开口道。这一刻的尼桑已将村子里的灯火抛在了身后，没入了黑暗之中。车灯映照着教区里枝叶繁茂的树木，一只眼睛发亮、受了惊的狗，还有一方泛着光的肮脏的水塘。“我的事情进展得不错。”里卡多重复了一遍。伊莱恩望向他的侧脸，昏暗之中，瞧见他脸上现出了紧张的神色。他一面试图看着伊莱恩，一面又得留心路面上随时可能出现意外状况（也许是流浪动物，也许是小火山口般的坑坑洼洼，也许还有骑在自行车上的醉汉）。“我的事情进展得不错。”里卡多第三次说。正当伊莱恩心想他这是有话要同我讲吧，正当她对接下来即将昭示的、仿佛自黑夜生发的真相感到惊怕，正当她试图转移话题以逃避心中的慌乱与恐惧时，里卡多又开口了——用一种足以打消全部疑问的语气：“我想要个孩子。”

“你疯了吗。”伊莱恩说。

“为什么？”

伊莱恩激动地挥手。“因为生孩子是要钱的。因为我这种和平队的志愿者赚的钱就只能勉强过活。因为我必须得先完成志愿者任期。”志愿者任期这个词就仿佛一条曲曲弯弯的公路，对她简直是要了命，有那么一刻，她甚至以为自己已经拼错了。[1]“我喜欢这个，”她继续道，“我喜欢自己所做的事情。”

“那就接着做呗，”里卡多说，“以后再做。”

“可我们住哪儿？现在的房子根本就没法要孩子。”

“那我们换好了。”

---

[1] 志愿者任期（voluntariado），发音较为困难。

“哪儿来的钱啊。”伊莱恩道，话音已然透着怒气。她像对待一个固执的孩子那样冲里卡多说：“我不知道你生活在什么样的世界，亲爱的[1]，但这种事不能凭一时兴起。”她的长发被自己的双手抓得凌乱不堪，于是她翻了翻口袋，掏出一根橡皮筋来，抓起头发在脑后扎了根辫子，好让汗湿的脖颈感到凉快些。“生孩子不能凭一时兴起。你真的不要这样，不要。”[2]

里卡多没有作声。车里一片凝重的寂静：唯一听得见的就只有尼桑——发动机的咆哮、车轮与粗糙的路面摩擦——的声响。路旁现出了广袤的牧场。伊莱恩似乎看见几只奶牛正卧在一株木棉树下，身上的白色打破了草场整片的浓黑。视野尽处，岩石的轮廓在雾气迷蒙中若隐若现。尼桑行进在崎岖的路面上，车灯照射之外的世界一片灰蓝，公路仿佛正通向一处棕色与绿色相连的隧道，通向一条树做的走廊，葱茏的枝叶在空中织成了巨大的穹顶。此情此景长久地留在了伊莱恩的记忆当中，她记得热带植物将他们包围得密不透风，记得整片天空都被浓荫遮蔽，因为里卡多是在那一刻开口的。这一次，他的双眼一直盯着路面，并没有去看伊莱恩，确切

---

[1] 原文为英文。

[2] 原文为英文。

地说是有心回避着她的目光。他对她讲了自己正同迈克·巴比里做着怎样的生意，讲了这些生意会有怎样的前景，未来将会帮助他实现怎样的计划。“我不是一时兴起，埃莱娜·弗里茨，”他说，“所有的事我都已经考虑再三。所有的事都计划到了细枝末节。只是你从前不知道罢了，好吧这没什么，毕竟从前还没有涉及你。可现在涉及了。我会把一切都告诉你的。然后你再告诉我咱们能不能要一个孩子。可以吗？”

“行，”伊莱恩答道，“可以。”

“那好。那我就给你讲讲最近关于大麻都发生了些什么。”

他随即讲述起来。他讲到前一年墨西哥边境的拦截行动（尼克松试图让美国摆脱这种烟叶的进犯）；讲到商人们的生意变得难做，许多中间商眼见客人们已经失去了耐心，便将目光投向了别处，比如牙买加就是取而代之的一处新货源地，地位更加重要的，则是内华达山区[1]，瓜希拉省，以及马格达莱纳河谷。他讲到数月以前，有人从圣弗朗西斯科，从迈阿密，从波士顿来到此地，为一桩稳赚不赔的买卖寻觅靠谱的合伙人，很幸运地，他们遇到了迈克·巴比里。伊莱恩脑中瞬

[1] 指哥伦比亚北部的内华达山区，属于圣玛尔塔市，位于加勒比海沿岸。

间闪过了卡纳斯省志愿者领导人的模样——那是一名来自印第安纳州南本德市的圣公会教徒，曾经对在乡村地区推行性教育的计划发起过抵制，他若是知道了该如何想？而此时里卡多还在继续。迈克·巴比里，他说，他远不止合伙人那么简单：他是个真正的开路先锋。农民们都是他教出来的。他跟其余懂行的志愿者一起，向农民们传授技术，告诉他们在哪儿播种能让山体更好地保护植株，该当施什么肥料，如何区分雌株和雄株。到了今天，他联络着从这儿到麦德林十公顷乃至十五公顷的种植区，一次收割就有四百公斤的产出。毫无疑问，他改变了农民们的生活，他们从来都没赚过这么多钱，还是靠干这么少的活儿。所有这一切都是因为烟叶，因为与烟叶有关的一切。“将烟叶塞进塑料袋，再把塑料袋塞进飞机，我们用的是最简便的方法，一架双发动机的赛斯纳。我接收飞机，将它装满一样东西送过去，再装满另一样东西带回来。迈克给我每公斤二十五美元，我们约好的。要是顶级的货品，那么一次总数就是一万块。最不济，飞一次也能带回来七千块，有时还会更多。能飞多少次？你自己算吧。我想告诉你的是他们需要我。我出现在了他们需要的时间，需要的地点，这是意外的好运。而今天已经不是好运那么简单了。他们需要我，我成了不可或缺的人，事情一开始这一点就彰显了出来。我是那个清楚哪里能够降落，哪里能够起飞的人。我是那个清楚每一架飞机该如何装载，载重是多少，装载物如何分布放置，怎样在机身中隐藏燃油箱，好让飞机能飞得更远的人。而你无法想象，伊莱恩·弗里茨，你无法想象在夜里起飞是个什么样子。夜里在群山之中起飞会让人肾上腺素激升，河流在下方仿佛一张铝箔，仿佛一道银练。月夜中的马格达莱纳河是你能见到的最动人的景色。你不晓得那种感受，从上面注视着它，追逐着它，直至它汇入大海，汇入无限宽广的大海。天还没有亮，紧接着便是海上日出，海平面火一样地燃烧，光芒盛大得能晃瞎人的眼睛。我不过飞了几次，可已然熟悉了路线，熟悉了风向和距离，熟悉了飞机的怪癖，就像熟悉我手上这辆吉普车的怪癖。而其他人也意识到了这一点。他们意识到，我想在哪儿起飞就能在哪儿起飞，想在哪儿降落就能在哪儿降落，我有本事在两米长的堤坝上起飞，也有本事在加利福尼亚乱石丛生的沙漠里降落。我有能力让飞机在雷达的缝隙里穿行：无论是多小的空间，我的飞机都能通过。一架赛斯纳，或者随便你给我什么，一架比奇，都可以。只要雷达之间有个小小的缝隙，我总能将它找到，总能让我的飞机溜进去。我挺厉害的，伊莱恩·弗里茨，厉害得很。而且我会越来越好的，一次更比一次好。想到这儿我简直感到恐惧。”

九月末的一天，伊莱恩参加了省里的志愿者会议，之前的一个星期暴雨提前到来，山谷里水位暴涨，几个村落发生了意外状况，需要紧急医疗救助。会议的地点设在马尼萨莱斯的和平队本部。正当与会者们为了地方手工业者合作社的章程问题争论得不可开交时，她感到胃里一阵翻腾。结果她甚至没有来得及冲到大厅外面，其余的志愿者们见到她蹲在地上，一手撑着椅背，一手揪着自己的头发，呕出一团糊状的、颜色发黄的东西，弄脏了铺地的红色瓷砖。同事们想要送她去看医生，可被她坚持拒绝了（“没什么，女人的事，我一个人待会儿就好。”），然而几个钟头以后，她化名住进了埃斯科里亚尔宾馆的225号房间，打电话叫里卡多过来接她——她感到自己已经没有力气去挤城际公共汽车了。等待的过程中，她出门去大教堂附近兜了一圈，最后在玻利瓦尔广场的一张长椅上坐了下来，望着穿制服的孩子从面前走过，还有穿套头斗篷的老人，以及推着小车的商贩。一个年轻小伙子胳膊底下夹着木箱凑上来想要为她擦皮鞋，她无声地答应了，害怕一开口便被自己的口音出卖了身份。她用目光扫视着广场，心想这里有多少人一打眼就能看出自己是个美国佬，多少人会说她在哥伦比亚已经生活了超过一年，多少人猜得出她同一个哥伦比亚人结了婚，又有多少人知道此时此刻她怀上了孩子。往回走的路上，皮鞋已被擦得油光可鉴，鞋尖映出了马尼萨莱斯的天空。她回到旅馆，在一张抬头印了字的纸上写了些什么，又倚在床上想着孩子的名字。然而一个也没想到：不知不觉她睡着了。她从未像那个下午一样，感到如此疲累。

待到醒来时，她发觉里卡多躺在自己的身边，正一丝不挂地睡着。她不晓得他是几时进来的。时间是凌晨三点：旅馆的门房和警卫是怎么回事？他们怎么能够未经她许可就随随便便地给陌生人放行？里卡多又是如何确认这个女人是他的妻子，如何确定他有权躺在这张床上的？她翻身下地，随即感到一阵头晕目眩，于是连忙将目光集中在墙壁的一个点上。走到窗边探身向外张望，映入她眼帘的是空旷无人的广场角落。她将手放在腹部，无声地哭泣起来。回到拉多拉达首先要做的就是找一个能收留杜鲁门的地方吧，她想，因为接下来的几个月是不能骑马的，或许一整年也骑不上了。没错，第一件就是这事，然后第二件，得赶紧找处房子，一个可供全家人居住的地方。她还想是不是得去通知志愿者协调人，甚至给波哥大方面打个电话，不过最后决定还是算了，她会工作到身体不允许了为止，到时候看看情况再说。她又望向里卡多，后者正张着嘴巴睡着。她走回床边，用两根手指掀开了被单。她看到了沉睡的阴茎，以及卷曲的阴毛（她自己的却是直的）。她将手放在阴茎之上，又放回自己的腹部，仿佛想要护着它似的。*在那里为何而活？*歌词没来由地浮现在心头，她在心中默唱着：*有谁需要和平队？*之后便又去睡了。

伊莱恩一直工作到无力为继。她的肚子比最初几个月设想的还要大些。不过，除了极度的困倦迫使她中午得睡上一个长长的午觉，怀孕并没有更改她每日的行程。只是有些东西的确变得不一样了。她开始对炎热和潮湿敏感起来，就好像从来不曾经历过这些。事实上，是她对自己的身体敏感了起来——身体不再一如从前般沉默与乖顺，而是一天天地竭力在引人注意，犹如一个问题少年，又好像是个酒鬼一般。伊莱恩讨厌自身的重量对腿肚子造成的压力，讨厌每每攀爬区区四级台阶就感到肌肉紧绷，讨厌自己一向得意的小小的乳晕突然间扩大并且变暗。她感到惭愧，感到罪过，她开始声称不舒服而缺席会议，同时跑去有钱人住的宾馆开房，目的仅仅是在游泳池中度过一个下午，浮在清凉的池水里，享受几个小时负重暂时消失的快感，享受这副身躯变得一如从前般轻盈无碍的错觉。

里卡多将全副精力投注在她的身上：在她整个孕期他只飞了一次，那应该是笔大买卖，因为返程时他带回了一只网球包——深蓝色的人造皮，金色拉链，上面有一只跃起的白色豹子——里面一捆捆的美元装得满满的，干净崭新，光辉灿烂，看起来不像是真的，倒像是玩桌游时用的纸牌。不仅如此，连包上挂着的球拍套里也都塞满了钱。里卡多总是把美金存放在他自己打的那个带锁的柜子里，每个月去几次波哥大将它们换成比索。他对伊莱恩的关注是无处不在的。他开着尼桑接送她，他陪她去做检查，他盯着她站上体重秤，看着指针晃动，在小本子上记下新的数据，仿佛医生的记录并不准确，并不可信似的。不仅如此，他还陪着她一同工作：建学校的时候，他欣然拿起抹刀在砖头上抹水泥，用小推车将砾石运来运去，还亲手为过滤器修理坏掉的滤网；她跟“共同行动”的人谈话时，他坐在房间的角落倾听自己的妻子越讲越流利的西班牙语，偶尔也帮伊莱恩翻译一两个她记不起来的单词。有那么一次，伊莱恩去拜会“共同行动”在多拉达尔村的领导人。那位领导留着浓密的小胡子，衬衫的扣子一直开到肚脐，伊莱恩费尽唇舌，使出浑身解数也没能得到接种小儿麻痹症疫苗活动的许可。官僚主义。事情总是进展缓慢，而孩子们已然等不及了。告辞出来时，失望的情绪笼罩在两人的心头。伊莱恩艰难地攀上吉普车——扶着门把手，抓紧椅背，刚刚将自己安置妥当，却听得里卡多说：“等我一会儿，马上回来。”“你去哪儿？”“马上，马上就回来。等我一小会儿。”于是她看着他折返而去，跟那位“敞口衬衫”说了些什么，他俩便一起消失在了门后。过了四天，当伊莱恩收到消息，得知注射疫苗的活动已经在破纪录的时间里获得了批准时，脑海中浮现出这样的一幕：里卡多将手伸进口袋，掏出一大笔钱递给公职人员，并且许诺还有更多。原本她可以去证实自己的猜测，她可以跟里卡多对质，要求他向自己坦白，但她决定还是算了。无论如何，目的已经达到了不是吗？孩子们，想想孩子们吧。他们才是最重要的。

怀孕第三十周，当伊莱恩的肚子俨然成了她工作上的障碍时，她拿到了志愿者协调人的特别许可。一张许可证不久便会从和平队在波哥大的地址寄送而来，条件是她须得先邮寄一份医生开具的报告。报告在匆促之间写就，并且写得乱七八糟——负责它的是一名到拉多拉达来做乡村实践的小青年，明明对妇产科一无所知，也没有任何医生资质证明，却要为她做生育检查。当衣服已经脱下一半的伊莱恩见到小青年时，她十分抗拒，甚至就快发火了，可还是第一时间想到这事无论如何都不能告诉里卡多，不然谁晓得他会作何反应。回去的路上，坐在尼桑里，望着自己丈夫的侧脸，望着他那指节修长、汗毛浓重的手，她竟感到了突然而至的欲望。里卡多的右手搭在变速杆的手柄上，于是她抓住了他的手腕，同时张开了双腿。那只手懂得了。里卡多的手懂得了。他们一言不发地回到家中，强盗般匆匆忙忙地闯了进去，拉上窗帘，闩上门闩。里卡多将自己脱得精光，衣服顺手扔在地下，顾不得那上面即刻便会爬满蚂蚁。伊莱恩则侧卧在床，面朝着白色的窗帘，一些方形的光斑映在她的脸上。白日的光线是那样强烈，透过合上的窗帘依然能够照出影来。伊莱恩注视着自己巨大的腹部，那好像是一弯新月，皮肤光滑温热，中间一道紫黑色的线由上而下划过，仿佛是用记号笔画上去的。她看到自己鼓胀的乳房在床单上投下硕大的阴影。这对乳房还从来没在任何地方投下影子来呢，她正这样想着，它们便消失在了里卡多的手掌之中。她感到了乳头被手指触碰时的收缩，感到了里卡多的嘴巴停在自己的肩头，随后，感觉自己被从后面进入了。就这样，两人仿佛拼接玩具中的两个部件般连接在了一起。那是她分娩之前，他们的最后一次性爱。

玛雅·拉韦德1971年7月出生在波哥大的巴勒莫诊所，差不多正是尼克松在公众演说中第一次提及“反毒战争”字样的时节。伊莱恩和里卡多早在三个星期前就搬回了拉韦德家的房子，尽管伊莱恩曾经为此抗议过：“既然拉多拉达的诊所对那些穷苦的母亲来讲是好的，”她说，“我不明白为什么对我就不行。”

“喂，埃莱娜·弗里茨，”里卡多道，“你怎么就不能多考虑考虑我们，别再一刻不停地想着改变世界了行吗。”

接下来发生的事证明他是对的：女儿一出生肠道就有问题，须得即刻接受手术，而众所周知，一间乡下诊所既没有外科医生，也没有新生儿所需的专用器具，根本无法保证孩子能够幸存。玛雅被监护了几天，那期间她待在一只保温箱里，箱壁在遥远的从前曾经干净明亮过，可如今已经布满了划痕，并且就像一只用了太久的杯子，早已变得污浊不堪。每到喂奶的钟点，伊莱恩便会在保温箱边坐下，一名护士负责将婴儿抱出，送至她的怀中。这名护士是个成熟的妇人，有着宽大的胯部，每次抱着玛雅时似乎总要故意拖延一阵，她对着婴儿的笑容是那样的温存，伊莱恩第一次见时简直心生妒意。随即她惊讶地发现，她因另一名母亲的在场而感到威胁，原来血缘带来的原始反应以及诸如此类的东西，居然是有可能存在的。

孩子出院没多久，里卡多又要飞了。此时便搬回拉多拉达显得过于仓促，况且只要一想到伊莱恩跟女儿两个孤立无援，他就忍不住心中害怕，于是提议不如就在波哥大住下，住在自己父母家，葛洛莉亚女士也方便照顾，同时帮忙的还有一个肤色黝黑的女人，黑发梳成长辫，总是幽灵般地在房子里飘来荡去，自顾自地做着打扫和整理。“要是有人问起，就说我是运花的。”里卡多告诉伊莱恩，“石竹、玫瑰，甚至兰花也行。对了，兰花，这个好，兰花不是出口嘛，这谁都知道的。”伊莱恩笑了起来。他们躺在一张窄小的床上，就是第一次做爱的那张。当时是凌晨一两点钟，他们被玛雅吵醒了，她饿得不停哭闹，细弱的嗓子带着鼻音，直到小嘴里塞进母亲竖起的乳头才平息下来。吃完了奶，她便在两人之间睡着了，于是他们不得不为她腾出空间，侧卧在床上艰难地找着平衡，半边身子都已经悬在了半空。漆黑中他们脸对着脸，甚至没法看清对方的轮廓。睡意早已消失得无影无踪。女儿则睡梦正酣：伊莱恩闻到她身上香粉的气味，还有肥皂和崭新的毛料的味道。她伸出一只手，盲人般在里卡多的脸上来回抚摸，然后低声说："我想同你一起去。"

"一天而已。"里卡多道。

"可我想看看你在做些什么。想知道有没有危险。就算有危险你也不会告诉我的，对吗？"

"我当然会。"

"能问你一件事吗？"

"你问好了。"

"如果被抓到了你会怎样？"

"我是不会被抓到的。"

"可如果被抓到了会怎么样呢？"

里卡多的嗓音变了，里面掺杂了一丝假意的轻松，一份极力控制的平稳。"人们想要一种商品，"他说，"有人种它，迈克将它拿给我，我再用飞机运送，最后有人接收，就这么简单。我们把人们想要的东西拿给他们。”他沉默了一秒，继续道，“更何况，这件事迟早是要合法的。”

“可我想象不出你的样子，”伊莱恩道，“你不在的时候我试着想象你的样子，你正做着什么，你在哪里，可想不出来。我不喜欢这样。”

玛雅发出微弱的声响，短促得转瞬即逝，他们过了一会儿才弄清这声音的来源。“她做梦了。”伊莱恩说。她看到里卡多将他那张宽大的脸——坚硬的下巴，厚厚的嘴唇——凑近了女儿小小的脑袋；看到他无声地吻了她一下，又一下。“我的女儿，”她听见他念着，“我们的女儿。”然后，没有任何征兆地，他突然讲起了自己的那些行程，讲起了某座一路延伸到马格达莱纳河的畜牧庄园，那儿的牧场大得甚至建得下一个空港，他讲起了那架赛斯纳310型天鹰，说它在几天之前刚刚成了自己心爱的坐骑。是的，他这样说：“我心爱的坐骑。这个型号已经停产了，埃莱娜·弗里茨，我们还没有回过神来，它已经是一件老古董了。”他还说到了人在高空之中感受到的那种孤独，说到了一架满载的飞机与一架没有负载的飞机之间有什么分别：“空气更冷，噪音更大，人会更加寂寞。就算还有旁人也是一样。是了，就算还有旁人也是一样。”他向她描述加勒比海是多么广阔无垠，他是多么害怕会迷失方向——在海洋这般庞大的事物当中迷失，这念头稍一闪现就够叫人心惊胆战的了，就算对他这种从来没有迷过路的人来说也是一样。他告诉她，每当接近古巴的时候他都得让飞机偏离航线。“不然他们会把我当成美国佬向我开炮的。”他还向她描述了即将在拿骚降落时感觉到的那种亲切，那份奇妙的亲切感，仿佛不是降落而是回家一般。“在拿骚？”伊莱恩问，“巴哈马的拿骚？”没错，里卡多道，就只有一个拿骚，然后又说，在那儿的机场上，在那些视而不见的飞机调度员的眼皮底下（他们的视线和记忆都为着几千美金而做出了适当的修正），一辆橄榄绿色的雪佛兰小卡车和一个乔·弗雷泽[1]般壮硕的美国大汉正等候着他。他会被送往一间旅馆，那里唯一的奢侈就是无人发问。他雷打不动地会在星期五到达，然后会住两个晚上——这两晚的作用是避免别人起疑，他们将他扮作一名百万富翁，来跟朋友或情人共度周末的。就这样，他被关在旅馆里百无聊赖地喝着朗姆酒，吃着煎鱼配米饭，两晚过后再回机场，在飞机调度员令人惊异的“失

[1] 乔·弗雷泽（Joe Frazier, 1949—2011），生于美国，前世界重量级拳王。

明”中请求起飞前往迈阿密，就像随便哪个带着情人回家的富豪一般，几分钟后已然置身高空。然而他并没有朝着迈阿密的方向行进，而是兜了个圈子驶向博福特海滩，越过一条又一条的河流，它们仿佛解剖图上的一根根血管。接下来的问题是卸下货物装上美元，重新起飞前往南方，朝着哥伦比亚加勒比海岸的方向，朝着巴兰基亚的方向，朝着“灰烬之口”[1]那一带灰色的水域，朝着绿色的布景下游弋的那条棕色的蛇，朝着那座内陆的村庄，它坐落于两道山脉之间的宽阔谷地，仿佛游戏中的玩家掷下的骰子，那里有着难以忍受的气候，热浪灼烧着人们的鼻子，那里的家畜会冲破蚊帐进来咬人，可它依然是里卡多将一颗心捧在手上，念兹在兹想要回去的地方，因为在那儿等待他的，是他在这世上最爱的两个人。

“可那两人并不在村子里，”伊莱恩道，“她们在这儿，在波哥大。”

“不会太久的。”

“她们真的快要冷死了。她们住在不属于自己的家中。”

---

[1] “灰烬之口”（Bocas de Ceniza），马格达莱纳河在加勒比海的入海口。

“不会太久的。”里卡多道。

四天之后他来接她们回家。他将尼桑停在铁栅栏外，对着砖砌的围墙，仿佛自己阻碍了交通一般飞快地下车，替伊莱恩拉开了车门。而她呢，她将玛雅抱在怀里，用白色的披风将孩子裹紧，又为她遮着小脸免得她受风。她径直走了过去，“不，不坐前面，”她说，“我们女人坐后面。”于是她在后排坐下，怀中抱着女儿，两脚搁在另一个座位上，在回拉多拉达的途中一路从后方注视着里卡多（修剪得十分整齐的发际线下是他浓重的汗毛，三角形桌脚的模样）。他们只在半途停了一次，那是在一间公路餐厅，漂亮的水泥天台上有三张空桌子与他们相对。伊莱恩去了趟洗手间，在那儿她见到地上有个空心的椭圆，另有两个脚印指示着该把脚放在什么地方。她蹲着小便，用两手提上裙子，同时闻到了自己尿液的气味。就在那一刻她有点不安地意识到这还是自己分娩以后第一次身边没有其他女性在场。她是独自一人置身男人的世界，玛雅与她两个孤立无援，她居然从未想过这些，来哥伦比亚两年有余了，她居然从来没有想过这些。

车子下行至马格达莱纳河谷，热浪汹涌而至，里卡多打开了两侧的车窗，谈话无法继续进行，于是他们便一语不发，径直朝着拉多拉达而去。道路两旁现出了平原，岩石的形状犹如躺卧的河马，奶牛吃着草，秃鹫在空中描画着圆圈，它们正看着什么，听着什么，那是伊莱恩看不见也听不到的。她察觉一颗汗珠从腋下滚落，继而消失在自己依然粗壮的腰肢，紧接着又是另外一颗；玛雅也开始出汗了，于是她为她解开毯子，用一根手指抚摸她壮健的大腿，在那苍白的肌肉的褶皱间摩挲。某个瞬间她凝神注视起孩子那灰色的眼睛，它们并没有回望着她，抑或说，它们看任何东西都带了一种惊慌失措般的漫不经心。重又抬起视线时，她的眼前现出了一片陌生的景致。是不小心错过了村子的入口吗？还是里卡多回家之前有什么事情要办？于是她在后面叫他："我们在哪儿，出什么事了？"可他并没有回答，要么便是噪音让他没法听清她的问题。他们已经驶离了大路，此刻正穿过丰茂的草场沿着小径向内深入，车子钻进密不透光的丛林，傍着栅栏围就的一处地界行进：这里有些木桩子——其中一些歪歪斜斜，就快挨到地面了，还有带刺的金属丝，天气不冷不热时，刚好给彩色的小鸟作栖木。"我们这是去哪儿？"伊莱恩问，"孩子热了，我想给她洗个澡。"就在此时，尼桑停了下来，风骤然消失，热浪即刻涌进了车厢。"里卡多？"伊莱恩叫道。里卡多跳下车去，并没有看她，而是绕着车子兜了个圈，替她拉开了车门。“下车。”他说。

“怎么回事？我们在哪儿，里卡多？我得回家去，我口渴了，孩子也是。”

“下来一会儿。”

“我想尿尿。”

“我们别再耽搁了，”他说，“下来吧，拜托了。”

于是她服从了。里卡多向她伸出手去，才发现她的两手都被孩子占了。他便将手放在她的背后（伊莱恩感到自己的衬衫被汗水打湿了），引着她沿着小径走到栅栏的尽头，那里是一处木质的构架——一个细木条拼成的方形板子充作的大门。里卡多费劲地将木板抬起，把门打开了。“进来吧。”他对她说。

“去哪儿？”她问，“这个牧场？”

“这不是牧场，这是一个家。我们的家。只是我们还没有开始建造它。”

“我不明白。”

“它有六公顷，一直通到河边。我付了一半的钱，另一半会在接下来的六个月里付完。只要你想好我们就马上可以动手了。”

“想好什么？”

“想好你希望咱们的家是什么样的。”

伊莱恩极目远望，直到山脉的灰色影子阻隔了视线。这片土地，她的土地，它在脚下微微倾斜，越过树林后如同山丘般直插一望无际的谷地，一路延伸到马格达莱纳河。“这不可能。”她说。她感到自己的额头和面颊都在发烫，她清楚红晕一定跃上了她的脸庞。她望向万里无云的天空。她合上双眼，深深呼吸，她感觉到——她相信自己感觉到了一丝微风正吹在脸上。她贴近里卡多并且亲吻了他。一个轻轻的吻，因为玛雅哭起来了。

新房子有着雪白的外墙，白得恍如正午的天空。天台的地面十分光滑，铺着明亮的瓷砖，洁净得就连沿着墙边爬行的蚂蚁都能一眼望见。建造新家费时比预期要久，一方面是里卡多想要亲力亲为，另一方面则是因为这片地界缺乏基础设施，就算是他那慷慨的贿赂对此也无能为力，电和导水管依旧未到（安装下水道系统是办不到了，好在因为靠近河流，可以建一个不错的化粪池用来替代）。此外，里卡多盖了一座可容纳两匹马的马厩，考虑到伊莱恩将来说不定还想继续骑马；他又造了一座游泳池，同时命人为玛雅修了一条带斜坡的卵石小径，尽管此刻女儿连走路都还不会。他在没有树荫的地方遍撒了红花猴耳环和木棉的种子，并且不顾伊莱恩的抗议，冷着脸孔盯着工人们给椰枣树的树干下部涂满了白色。在距离房子十二米开外的地方，他搭建了一间茅舍——他口中的这间茅舍，其牢固的水泥外墙足以跟房子本身媲美。就在茅舍中，在那没有窗户的监牢般的地方，他放置了三个带锁的柜子，将一只只装满五十、一百美金的塑料密封袋用橡皮筋捆好，存放了起来。到了1973年，就在美国缉毒局成立之前不久，里卡多命人在一块大木板上烙刻下了这处产业的名字：埃莱娜别墅。对此埃莱娜表示满意，只是他们实在没有地方安置这么大的木板。里卡多当即叫人用砖砌起了一座门廊——在两根柱子顶端抹上灰泥与石灰，上面撑起一道加盖了泥瓦顶的横梁，两条仿佛来自失事船只的铁链将大木板悬挂在横梁上。最后，他又命人装了一扇一人大小、上了绿漆的木门，并且为木门的插销上好了油。以上种种纯属多此一举，因为钻过带刺的金属丝便能轻易地进入庄园，里卡多不过是为着自己出门时心里能踏实些罢了——这种踏实其实虚假而又可笑，仿佛家人真的受了保护似的。“保护什么？”伊莱恩问，“假使全世界都打我们的主意，我们在这儿会遇上什么？”里卡多望着她，带着那种令她深恶痛绝的家长作风，开口道：“不会一辈子都这样的。”伊莱恩察觉了他想说的其实并不是这些，而自己对他讲出口的也并非原本要讲的那些。

许久以后，当伊莱恩给女儿讲述往事，同时也是自顾自地回想曾经时，她不得不承认，那三年——那单调的、日复一日地建造埃莱娜别墅的三年，正是她在哥伦比亚的日子里最为惬意的一段时光。对她来说，将里卡多买下的土地据为己有，习惯自己成了这片土地的主人这个事实，并不是一件容易的事：她常常漫步在椰枣树下，常常坐在茅屋当中，一边喝着冰镇果汁一边思索着自己生活轨迹的变化，思索着自己的出身与结局之间何以产生了如此难以解释的距离。她步履不停，全不理会烈日当空，一直向着河流而行。她望见远处邻人的庄园，望见趿着拖鞋的农夫正高声驱赶着牲畜，他们的鞋子是旧轮胎上割下的碎片做成，而他们独特的嗓音仿佛诚实的足印，是那样易于辨识。如今为她工作的这对夫妇此前也是替人放牧为生，他们现在负责清洁泳池，将整个庄园料理得齐齐整整（修好每扇门的合页，消灭孩子房间的蛇虫鼠蚁），还在周末为她烹制香蕉鱼或是木薯香蕉肉。走上草场，伊莱恩故意加重了脚步，因为听说这样就可以将蛇吓跑。想到自己过往曾为农民的福祉出过一点力，她不由地感到欣慰，尽管那段时日比她预想中的要少，而与此同时，一个念头仿佛暗影般在她头脑中闪过，犹如低飞的秃鹫投下的影子——作为和平队的志愿者，此时的她已经变作了自己身心俱疲地反对过的那类人中的一员。

和平队。当伊莱恩认为玛雅已经可以放心地交给旁人的时候，她与波哥大的办公室重新取得了联系。副主管巴伦苏埃拉在电话中听取了她的解释，向她的新家庭表示了祝贺，然后对她说，要等他过几天往美国方面去个电话沟通一下，免得违反协议。伊莱恩照着做了，巴伦苏埃拉的秘书却告诉她，副主管因为急事出差，一回来就会再打给她。然而日子一天天地过去，电话始终没有打来。伊莱恩并没有因此气馁，她干脆自行找到了“公共行动”的人，而他们见到她时就仿佛前一天才刚刚同她分开。她用几个钟头的时间开展起了两项新的计划：关于捕鱼业合作社，关于兴建厕所。当她和“公共行动”的领导人们在一起时，和渔民们在一起时，当她在拉多拉达的各处天台喝着啤酒时——谈事情的方式在这儿就是如此——她会让玛雅同厨娘的小儿子待在一处，或是将她带到工作的地方让她跟其他的小孩一道玩耍，不过以上这些都要瞒着里卡多，毕竟对于社会阶级之间不加区别的融合，他有着自己鲜明的见解。她重新操起了英语，以免自己的女儿丧失这种语言，而玛雅同她讲话的时候本能地丢弃了西班牙语——她在两种语言之间进进出出，仿佛开始和终止某项游戏般自然而然。这时的玛雅已经长成了一个活泼机灵、肆无忌惮的小姑娘：她的眉毛又细又长，赖皮得让人毫无办法，同时她也拥有自己的世界。她常常消失在红花猴耳环树丛中，再出现时不是手上多出一只装了壁虎的玻璃杯，便是浑身上下一丝不挂——在那之前出于同情，她把自己的衣服全盖在了一只鸡蛋上。正是那段日子当中，有一次里卡多从巴哈马返航，为玛雅带回了一只三带犰狳作礼物，犰狳被关在笼子里，满笼都是新鲜的粪便。他对犰狳的来历闭口不谈，却花了好几天的工夫给玛雅讲了一些显然也是从别人那里听来的事：犰狳住在自己用爪子挖出的洞穴里，犰狳在水下可以待上五分钟。玛雅一面入神地听着父亲的讲述，一面着迷地盯着小动物看——嘴巴半张，眉毛弯成了弧形。几天以后，当伊莱恩见到女儿一大早起身给动物喂食，见到她蜷缩着挨在它的身边，一连好几个钟头胆怯地抚摸它的甲壳时，不由地问：“你的犰狳叫什么名字？”

“它没有名字。”玛雅说。

“怎么会没有呢？它是你的。你得给它取个名字。”

玛雅扬起脸望着伊莱恩，眼睛眨了两下。“迈克，”她说，“犰狳的名字叫作迈克。”

伊莱恩这才得知，原来巴比里在两三个星期之前曾经来过，而那时的她正忙着同分区领导人一起为注定没有结果的项目张罗筹谋。里卡多对此只字未提。为什么？她忙去找他查问，而他只用四个字便简简单单地结束了话题：“我给忘了。”伊莱恩追根究底地问：“那他来干吗？”

“问候一下，埃莱娜·弗里茨，”里卡多说，“他可能还会再来的，你就别大惊小怪了。搞得好像他不是我们的朋友似的。”

“他本来就不是我们的朋友。”

“他还是我的朋友，”里卡多道，“他是我的朋友。”

正如里卡多事先知会的那样，迈克·巴比里再一次到来了。不过这一次，他来得不是时候。那是1976年4月，雨季演变成了全国性的灾难：在大城市中，受到暴雨侵袭的区域出现了房屋倒塌，进而导致住户被埋，而山地公路的塌方则引起了交通阻隔，村庄与外界失去了联系。尤为荒谬的是，一个没有垃圾回收系统的村庄一边遭受着好似圣经中的大洪水，一边失去了可供饮用的水源。拉米耶尔河泛滥成灾，伊莱恩和里卡多双双去帮忙开凿沟渠，为被淹的房屋排水。电视屏幕上，气象预报员们说着信风，说着太平洋的洋流发生的异变，说着加勒比海上正在形成的、被冠以愚蠢名字的飓风，以及以上种种与埃莱娜别墅遭遇的麻烦之间有何关联——它们如何破坏了日常活动，如何扰乱了正常的家庭生活。天气是那样潮湿，洗过的衣服总晾不干，落叶与闷死的昆虫一同堵塞了排水管，天台已经淹了三四次，夫妻俩不得不半夜三更地爬起来，衣服也顾不上穿，抄起抹布和扫帚就去奋战，好让雨水不要入侵到饭厅。到了月底，里卡多去工作了，伊莱恩只得单枪匹马地去跟雨水缠斗一番。干完了活，她躺回床上想着再睡一会儿，结果久久无法入眠。最后她打开电视机，看着里面下的另一场雨进入了睡眠状态，那场黑白相间的电子雨发出一种静态的噪音，在她身上神奇地起到了镇静的作用。

到了里卡多本该回来的那天，他并没有出现。这已经不是第一次了——推后两天甚至三天都是正常的，毕竟在他的行当里，意外本就是常有的事，并没什么好担心的。这天晚上，吃过炸鱼配米饭和炸香蕉，伊莱恩便叫玛雅上床，读了几页《小王子》哄她入睡（画小羊的那一段，玛雅听得乐不可支）。女儿翻了个身睡着以后，伊莱恩出于惯性，又接着读了下去。她喜爱圣埃克苏佩里的插画书，因为其中的段落会令她想起里卡多。小王子问飞行员这是什么玩意儿，飞行员说："这不是什么玩意儿。它会飞。这是一架飞机。是我的飞机。"而正当她读到小王子很是惊讶，询问飞行员难道他也是从天上掉下来的时，她听到了引擎声，以及一个男人的声音——一声招呼，一句通报。她迎出门，可见到的并不是里卡多，而是迈克·巴比里，他骑摩托车来，浑身上下都给淋透了，头发糊在前额，上衣贴着胸口，双腿、后背和小臂全都沾满了厚厚的泥。

"你知道现在几点了吗？"伊莱恩冲他道。

迈克·巴比里立在台阶上，拧着衣服，搓着手掌，军绿色的背囊被他随意扔在脚下，看上去就像一条死狗。他的眼睛望着伊莱恩，脸上的表情却空空洞洞，似乎什么也没看见。跟那些农民可真像啊，伊莱恩心想。漫长的几秒钟过后，迈克仿佛突然惊觉一般，从旅途中沉浸的幻想里清醒了过来。

“我从麦德林来，”他说，“想不到居然遇上这样的大雨。手差点生生冻掉。真搞不懂这么热的地方怎么会冷成这样，怕是就要世界末日了吧。”

“从麦德林来，”伊莱恩道，“你是来看里卡多的。”她不是发问，而是肯定地说。

迈克·巴比里想要说些什么（她清清楚楚地看出他有话要讲），可结果并没作声。他的目光从她身上移开了，像一只纸飞机般从她的头顶掠过；伊莱恩回过头去想看看他见到了什么，于是发现了玛雅，一个穿花边睡衣的小小幽灵。小女孩一只手上抱着毛绒玩具——耳朵很长的一只兔子，身上套着芭蕾舞裙，裙子在很久以前曾经干净洁白过，另一只手则正将红棕色的头发从脸上拨开。“嗨，小美人儿。”迈克叫道，亲热的称呼让伊莱恩感到讶异。“嗨，甜心。”[1]玛雅回应。“怎么了？我们吵醒你了是吗？睡不着了吗？”

“我渴了。”玛雅说，“迈克叔叔怎么在这儿？”

“迈克是来看爸爸的。回房去吧，我给你倒水。”

“爸爸回来了？”

---

[1] 本段以上对话为英文。

“不，他还没有回来。不过迈克叔叔也来看我们大家。”

“也来看我吗？”

“对，也来看你。不过现在是睡觉的时候，跟他说再见吧，改天你们会见到的。”

“再见，迈克叔叔。”

“再见，小美人儿，”迈克说。

“好好睡吧。”伊莱恩道。

“都长这么大了，”迈克叹道，“今年几岁了？”

“五岁。就快五岁了。”

“真可怕。时间怎么就过去了。”

迈克的熟稔让伊莱恩感到不快。这不快来得莫名其妙，她仿佛受了羞辱般觉得气愤，随即自己也不由得惊讶起来：她惊讶于自己的反应过度，惊讶于迈克·巴比里带来的不寻常的一幕，惊讶于女儿怎么会喊他叔叔。她让迈克等在原处，因为家中的地面很容易打滑，一个湿漉漉的人贸然进去会有跌跤的危险。她从洗手间拿了一条毛巾给他，又去厨房为女儿倒了杯水。*迈克叔叔*，她心里想着：他来这里是要干吗？随即又把这个问题用西班牙文想了一遍。蓦地，那首歌的歌词重又浮现，在那里为何而活，有谁需要和平队。她走到玛雅的房间，嗅到女儿身上独有的气味——它与任何别的味道都不尽相同。她心中忽然升起无从解释的渴望，渴望与女儿共同度过这个晚上。于是她想，晚些时候迈克一走，她就把女儿抱到自己的床上，让她在里卡多回来之前一直陪着自己。玛雅已经又睡着了。伊莱恩弯下身子，靠着她的床头凝望着她，脸颊凑近，呼吸她的气息。“你要的水，”她说，“想喝点吗？”然而孩子并没有回答。伊莱恩将水杯搁在床头柜上，搁在发条旋木的旁边，那儿有一只脑袋就快断掉的小马，正缓慢却不知疲倦地追赶着一个小丑。过了一会儿，她重新回到了门口。

迈克正生龙活虎地舞动着毛巾，擦拭着脚踝和腿肚子。“被我弄得全都是泥，”看到伊莱恩走了过来，他便道，“我说的是毛巾。”

“就是做这个用的。”伊莱恩说。接着又道：“所以，你是来看里卡多的。”

“对。”迈克说。他望着她，脸上又是那种空洞的表情。“对。”他重复道，仍旧望着她：伊莱恩见到水珠顺着他的脖颈滚落，连鬓胡子淌着水，好像坏了的龙头。“我来看里卡多。不过他似乎并不在，是吗？”

“他本该今天回来的。但有时候就会这样。”

“有时候会迟一些。”

“是的，有时候。不是每次都恰好按照既定的路线去飞。他知道你来吗？”

迈克没有即刻回答。他全神贯注在自己的身体上，在那条沾满污泥的毛巾上。外面是漆黑的夜晚，岩石变得模糊不清，黑暗仿佛没有尽头，而就在这样的夜里，另一场大雨正倾盆而来。“我想是吧，”迈克说，“也可能是我搞错了。”然而说话时他并没有看着伊莱恩：他用毛巾擦拭着身体，带着那副心不在焉的表情，像一只不时用舌头给自己舔毛的猫。伊莱恩终于明白，要是她这会儿还不做点什么，迈克就有本事一直擦身擦到地老天荒。“喂，进来坐，喝点东西吧，”于是她说，“朗姆酒？”

“不加冰，”迈克道，“看看能不能暖和过来，天实在太冷了。”

“你要一件里卡多的衬衫吗？”

“噢，这主意不坏，埃莱娜·弗里茨。他是这么叫你的，对吗？埃莱娜·弗里茨。一件衬衫，好的，这主意不坏。”

就这样，穿着不属于自己的衬衫（短袖，白底蓝格子，胸前有只口袋，上面的扣子已经掉了），迈克·巴比里喝掉的朗姆酒不是一杯，而是四杯。伊莱恩看着他喝。同他待一起让她感到舒服，没错，就是这样，一种舒服的感觉。这许是因为语言，母语的回归，要么便是他们之间共享的密码，他们待在一块儿不再需要跟哥伦比亚人一起时的那套解释剖白。同他相处给她带来毋庸置疑的亲切感，就好像是回家了一般。伊莱恩也喝了酒，她感到自己被人陪伴，感到迈克·巴比里甚至也陪伴着她的孩子。他们聊着他们的国家，聊着祖国的政治，一切都仿佛发生在多年以前，那时候玛雅还未出生，埃莱娜别墅也尚不存在。他们互相述说自己家中的消息，品评最近发生的新闻，从中体会着舒适跟惬意，犹如冬天的午后穿起了一件好料子的羊毛大衣。然而这快乐究竟从何而来？谈论国家刚刚发行的两元纸币，谈论独立两百周年的庆典，谈论萨拉·简·穆尔[1]——那个企图刺杀总统的昏头昏脑的小女人，为何竟会使人身心愉悦，这的确是个难题。大雨已然止歇，沁凉的微风吹自暗夜，带来锦葵的香气。伊莱恩的心头一片轻松自在，因此当迈克·巴比里向她询问这儿有没有吉

[1] 萨拉·简·穆尔（Sara Jane Moore，1930— ），曾于1975年刺杀美国总统福特未遂。

他时，她一刻也不曾犹疑。一会儿工夫，琴弦便被迈克调好，他随即唱起了鲍勃·迪伦，唱起了西蒙和加芬克尔。

大约到了凌晨两三点，发生了一件当时伊莱恩并未在意，事后想来才若有所悟的事。那会儿迈克正唱到《美国》中情侣登上快艇的一段，[1]突然有声音自远方传来，静夜里惊起了阵阵犬吠。伊莱恩睁开眼睛，迈克松开琴弦，两人沉默着听了一会儿。“放心吧，这里没什么事。”伊莱恩说。可迈克已经站了起来，从自己携带的那只军绿色背囊里面翻出了一把手枪，巨大且闪着银光——“巨大”和“闪着银光”或许都只是伊莱恩的印象。他跑到屋外，抬手朝天空开了两枪，一声，两声，两次震耳欲聋的轰响。伊莱恩的第一反应是去保护睡梦中的玛雅，安抚她的惊惧和慌乱，然而当她三步并作两步地赶到女儿的房间，却发现孩子仍在安睡，睡得那么安稳，对一切的噪声、一切的忧虑全然无知无觉。真是不可思议。她重又回到客厅，然而有些东西已将原本的气氛破坏殆尽了。迈克用一句饶舌的话为自己辩白：“如果之前没什么事，那现在就更不会有了。”伊莱恩不再有兴致听完那首关于快艇

---

[1] 应指西蒙和加芬克尔1968年的歌曲《美国》（*America*）中，“‘Kathy,’ I said as we boarded a Greyhound in Pittsburgh”这段歌词。

和新泽西公路的歌，她感到疲累，这一天是如此漫长。于是她向迈克道别，让他去客房过夜，告诉他床已经铺好了，第二天他们可以共进早餐。“谁知道，说不定还能带上里卡多呢。”

“是啊，”迈克·巴比里说，“如果走运的话。”

然而伊莱恩起身时，发现迈克·巴比里已经走了。他没留下任何别的东西，就只一张字条而已——三个单词，分成三行写在纸巾上：谢谢，爱，迈克。后来，当伊莱恩回想起那个古怪而又混乱的夜晚，有两种情绪在她的心头交织：其一是对迈克·巴比里的怨恨，那是她有生以来体会到的最为深重的怨恨；其二则是一份不由自主的佩服，她佩服这个男人在那一整夜表现得若无其事，佩服他在那般亲密的时刻还能将巨大的谎言长达数小时地贯彻始终，一星半点都未曾透露，佩服他在说出最后那几个字时平心静气，泰然自若。*如果走运的话*，伊莱恩揣摩着这几个字，它们在她脑海当中翻来覆去地浮现，无休无止。*如果走运的话*，迈克·巴比里吐出这一串字的时候，脸上的肌肉不带一丝颤动，技艺之精湛堪比扑克牌高手，较俄罗斯轮盘赌的玩家也不遑多让——他清清楚楚地知道，里卡多那晚不会回到埃莱娜别墅，早在一开始他就知道，早在骑着摩托车踏上去往伊莱恩·弗里茨家的路上，他就知道。事实上他原本就是为此而来：他要通知伊莱恩。他原本就是为了告诉她，里卡多不会回来了。

他一清二楚。

他一清二楚，那之前是他找到里卡多，告诉他现在有笔新生意不容错过，他说服他，告诉他跟之前赚到的相比，这次的货物就如同揣在口袋里的银子，他向他解释那些古柯膏是如何从玻利维亚和秘鲁运送而来，如何在一些神秘的地方被变成了发光的白色粉末，整个好莱坞，不，整个加利福尼亚，不，整个美利坚合众国，从洛杉矶到纽约，从芝加哥到迈阿密，都跃跃欲试要为它出个好价钱。他一清二楚，是他负责同那些地方直接联络，那里有和平队的一些资深志愿者，他们刚刚结束了在考卡或普图马约三年的工作，一夜之间摇身一变，就成了丙酮、乙醚和盐酸方面的专家，那里堆放着制造完毕的古柯砖，它们磷光闪闪，足以将整间暗室照亮。他一清二楚，是他同里卡多一道在一张纸上计算着数目，算出若将一架普通赛斯纳的乘客座椅全部去掉，它大致能运载足足十二垛的古柯砖，那就是三百公斤的总量，也就是说，一百美金一克的话，一趟下来，收入是九千万，而飞行员呢，担着那么大的风险，又是整个交易当中不可或缺的一环，可以拿到其中的两成。他一清二楚，是他亲耳听见里卡多激动不已地讲着这次的飞行计划，讲着做完这单就要退休，从此再也不要驾驶飞机运货，也不当乘客，总之就是，从一切不以快乐为目的驾驶当中全身而退，从自己的家庭以外全身而退，在三十岁前当上前程无忧的百万富翁。

他一清二楚。

他一清二楚，是他陪伴里卡多乘着尼桑来到多拉达尔一处无边无际的庄园，就在麦德林的近旁。在那儿他向他介绍了这笔生意中哥伦比亚的一方，那是两个有黑色卷发的人，留着小胡子，讲话和和气气，一副自以为心地良善的做派。他们同里卡多打过招呼，便热情地招待了他，并且让他留宿，那架势仿佛当他从没被人招待留宿过似的。他一清二楚，两位东道主带领里卡多参观自己庄园的时候，他就走在他的身旁，他们见识了上好的马匹，奢华的马厩，还有斗牛场和牛圈，那儿的泳池就像打磨过的祖母绿宝石，草原一眼望不到尽头。他一清二楚，是他亲手给那架赛斯纳 310-R 装上了货物，亲手从黑色的路虎上卸下烟砖，填进机舱。他情难自禁地紧紧拥抱了里卡多，那是一个真正的兄弟般的拥抱，他抱着他，感到自己从未如此热爱一个哥伦比亚人。他一清二楚，是他看着赛斯纳起飞升空，继而用目光追随，望着灰色云层中白色的身影越变越小，直至消失在了远方。那以后他坐进路虎，让他们在主干道放他下来，搭乘了去往拉多拉达方向的第一辆公共汽车。

他一清二楚。

他一清二楚，就在到达埃莱娜别墅的十二个钟头以前，他接到了一个电话，对方先是急不可耐地将消息通知了他，又用威胁的语气向他索要解释。他无从解释，这是当然的，没人能够解释为何里卡多降落时 DEA[1] 的执法人员一早就在等候他的出现，为何那两名负责将他带来的东西用一辆福特卡车运走的中间人——一名来自迈阿密海滩，另一名来自马萨诸塞的大学区——对此居然毫无察觉。据说还是里卡多第一个发现情况不妙。据说他想要回到驾驶舱中，可大概也清楚这样注定会是徒劳——他根本没有可能让赛斯纳及时起飞，及时逃掉。因此他撒腿就跑，他穿过跑道冲进环绕四周的树林，身后是两名执法人员和三只德国牧羊犬，他们追赶着他，最终在距树林尽头三十米的地方将他捉拿。事实上他一早就

[1] 美国缉毒局（Drug Enforcement Administration）的简称。

是逃不掉的，起跑的一刻已然注定如此，所以没人能够理解他随后的种种举动。或许他是因为害怕，抑或只是彼时彼刻的极度脆弱，也可能是执法人员威慑的口令与握在手中的武器让他产生了本能的反应，甚至是因为伤心，因为愤怒，因为无力回天。里卡多当然不觉得随手开上一枪会给自己带来什么助力，可他仍旧开了一枪，仍旧将那把 22 口径的金牛座手枪举了起来——那是打从一月起他就带在身上的。便只是扬手时随意一射，不曾瞄准，也从未想过要把谁打伤，然而不幸的是，子弹居然穿过了一名执法人员的右手手掌，而正是这只打了石膏的右手，使得他贩卖毒品的刑罚在其后的审讯当中变得更重了——伤人已经成了他的第一项控罪。里卡多跑进树丛的时候，不仅扣动了金牛座的扳机，并且还大叫了一声。据说他曾大叫了一声，只是在场的人们听不懂那叫声的含义。迟些时候，当另一名执法人员带着猎犬将他找到时，他一只脚的脚踝受了伤，整个人跌进了一处泥泞的水塘。他的双手染满黑乎乎的污泥，破损的衣服粘着松脂，扭曲的脸上写满了哀伤。

VI

向上，向上，向上

一个人的成年往往会伴随自我掌控的错觉，甚至成年本身便是仰赖自我掌控方得以存在。我的意思是，恰恰是人生已然尽在掌握的幻象使得我们拥有了作为成年人的自觉，成年与独立自主——就是那种能够决断自己接下来即将发生什么的至高无上的主权——在我们看来是紧密相连的。然而教训往往随之而来，或迟或早，从不失约。当它到来之时，我们总能波澜不惊地领受，毕竟无论是谁，只要在这世上活了足够的时日，便不会为自己的人生轨迹由于意外或是旁人的用心发生偏差而大惊小怪，哪怕这一切与我们的本意相去甚远，甚至是背道而驰的。以上种种最终会与我们的人生发生碰撞——有时为它带来至关重要的助力，有时则让最美最好的愿景灰飞烟灭。它们总是藏首藏尾，犹如地下的暗流，又仿佛地壳小心翼翼的变迁，最后关头当地震爆发，我们早已学会了用如下词句令自己平心静气：事故，偶然，或者还有命运。此时此刻，恰好有一连串的事即将发生在我的身上，那其中有可耻的过错，也有幸运的决定，它们的后果在不远处的下一个街角静待着我。然而，尽管心中雪亮，尽管清楚地知道这一切正在当下酝酿，未来会波及我，我却无法抢在它发生前从中逃脱。我唯一可以做的就只有跟此事的后果抗争一番：抚平创伤，并从中尽可能地赚取收获。我们懂得。我们全都懂得。然而每当有人揭开那一连串将我们变作如今这副样子的前因，我们仍会心生惊惧，每当我们在旁人揭示的真相面前确认，其实我们对于自己一生的经历所能掌控的实在少之又少，我们往往会惊慌失措。

以上便是在我身上发生的事，就在到达拉斯阿卡西亚斯的第二天下午，在那从前曾被称作埃莱娜别墅的庄园里——庄园的名字早已变更，想是过去的某天被匆匆替换了。以上便是在我身上发生的事，就在那个星期六的夜晚，当我与玛雅谈论着柳条箱中的文件时——每一封信，每一张相片，每一封电报，每一份票据。那场谈话令我知晓了文件没能诉说的一切，确切来讲，它将文件的内容整合在了一起，使它拥有了次序，为它填补了空隙，尽管也并非全无遗漏。玛雅用自己在与母亲共同生活的岁月中继承的故事补齐了以上的种种。当然，这其中也有她的母亲自己编造的故事。

“编造？”我说。

“呵，是啊，”玛雅道，“从我爸开始。她编了一个完整的故事，或者不如说他整个人都是她编出来的，您明白吗？一部有血有肉的小说，我妈妈编的小说。她是因为我，是为了我。”

“您的意思是，您并不清楚真相，”我说，“伊莱恩从未跟您讲过。”

“也许她觉得这样好些。也许她是对的，安东尼奥。我没有孩子，想象不出有个孩子会是什么情形。我不晓得一个人为了孩子能够做到怎样的地步。想都想不到。您有孩子吗，安东尼奥？”

玛雅这样问我。那是星期天的清晨，被基督徒们称作复活节的日子，人们在当天会庆祝，抑或纪念拿撒勒的耶稣的重生，两天以前他曾被钉在十字架上（差不多正是我同里卡多·拉韦德的女儿讲话的时刻），而现在又重新出现在了人们的面前：他的母亲、他的信徒，还有那几名深为他的品行所折服的妇人。“您有孩子吗，安东尼奥？”我们早早用过了早餐：大量的咖啡，大量新鲜的橙汁，许多切成片的番木瓜、菠萝和人心果，还有一份黄油鸡蛋玉米饼配菜豆饭，我吃进去时因为太烫，嘴巴里留了一个水泡，随后每每舌头跟牙齿相碰，就感到有些异样。天气还没有变得很热，周遭弥漫着植物的气味，潮湿的世界五彩斑斓。我们坐在天台的桌子边上谈话，四围垂挂着蕨菜，凤梨科植物生长在几米外的树干上。这感觉不错，我想，这个复活节的星期天，我感觉不错。“您有孩子吗，安东尼奥？”我想到了奥拉和莱蒂西亚，准确地说，我想到奥拉带着莱蒂西亚去了离家最近的教堂，将那些象征着耶稣的光辉的大蜡烛指点给她。想必她是趁我不在才这样做的：尽管也曾尝试过几次，可我至今未能重拾自小的信仰，更做不到在家中遵循这些特别日子的仪式——从四旬斋第一天的“点圣灰”到“基督升天节”，这一切于我而言不过是百科全书中配了插图的术语，是一幅画满天使的图画，而那些天使是我再也没能得见的。正因如此，我一贯不愿自己的女儿成长于这令我颇觉别扭的传统当中。你在哪里，奥拉？你们在哪里，我的家人？我抬起眼帘，在天光中感到目眩，双眼不由得刺痛起来。玛雅注视着我，等待着，不曾丢开适才的问题。

“没有，”我说，“我没有。那应该很奇怪吧，有孩子的话。我也完全想不出来。”

我不清楚自己这么说的原因。也许是因为，这会儿才谈起在波哥大等待着我的家人已经太迟了，这样的事情该当在一段关系起始的时刻便告知，在一个人自我介绍之时，在他用只言片语给出彼此亲密的范围之时。自我介绍：理应在彼时彼刻就告知，而不是待到拼读自己的名字，待到倾听对方的名字，待到伸手相握，待到亲吻面颊一次两次或是点头致意——而是要在最初的那几分钟，在那些空泛的信息里，在那些无足轻重的简况里，在让对方感到彼此已经相识，从此不再是陌生人时。一个人谈起自己的国籍，谈起自己的职业，照搬着生意场上的一套，毕竟那一套是富于雄辩的：它定义了我们，并且构成了我们。而我们便是在这样的时刻提到自己的家庭的。好了，显然在与玛雅的交往当中，上述时刻已然被我错过，如果来到拉斯阿卡西亚斯两天以后忽然谈及妻女，恐怕会引起不必要的猜疑，抑或需要冗长的解释、愚蠢的辩白，又或者仅仅是显得有些古怪而已，而所有这一切的结果无非就是，玛雅失去到目前为止一直对我保有的信任，而我呢，失去自己到目前为止一点一滴赢得的阵地。从此她将闭口不言，这样一来，里卡多·拉韦德的过往便会重新成为过往，重新掩藏在别人的记忆里。我决不能容许这样的事发生。

或者还有别的理由。

让奥拉和莱蒂西亚远离拉斯阿卡西亚斯，远离玛雅·弗里茨与她的故事、她的文件，继而远离有关里卡多·拉韦德的真相，是在保护她们的单纯，确切地说，是为了使她们免受污染——1996 年的某个下午我所遭受的那种污染，它的起因至今未明，它那令人始料未及的强烈冲击此时此刻开始显现，仿佛天空中现出某种正在下坠的物体。我的生活已被污染，但那仅仅是我的生活，我的家人尚未遭受侵犯：她们幸免于这个国家的灾难，幸免于它的那段刚刚写就的历史——那追捕着我、追捕着我的众多同辈人的点点滴滴（被追捕的自然还有更多的人，可首当其冲的正是我们——同飞机一道出生，同满载着包裹，满载着装了大麻的包裹的飞行一道出生的一代，同“反毒战争”一道出生，随后又见证了这场战争的结局的一代）。那么，这样一个从玛雅·弗里茨的话语和文件当中浮现出的世界，就让它在此间停留吧，我心想，就让它留在拉斯阿卡西亚斯，留在拉多拉达，留在马格达莱纳河谷，留在这片距离波哥大四小时车程的土地上吧，让它远离我的公寓，那儿有我的妻女正在守候，她们也许坐立难安，是了，也许脸上现出了忧虑的神情，然而她们是纯洁的，未被污染的，不为我们的国家这一段特殊的历史所束缚的。如若我将这一段历史带给她们，抑或听凭她们进入这个故事，听凭她们以任何方式进入了拉斯阿卡西亚斯，进入了玛雅·弗里茨的生活，跟里卡多·拉韦德扯上了干系，我便不是一个好父亲，不是一个好丈夫。奥拉曾经拥有的奇异的幸运令她缺席了那段艰难的岁月，得以在圣多明各，在墨西哥，在智利的圣地亚哥长大成人：事到如今，守护她的父母以险恶的生活赋予她的这种幸运，不让任何事物将它摧折，难道不正是我的责任吗？我要保护她，我想，保护她和我们的女儿，我是在保护她们。这样是对的，我想，于是我用真正的信念将这想法践行——以一种几近宗教般的热诚。

“没有，对吗？”玛雅说，“这种事情是无法分享的，所有人都这么说。无论如何，事实就是她为我那样做了。她编造了我的爸爸，完完整整地编造了他。”

“比如呢？”

“好吧，”玛雅道，“比如他的死。”

马格达莱纳河谷的白色日光照在脸上，我就这样得知了伊莱恩或埃莱娜·弗里茨是如何同自己的女儿解释她的父亲发生了什么。在最后那一年里，事实上父女俩曾经好几次谈起死亡。一次是某天下午，玛雅撞见有人正在屠宰一头瘤牛，她便即刻发问了。里卡多用五个字解决了这个问题：“时间干掉的。”时间会干掉一切，他解释道：“所有的动物，所有的人，一切。”“也会干掉犰狳吗？”玛雅问。“对，”里卡多说，“也会干掉犰狳”。“也干掉胡里奥爷爷？”玛雅问。“对，也干掉胡里奥爷爷。”女儿关于父亲缺席的追问终于变得令人无法忍受，是在1976年底一个平常的下午。伊莱恩将玛雅抱到膝盖上坐好，对她说：“爸爸被时间干掉了。”

“我不明白她为什么选择那个时刻，是否一路的等待让她感到了厌倦，真的不懂，”玛雅说，“也许是美国方面传来了什么消息。律师的，或者我爸爸的。”

“没有确认过吗？”

“那个年代的信全都已经不存在，全都被我母亲烧掉了。我说给您的不过是我自己的猜测：她收到了一个消息，爸爸的消息，律师的消息，于是她决定从此改变自己的生活，或者说，结束跟我爸爸一起的生活，而去开始一个新的。”

她告诉女儿，里卡多在天上失踪了。飞行员偶尔会遇上这样的事，她解释道：这十分罕见，但的确是存在的。天空很大，海也很大，飞机则是极小的一样东西，而爸爸驾驶的又是所有飞机当中最小的那种。世上遍布着这样的飞机，这样小小的、白色的飞机，它们起航，在陆地上空短暂地飞行，随即驶向大海，它们飞得很远很远，远离了所有的一切，变得孤独无依，没人知道何时才能重返陆地。偶尔有些事情发生，它们便会失去踪迹。飞行员迷失了方向，继而失去踪迹。他们不记得前面是哪儿，后面是哪儿，或者他们搞混了，前后左右分不清楚，于是就开始兜圈子，如此这般直到燃油耗尽，坠入海中——从天空坠入大海，好比小女孩掉进了游泳池里。飞机无声无息地沉没，沉没得无人知晓，因为那里没有生命存在。而就在那儿，在大海的深处，飞行员们被时间干掉了。“他们怎么不游上来？”玛雅问。伊莱恩说：“因为海太深了。”玛雅又问：“爸爸就在那儿吗？”伊莱恩回答：“是的，爸爸在那儿。在大海的深处。飞机坠落，爸爸睡着了，然后时间干掉了他。”

玛雅·弗里茨从未想过事实还有另外的版本。那是她们在埃莱娜别墅度过的最后一个圣诞，伊莱恩最后一次命人砍下一株颜色发黄的灌木，在上面挂满了五颜六色的、令女儿十分着迷的彩球，以及驯鹿、雪橇和拐杖糖形状的饰物，这些东西沉甸甸地坠在枝头，把树枝都给压弯了。1977 年 1 月发生了如下事件：伊莱恩收到祖父母的一封来信，信中说迈阿密有史以来第一次下雪了；吉米 · 卡特总统宣布要赦免越战逃兵；还有迈克 · 巴比里——伊莱恩一直暗暗地将他视作逃兵的一员，被人发现后颈中弹死在了拉米耶尔河。他被扔在河岸上，身子赤裸，嘴巴张着，水流戏弄着他的长头发，浸湿的络腮胡子染满了血迹。发现他的农民第一时间找上了伊莱恩，甚至早过跑去通知警察：谁叫她是这里的另一个美国佬呢。于是伊莱恩不得不出席最初的司法审理，不得不到一间市级审判所去——那里窗户洞开，电扇将文件吹得到处都是——到那儿说一声是的，我认识他，不，我不知道什么人想要杀他。第二天她打包了行李，将尼桑塞得满满的——她跟女儿的衣服，盛满了钱的手提箱，一只与被杀的美国佬同名的犰狳，出发向波哥大而去。

"十二年，安东尼奥，"玛雅说，"我跟母亲共同生活了十二年，就只我们两个，实际上是躲起来了。我被剥夺的不仅是爸爸，还有祖父祖母。我后来再没见过他们。他们来过两三次，可每次总以争吵告终，我也不懂是为了什么。不过常有其他人来。那是一间狭小的公寓，在拉佩尔塞维兰西亚。来做客的人很多，家里总是挤满了美国佬，和平队的、大使馆的。你问妈妈会不会跟他们说起毒品，谈论有关毒品的事？我不知道，那时候这种事情是我不得而知的。很有可能他们说起过可卡因。或者说起那几个从前向农民们传授种植大麻的技术，后来又教他们制作古柯膏的志愿者。不过当年的这类买卖跟后来的也并不是一回事。而我怎么会知道啊？一个孩子是不会留心这样的事的。”

“没人问起里卡多吗？就没有一个来访者提起过他？”

“没有，没有谁。不可思议是吗？我妈妈创造了一个世界，里卡多·拉韦德在那儿是不存在的。这种事情需要天赋。维持一个小小的谎言已经不容易，何况她居然玩得这么大，那简直是个货真价实的金字塔。我猜她一定给所有的宾客都下过命令：在这个家中不谈死人。什么死人？就是死人啊。死了的那些人。”

而正是在那段日子，玛雅杀掉了犰狳。记忆当中，父亲的缺席不曾在她的心中掀起太大的波澜：她想不起自己曾经有过任何的负面情绪，譬如好斗，譬如复仇的欲望。然而有一天（大约是她八岁的时候），她抓起犰狳，将它带到了洗衣服的天井里。“就是从前那种公寓的天井，你知道的，又小又憋闷，里面有个石砌的蓄水池，几根用来晾衣服的绳子，还有一扇窗户。还记得那种蓄水池吗？一边用来把衣服放到地面上揉搓，另一边有个水井，在小孩子看来很大的一口井，里面的水很冷。我从厨房搬了一张木凳，在水边探身，双手把迈克放到水下，然后不松开，手一直按在它的背上让它动不了。我曾听人说过，犰狳在水下可以待上很长一段时间，我想看看到底能有多久。小动物不停地扑腾，我还是那么抓着它，身子贴在蓄水池底，用自己的全部重量压着它不放。犰狳的力气不小，却也不会特别大，而我已经是个有些力气的孩子了。我想看看它在水里究竟能待多长时间，就这么简单，我自己觉得就这么简单。我清楚地记得，它的身体非常粗糙，而我的手因为一直按着它而生疼，后来还疼了好一阵子，那情形就跟按着一段带刺的树干不让它被水流冲走是差不多的。那小动物扑腾得多厉害啊，直到今天我还记忆犹新。后来它终于停下不动了。再后来工人发现了它，应该还大叫了一声。我受了罚，挨了妈妈狠狠一记耳光，嘴角都被她的戒指给划破了。她问我为什么这么干，我说：为了看看它能在水下坚持多久。她又问：那你干吗不戴表？这下我答不出了。这个问题一直没有走远，安东尼奥，它时不时地就会出现，在我最糟糕的时候，在生活对我来说失去控制的时候。这个问题总会出现在我的面前，而我却从不晓得如何作答。”

她想了一会儿，又道：“抛开别的不谈，把一只犰狳留在拉佩尔塞维兰西亚的公寓里又有什么意义呢？难道不荒谬吗，屋子都被搞得臭烘烘的。”

“您就没有怀疑过？”我问。

“怀疑什么？”

“里卡多依然活着。他被关在监狱里。”

“不，从来没有。而且我后来得知，其实自己并不是唯一的一个，我的身世算不上多么特别。当年有一大批那样的人，他们去美国就是为了留在那里不回来，您明白我的意思吗。他们并没有像我爸爸那样带了货物过去，而是乘了普通的客机，哥伦比亚航空或是美国航空。那么他们留在哥伦比亚的家人呢，总得跟孩子说点什么吧，对不对？所以让这个父亲死掉，再好不过了。所以那个在美国蹲监狱的家伙即刻便死了，仿佛根本没人知道其实他只是在那儿待着而已。这么做是最容易的，用来应付羞耻，应付有人令家门蒙羞这事儿，这是最容易的办法。类似的情况有几百个。名不符实的孤儿有几百个，我不过是其中之一罢了。这就是在哥伦比亚的好处，一个人的命运永远不会是独一无二的。见鬼，怎么热成这样，真没救了。您不热吗安东尼奥？您可是从寒冷的地方来的。”

“是啊，是有点。不过我还受得了。”

“人在这里能感到每一个毛孔是怎样张开的。所以我喜欢早晨，一天里最初的那几个钟头。接下来就会变得难以忍受，哪怕习惯了也还是受不了。”

“您一定一早习惯了。”

“是，没错。也许我只想为了抱怨而抱怨吧。”

“可您又怎么会住到这儿来？”我问，“我是说，那么多年过去以后。”

“呵，这个吗，”玛雅道，“说来话长了。”

玛雅刚满十一岁时，第一次听同班的女孩说起了那不勒斯庄园。那是三千公顷的一大片领地，是巴勃罗·埃斯科瓦尔在七十年代末买下，用来建造他的私人天堂的。一个天堂，同时也是一个帝国：一座矗立在酷热之地的世外桃源，动物代替了雕塑，全副武装的打手代替了“不得擅闯”的标语牌。庄园的土地横跨两个省份，一条河流从它的一头贯穿到另一头。当然了，以上这些并不是玛雅的同学告诉她的，毕竟在1982年，巴勃罗·埃斯科瓦尔的名声尚且传不到十一岁孩子的口里，而十一岁的孩子也不会知道那片巨大的领地究竟是怎么回事，不会知道那些特制的车库不久便会停满被收藏的古董车，不会知道一条条商业线路的存在（飞机的起飞和降落，就像里卡多·拉韦德曾经做过的事），更不会看过《公民凯恩》。不，十一岁的孩子们并不晓得那些。可他们知道动物园：数月以来，动物园已经变成了举国上下皆知的一个传奇，玛雅的同学在1982年的那一天里与她说起的正是这个。她给她讲了长颈鹿，讲了大象，讲了犀牛，讲了五彩斑斓的大鸟，还讲到了一只用爪子抓着足球不放的大袋鼠。这件事对玛雅来说实在太过新奇了，她随即将去那里当成一个无比重要的愿望，慎之又慎地等到圣诞节，才提出自己想要的圣诞礼物是去一次那不勒斯庄园。然而母亲的回答斩钉截铁：

“那地方你做梦都别想去。”

“可全班同学都已经去过了呀。”玛雅说。

“你不行，”埃莱娜·弗里茨道，“这事连提都不要再提。”

“所以我背着她偷偷地去，”玛雅告诉我，“还有别的办法吗？一个朋友邀请了我，我答应了。我让妈妈相信我们是要去莱瓦镇度周末的。”

“这不可能，”我说，“您也是偷偷去的那不勒斯庄园？我们干过多少一样的事啊！”

“哈，这么说……”

“对，我也是，”我说，“大人们也阻止我去，所以我也撒了个谎，去看了他们不让我看的东西。一处禁忌的地方，那不勒斯庄园。”

“您是什么时候去的？”

我回忆了一番，在脑中算了算日子，得出的结论在脊背上激起了一阵喜悦的战栗。“十二岁。我大您一岁。因此我们是同时去的，玛雅。”

“您也是 12 月？”

“对。”

“1982 年的 12 月？”

“没错。”

“我们是同时去的，”她重复着，“不可思议，难道不是不可思议吗？”

“是啊，没错，可我也不能肯定……”

“我们是同一天去的，安东尼奥，”玛雅说，“我能肯定。”

“任何一天都有可能啊。”

“不，没什么好争的。是圣诞节以前，对吧？”

“是。不过……”

“已经放假了，对吧？”

“对，这倒是。”

“好了，而且得是个周末才行，不然大人们没法接送，他们是要上班的。圣诞节之前能有几个周末啊？就算三个好了。那么又是哪一天呢？星期六还是星期天？星期六才对，因为波哥大人总是选择星期六去那个动物园，大人们不愿意第二天都要去办公室了，之前还跑这么一趟。”

“再怎么说也有三天，”我说，“那三个星期六都有可能。没什么能够保证我们选择的就是同一天。”

“但我知道就是。”

“为什么？”

“因为就是。别再烦了。还想听我接着讲吗？”不待我回答，她已经自顾自说了下去，“好了，就这样我去了动物园，然后又回到了家，进门的第一件事就是向母亲询问我们在拉多拉达的房子确切的位置究竟是哪儿。我感到自己隐约认出了路线，认出了那儿的景致，认出了一座山，认出了公路的转折，或者认出了那条通往埃莱娜别墅主干道的公路，因为去那不勒斯庄园的时候车子恰好就行驶在它的对面。我大概真的记起了什么，所以一见到母亲便问个不停。那是我们离开以后第一次谈起这些，所以妈妈的印象很深。接下来的年月里我还是不停地问，我说我想回去，我们什么时候才能回去啊。于我而言，拉多拉达的家已经变作了一片应许之地，您明白吗？我开始一点点地为了回去做着准备。这一切的缘起就是那一次去那不勒斯庄园看动物。而您现在告诉我，也许我们从前曾经见过，就在动物园里。我不知道是您，您不知道是我，我们都不晓得在往后的日子还会重逢。”

一瞬间，她目光中有什么东西闪烁起来，绿色的眼睛微微张开，纤细的眉毛弯成弓形，仿佛重新描画过似的。她的嘴巴，她那艳红色的唇边现出了一抹表情，那表情让我无力描摹，对此的任何评语都未免流于愚蠢和唐突，可我的心中的确若有所感：这是个小女孩的表情。这样的你就是一个小女孩。此时她的话音传来：

“您从当年走出来了吗？我没有，一直没有。那里如今已是破败不堪了，据我所知。不过总归还是可以去看看的，看看还有些什么，看看我们还能记起些什么。这主意您看如何？”

很快我们便踏上了去往麦德林的旅途。正是一天当中最热的时辰，我们驱车行驶在柏油马路上，一如二十九年前的里卡多·拉韦德与埃莱娜·弗里茨，甚至连尼桑都还是那辆象牙色的尼桑。在这个随处可见七十年代车型的国度，一辆雷诺4，一辆老旧的菲亚特，甚至比我们的车子还要老上十五年的雪佛兰卡车都不罕见，这样一辆吉普的幸存算不得什么奇迹，也没有任何特异之处，大街上随时随地都跑着几百辆。可谁都知道这并不是一辆普普通通的尼桑牌吉普车，它是里卡多·拉韦德送给自己妻子的第一份大礼，用的是开飞机的钱，大麻的钱。时光倒流二十九年，他们两人仿佛我们而今这般穿过马格达莱纳河谷，在这张座椅上亲吻，在这车厢中说起想要生个孩子。而此时此刻，他们的女儿同我坐在与当年的他们相同的位置，或许还感受着相同的闷热，感受着车子加速之后气流稍稍驱散闷热。为此我们不得不高声讲话——在高声讲话与关着车窗热死之间，我们选择了前者。“这辆吉普还在，”我费力地说，好像一个演员在特大的剧场里念着台词。

“惊讶吧。”玛雅道。然后她扬手指指天空：“瞧，军用飞机。”

飞机从我们头顶掠过，我的耳畔传来声响，可探身张望时，却只剩下一群秃鹫在天边盘旋。“看着它们我努力不去想我爸爸，”玛雅说，“可我做不到。”此时另一组编队飞来了，这一次我看得真切：它们穿梭在天际时留下的灰影，前进的途中激起的气浪。“他想要继承这些，”玛雅说，“他是英雄的孙子。”此时一群小青年忽然将道路挤得满满当当。他们身着制服，挂在胸口的步枪仿似睡着的小动物。马格达莱纳河上架着一座桥，我们在上桥之前便将速度减得很慢，同军人们几乎是擦身而过，吉普车的后视镜差点跟枪管蹭上。这是一群小孩子，汗水淋漓、战战兢兢的小孩子，他们的任务是守卫军事基地，可谁都看得出这样的任务对他们来说实在太大了，就如同他们的钢盔和制服，还有那硬邦邦的、在严酷的热带天气里捂得太紧的皮靴子，都实在是太大了。我们沿着环绕基地的栅栏行驶，那里用绿色的网子罩了起来，上面乱糟糟地缠着带刺的金属丝。我看见一幅绿底白字的标语“禁止拍照”，另有一个是白底黑字的“保护人权，人人有责”。

从栅栏的另一边望得到一条公路，上面是来来往往的军用卡车，更远处有架军刀战斗机，它仿佛博物馆中陈列的遗骸，正在基座上找着平衡。在我记忆当中，这架拉韦德极度喜爱的飞机的形象是同玛雅的问题联结在一块儿的："拉腊·博尼利亚被杀的时候，您在哪里？"

我们这代人会做这样的事：我们总爱询问，当那些事件发生的时候，我们自己的生活又是怎样，毕竟因为有那些几乎全部发生在八十年代的事件，我们自己的生活才被下了定义，甚至在不知不觉中偏离了原本的轨迹。我一直认为，我们正是通过如此这般的询问，才证实了原来自己并不孤单，才抚平了成长于那个特定年代的种种创伤，才消解了那一份如影随形的脆弱。而诸如此类的对话往往从拉腊·博尼利亚开始，那位司法部长，以及那场他所遭遇的暗杀。他是公开与贩毒活动为敌的第一人，同时也是司法界的权威。杀手骑着摩托车行刺，一名少年接近了受害者的汽车，射光了一把迷你乌兹冲锋枪的子弹，整个过程甚至没有减速。"我在自己的房间，正写着化学作业。"我说，"您呢？"

"我病了，"玛雅说，"阑尾炎，想想看吧，才刚刚做完手术。"

"这种手术也给小孩子做吗？"

“很残忍，但的确是的。我还记得诊所里一阵骚动，护士们进进出出的，就好像在拍战争片。人人都知道拉腊·博尼利亚是被杀害的，凶手是谁大家也都清楚，可没人想过它会真的发生。”

“前所未有，”我说，“我还记得我爸坐在餐厅。手捧着头，手肘撑在桌上。什么也没吃。什么也不说。前所未有。”

“是啊，一夜之间全变了，”玛雅道，“这个国家不一样了，不是吗？至少我印象中就是这样，妈妈在害怕，我看着她，然后从她身上看到了恐惧。这是当然的，她清楚太多我不知道的东西。”说完她沉默了一会儿，“加兰那次呢？”

“那次是晚上。一年中间的一个星期五。我……嗯，跟一个女性朋友一起。”

“哈，真美啊，”玛雅扬起嘴角笑着说道，“国家天崩地裂，你却逍遥快活。是在波哥大吗？”

“对。”

“是你的女朋友？”

“不。嗯……就快是了。或许只是我一厢情愿。”

“喔，一场落空的爱恋。”玛雅笑了起来。

“无论如何，我们一起过了一夜。虽然只是迫不得已。”

“《宵禁情人》，”玛雅说，“这题目不错吧，你觉得呢？”

我喜欢见她如此，喜欢她忽而开心的样子，喜欢她微笑时那不易察觉的荡漾的眼波。一辆运送牛奶罐的卡车迎面而来，巨大的金属柱体像是尚未引爆的炸弹，三个少年打着赤膊骑在上面。他们同玛雅打招呼，挥手向她飞吻，于是她挂上二挡，将车子偏转方向，把他们让了过去，同时自己也飞出了一个吻。那是一个玩笑式的、坦荡的动作，可她那仿佛演戏般噘起的双唇间（那电影明星式的举手投足中），意外地充满了性感的味道——至少在我看来是如此。我身侧的公路边上，一片沼泽掩映在草木丛中，两只水牛在泥水里洗澡，毛贴在脸上，浸湿的表皮在太阳底下闪着亮光。“哥伦比亚航空出事的那次？”我随后问。

“呵，那架著名的航班，”玛雅道，“那次开始，一切全乱了套了。”

总统候选人加兰身亡，他打出的政治旗号——其中就包括打击贩毒活动，随之变得岌岌可危。其后，一个年纪轻轻的地方从政者，塞萨尔·加维里亚[1]继承了他的施政纲领。巴

---

[1] 塞萨尔·加维里亚（César Gaviria，1947— ），哥伦比亚政治家，曾于1990—1994年担任该国总统。

勃罗·埃斯科瓦尔随即便对塞萨尔施以威慑，命人在一架波哥大飞往卡利的国内航班上藏入了一枚炸弹。然而塞萨尔根本没有上飞机。飞机起飞不久便爆炸，碎裂的残骸——当中包括三名乘客，其死因似乎并非爆炸，而是受到撞击——坠落在了索阿查，而那正是总统候选人加兰站在演讲台上遭遇连续枪击后倒下的地方。当然我并不认为以上的巧合具有某种特殊的含义。

“那以后我们终于明白，”玛雅说，“这场战争同样也在针对我们大家。换言之，至少这一点得到了我们的确认。毫无疑问。更多的炸弹出现在了公众场所，可不会有人还当它是什么意外了，不知您是否也有相似的经历。好吧，意外这个词，我其实并不能肯定它的准确性。在运气不好的人身上发生的事情。但无论如何，飞机终归是与众不同的。虽然本质上并没什么分别，可总有某种原因让我觉得它与众不同，让我们很多人觉得它与众不同，就好像游戏规则发生了变化似的。那一年我进了大学，农艺学。我要学的是农艺学。拉多拉达的那个家是如何修复的，说到这儿或许您已经明白了。事实就是，我开始在大学读书，然后花了一整年的工夫才意识到了一件事。”

“什么事？”

“恐惧。确切地说，在我胃里翻腾的那样东西，那隔三岔五的晕眩，经常发作的激愤，原来并不是什么初产婴儿的典型症状，而只是因为恐惧。我的妈妈也被恐惧折磨着，或许还要更甚于我。那以后接二连三地，更多的罪行发生了，更多的炸弹被引爆了。DAS有数百名死难者。某个商业中心死了十五个。另一个商业中心不记得死了多少个。非比寻常的年代，对吗？人们不晓得几时就要轮到自己。一旦有谁该来的时候没来，大家便会担惊受怕。最近的一部公用电话在哪儿谙熟于心，需要时好为自己报个平安。清楚地知道就算找不到公用电话，随便去到一户人家，他们都会把自己的电话借你，因为你仅仅只是想打电话回家。于是活着就变成了这副样子，随时为自己或许会被旁人杀死而提心吊胆，随时要去安慰亲朋别相信死难者名单中有你的名字。我们待在私人的房子里，还记得吗？我们对公共场所避之不及。朋友的家，朋友的朋友的家，沾亲带故的任何人的家，只要是个私人住宅都会强于公共场所。唉，我说的这些也不知您是否明白。反正在我家里，生活完全变了副样子。我们是两个女人，还能怎么办呢。您的情况或许不一样。”

“完完全全是一样的。”我说。

她偏过头来望着我。“真的？”

“真的。”

“那么您就理解我的话了。”玛雅说。

我口中的词句界限未明：“我很理解您。”

周遭的景致一成不变，绿色的原野，目光尽处灰蒙蒙的群山，就像阿里扎[1]的一幅画般。我将手臂搭在椅背上，舒展着，这种车型的座椅是彼此相连的，因此给人一种正和情侣一道出行的错觉。风向时有变换，尼桑偶尔颠簸，玛雅的头发便拂过我的手，擦着我手上的皮肤掠过。这样的接触令我感到喜悦，一路之上不停地期待着。我们沿着几处畜牧庄园径直向前，沿途见到带顶棚的饮水槽，见到大群的奶牛倚靠在合欢树旁。我们经过了尼格利陀河，那是一道漆黑的水流，大堆的浮垢在肮脏的河岸边闪着亮光，其余的污染物被人堆积在一处，这些人一面向河水中倾倒废物，一面继续在这里清洗衣物。到达收费站时，尼桑停了下来，气流骤然消失升高了车厢的温度，我感觉自己的腋窝，甚至鼻子和眼睛

[1] 应指贡萨洛·阿里扎（Gonzalo Ariza，1912—1995），哥伦比亚画家。

底下都开始出汗了。而后我们重新出发，行驶到马格达莱纳河上另一座桥梁的近旁，正是在那时候，玛雅同我说起了她的母亲，说起了1989年的年底她母亲身上发生的事。我的目光越过黄色的桥栏，注视着远处的河流，注视着河流当中那每到雨季便会被褐色的河水淹没的礁石。玛雅则讲到某天下午她从系里回来，发现埃莱娜·弗里茨在浴室当中醉得不省人事，正紧紧抱着抽水马桶不放，仿佛它随时会跑开似的。“我的女儿，”她对玛雅说，“我的女儿回来了。我的女儿长大了。我的女儿已经是个大孩子了。”玛雅将她扶了起来，搀着她上床，并且留在床边陪她。她看着她入睡，不时替她试着额头的温度；到了凌晨两点，服侍她喝了一杯花草茶；她还将一瓶水放在床头柜上，并且递给她两片止痛药，好让她的头痛得以缓解。那晚的最后，她听见她说自己不行了，说她尝试过，但真的受不住了，她说玛雅已经成年，已经可以为自己做决定了，就好比当年的她为自己做出了那样的决定。于是过了六天她登上一架飞机，回到了自己在美国佛罗里达州杰克逊维尔的家，她在二十年前离开的那个家，当时她脑子里只有一个念头：做一名和平队在哥伦比亚的志愿者，拥有更加丰富的人生经历，留下自己的足印，成为一粒沙，诸如此类的一切。

“她的国家变得不一样了，”玛雅道，“她回到当初的地方，然而二十年过去，那里已是面目全非。有封信一直很吸引我，它写于1969年底，属于最早期那一批。我妈妈在信中说，波哥大是一座无聊的城市。说她不晓得自己能不能在一个什么事情都不会发生的地方待上那么久。”

“什么事情都不会发生的地方。”

“是，”玛雅说，“什么事情都不会发生的地方。”

“杰克逊维尔，”我问，“是在哪里？”

“迈阿密北面，很北面。我也是看过地图才知道，自己并没去过。事实上我完全不了解美国。”

“为什么不跟她一道回去呢？”

“说不清，我十八岁了，”玛雅说，“对于那个年纪的人，生活是崭新的，就好像刚刚发现的一样。我不想跟朋友们分开，更何况不久之前才开始约会……诡异的是，妈妈走了，我竟忽然意识到，原来波哥大不属于我。一件事情总是由另一件牵扯出来，电影里常这么说。如此这般，我变成了今天的样子，安东尼奥。我变成了今天的样子。二十八岁，单身，循规蹈矩，浑身的零件都还齐全，独自一个伴着蜜蜂过活。

我变成了今天的样子。热得要命，带了一个陌生人去看死掉的黑手党从前的动物园。”

“一个陌生人。”我重复着。

玛雅耸耸肩，说出一句令我无言以对的话：

“好吧，算不上，不过终归是的。”

我们到达那不勒斯庄园时，浓云开始在天空中聚集，空气闷热得令人窒息，雨就快下起来了。白色的大门上现出庄园的名字，字迹斑驳剥落，大门宽大得毫无道理——大卡车都能畅行无阻。一架小小的轻型飞机在横梁上方摇摇欲坠，蓝白相间的机身呼应着大门的颜色：那是埃斯科瓦尔早年的一架派珀，他常说，自己的财富原是拜它所赐的。我们驶过轻型飞机的下方，读着镌刻在机翼底部的牌照，仿佛进入了一个时间不复存在的世界。然而时间确确实实地存在着。为了让人真切地感受它的流逝，它不惜制造着毁灭。自从 1993 年，埃斯科瓦尔在麦德林的一处屋顶遭枪击毙命后，这里的庄园便土崩瓦解，日渐衰落，当玛雅与我驾着尼桑行驶在原野当中的小路上，见到的便是这样一副颓败的景象。野地里长出了柠檬，草原上无人放牧，牧草愈发肆意地疯长。杂草淹没了从前的木桩，正当我盯着木桩出神时，几只恐龙率先映入了眼帘。

那是遥远的过去我初来时最喜爱的恐龙。它们是埃斯科瓦尔命人为孩子们制作的，一头霸王龙、一头真实大小的雷龙、一只看上去心地善良的猛犸象（灰色的，生着大胡子，仿佛一个疲惫的老人），甚至还有一只翼手龙，它浮在池塘的水面上，两爪间抓着一条对不上年代的蛇。而今它们的身躯早已破碎不堪，水泥和铁架的残骸搁置在空气中，流露着哀伤甚至堕落的意味。池塘也已变作一方没有生命的水坑，至少从小路上望去确是如此。我们将尼桑停在一处不知名的开阔地，对面是一片金属丝围栏，旧日里该当是通了电的。随后，玛雅与我走上了多年以前我们曾乘车经过的道路，当时的我们还是孩子，勉强算得上是少年，对园主人所做的一切尚且懵懂，更不理解这样一场天真单纯的玩乐何以竟会招致父母的反对。“当年这里是不能步行的，还记得吗？谁都不准下车。”

“那是被禁止的。”我说。

“对。所以我的印象特别深刻。”

“什么？”

“一切都显得太小了。”

她是对的。我们告诉守卫的士兵想去看看动物，并且询问它们现在何处。甫一见面玛雅便递上一张一万比索的钞票，激励他更好地为我们服务。就这样，在这个小青年的指引下，抑或说是陪伴和护卫之下——他戴着帽子，身穿迷彩制服，左手搭在步枪上，走路一副摇摇摆摆的惫懒模样——我们来到了动物们居住的囚笼跟前。潮湿的空气中满是粪便与丢弃的食物混在一起的污糟味道。我们看见一头卧在笼子后部的猎豹。看见一只黑猩猩搔着脑袋，另一只则毫无目标地转着圈跑。我们见到一只空着的笼子，笼门敞开，一个铝制的面盆在栅栏边靠着。

然而我们并没有见到那用爪子抓着足球不放的大袋鼠，并没有见到那背诵得出哥伦比亚足球队阵容的著名的鹦鹉，没见到鸸鹋，没见到狮子，没见到埃斯科瓦尔从巡回马戏团手上买来的那几头大象，没见到矮种马和犀牛，没见到不可思议的粉红海豚——它曾经让初次来玩的玛雅回去之后整整一个星期魂牵梦萦。我们小时候见过的动物们去哪儿了？心中涌起的沮丧令我们颇觉意外，搞不清它究竟从何而来，毕竟那不勒斯庄园的倾颓早已尽人皆知，埃斯科瓦尔死后的这些年中，哥伦比亚的各个媒体翻来覆去地曝光过各种后续，简直成了一部用慢镜头拍摄的关于黑手党帝国兴衰的电影。或许令我们意外的并不是这份失落，而是我们彼此之间的感同身受，是那种毫无来由的、意想不到的休戚相关，仿佛一瞬间，它便将我们连在了一起：我们两个曾在同一时间来过这个地方，这里对我们具有相同的意义。也许正因如此，当玛雅随后问起可否去埃斯科瓦尔的故居一看时，我简直感觉她是从我的口中取走了这个问题，而那一刻，也正是我掏出了一张又脏又皱的纸币，向那个小兵行起贿来。

“噢，不。那里不让进。”小兵说。

“为什么？”玛雅问。

“就是不行，”他说，“不过可以过去转一圈，从窗户外面向里看看。”

我们照做了。顺着那栋房子绕行，我们看到了它那快要倒塌的外墙，肮脏破损的玻璃窗，掉屑的木质横梁与立柱，户外浴室里残缺的、碎成渣的瓷砖。我们看到几张台球桌，难以置信的是，它们在这六年当中居然没有被任何人搬走：时光将厅堂变得污浊晦暗，那绿色的桌面却宛如珠宝般晶莹发亮。我们看到车库中的古董车藏品正在腐坏，看到了剥蚀的车漆、损毁的车灯、凹陷的车身，看到坐垫不知去了哪里，座椅上只余下了杂乱突出的弹簧。记忆中，人们说这儿的藏品里有辆庞蒂克，曾经是属于阿尔·卡彭[1]的，还有一辆，当然也是传说，属于邦妮·派克与克莱德·巴罗。[2]随后我们看到另一辆车，并不奢华，简单朴素，其价值却毋庸置疑——那辆著名的雷诺4。早在可卡因成为巴勃罗·埃斯科瓦尔的财富来源以前，他曾作为新人赛车手参加过地方比赛。一场名为“雷诺4”杯业余大奖赛的比赛，那使埃斯科瓦尔的名字最早出现在哥伦比亚的报章上，远在飞机与炸弹之前，远在关于引渡的论战之前，那时他仅仅是一名赛车手，一个来自世界边角小国的外省小伙，一个从事着与那刚刚露出苗头的运输活动全不相干的生意的年轻商人。如今那辆车子就在我们眼前，它沉睡着，因长期无人看顾而变得伤痕累累，白色的表漆卷翘脱落，车身现出裂痕，仿佛一头死去了的兽，浑身沾满了蛆虫褪下的外皮。

然而，那天下午最为诡异的是，当我们观看这一切的时候，自始至终静默无言。我们偶尔四目相投，却连一声慨

---

[1] 阿尔·卡彭（Al Capone，1899—1947），美国著名黑帮成员。

[2] 邦妮·派克（Bonnie Parker，1910—1934）与克莱德·巴罗（Clyde Barrow，1909—1934），美国历史上有名的雌雄大盗。

叹、一句多余的话都未曾交换。这或许是因为，眼中所见的种种唤起了我们各自不同的回忆，各自不同的恐惧，而贸然闯入对方的过去，则令我们感到鲁莽和轻率。更何况有样东西——我们那共同的过去，它不必显现却就在那里，就如同看不见的氧化锈蚀，它就在我们眼前发生，将那些车门、车轮、挡泥板、仪表盘与方向盘一一腐蚀殆尽。至于这片庄园的过往，其实我们倒并无特别的兴趣：曾在此地发生的一切——做过的买卖、消失的人命、举办的饮宴、筹划的暴力，它们共同化作了一个远景镜头，汇聚成一处舞台的布景。最后，我们依然不发一语便默契地达成了一致——既然该看的都已看得差不多了，我们便往尼桑停靠的地方走去。我记得当时的情形：玛雅拉着我的胳膊，抑或说，她挽住了我的手臂，如同旧日里的女人们那样。这不期然的动作中蕴藏了一份亲昵，它毫无预兆地出现，完全超出了我的预期。

雨便在此时落了下来。

起初还淅淅沥沥——尽管雨点是大滴大滴的，旋即天空变得阴沉，现出了公驴腹部般的颜色，我们还来不及找个地方暂避，便被大雨淋湿了上衣。“妈的，好歹等我们走完这段路啊。”玛雅道。就这样，当我们终于钻进尼桑时，身上差不多已被淋透了；因为一路快跑（两手举起护住眼睛），裤子的前部虽然湿了，后面却几乎还是干的，看上去就好像用不同的布料做成的一样。吉普车的车窗在我们呼出的热气之下瞬间变得模糊，玛雅只好从手套箱中取出一盒纸巾，将挡风玻璃擦拭干净，幸得如此，我们启动时才没跟前方的一个木桩撞在一起。随后她打开通风口——仪表盘中间黑色的网格，小心地驾驶起来。车子堪堪行进了数米，玛雅突然一个急刹，她迫不及待地旋转摇把，用最快的速度摇下了车窗。我从副驾驶的位子上看去，终于明白发生了什么：三十米开外，尼桑与池塘中间的某处，一头神情肃穆的河马正审视着我们。

“真漂亮。”玛雅说。

“怎么会漂亮，”我说，“明明是世上最丑的动物。”

可玛雅并不理会。“应该不是成年河马，”她继续道，“这么小，还是一只幼崽呢。她迷路了吗？”

“您怎么知道它是雌性呢。”

然而玛雅已经下车了，不顾大雨还在倾泻，不顾那头野兽身处的地界与她自己之间还隔着一道木围栏。河马是闪着亮光的深灰色，至少在那天下午的微光之中，给我这样的印象。雨珠打在它的身上，继而弹起，仿佛在玻璃上不断地敲击，而雨中的河马，雄性也好，雌性也好，幼崽也罢，成年也罢，神色并不曾被撼动分毫：它注视着我们，注视着靠在栅栏边上的玛雅，而她也回望着它。我不清楚过了多久：一分钟，两分钟，毕竟在那样的情境之下，时间总显得分外漫长。雨水顺着玛雅的头发流淌，她全身的衣服都被淋得变了颜色。而就在这个时候，河马沉重的脚步挪动了起来，恍如一艘巨舰企图回归海洋。我于是看到了它的侧面，惊讶地发现它的身躯原来竟有这么长。紧跟着，那侧面消失了，我的眼前只剩下了它硕大的屁股，似乎还有水流从光润的皮肤上滑落下来。河马在茂盛的草丛中渐行渐远，杂草淹没了它的四肢，让它看上去仿佛并没有移动，只是在越变越小而已。我们一直看着它走向池塘，看着它没入水中，玛雅这才重新回到了车上。

“也不知这些小动物还能活多久，”她说，“没人给它们喂食。也没人照看它们。费用肯定贵极了。”

她的话显然并不是说给我听：她只是高声说着事情，可却不由分说地在我的内心深处唤醒了另一个人关于此事分毫不差的评语——那是很久之前的事了，当时的世界，至少我自己的世界还是另外的模样，当时的我依然将自己的人生牢牢掌握在手里。

“里卡多也讲过一样的话，”我告诉玛雅，“我就是这样结识了他，他的那番话对这里的动物们充满了同情。”

“我想得出，”玛雅道，“他很关心动物。”

“他说过，又不是它们的错。”

“的确，”玛雅说，“关于他的真实记忆我拥有的实在太少了，少得可怜，而这就是其中之一。爸爸照料着马匹。爸爸抚摸着妈妈的小狗。爸爸在训斥我，因为我没有给犰狳喂食。仅存的一些真实记忆。其余的就全是编出来的了，安东尼奥，都是假的。一个人身上所能发生的最可悲的事，莫过于回忆都是假的。”

她说话时带着鼻音，不过也许只是因为气温的变化。她的眼中含着泪水，抑或只是雨水淌了下来，流经面颊，流下唇角。“玛雅，”我问，“他们为什么杀他？我明白这是个伤脑筋的问题，我们找不到那张线索卡，可是，您是怎么想的？”此时尼桑已经跑了起来，正向着几千米外的入口奔驰，玛雅一手扣在变速杆的黑色换挡旋钮上，雨水顺着她的脸，顺着她的脖颈流淌着。“为什么，玛雅？”我执意问。玛雅没有看我，没有将眼光从模糊的挡风玻璃上移开。“大概他做了什么吧。”她吐出几个我已从无数张嘴巴里听过的字，然而这一次，我认为她的所知远多于此。“不错，”我说，“可这又是为了什么？难道您就不想知道吗？”玛雅怜悯地望了我一眼。我还想再说下去，却被她打断了：“听着，我不想再讲了。”黑色的雨刷器在玻璃上来回晃动，扫掉了雨水和沾在上面的落叶。“我想我们安静一下，我已经说累了。明白吗安东尼奥？我们讲了太多的话。我讲够了。我希望能安静地待会儿。”

就这样，我们沉默着回到了入口的大门，从蓝白相间的派珀底下穿过，我们沉默着左转，朝拉多拉达的方向驶去。我们沉默着行进在两侧种满树木的一段公路，枝叶在头顶缠绕交错，遮天蔽日，却在这样的雨天给驾车的人们带来了便利。我们沉默着驶出林荫道，沉默着再度望见了马格达莱纳河上那座大桥的黄色桥栏。河面被雨水砸得坑坑洼洼，不复河马皮肤般的平滑，反倒犹如一只巨大的蜥蜴正沉睡着。河中的一个小岛上有一只被打湿的白色小艇，发动机裸露在空气中。玛雅是悲伤的：她的悲伤犹如我们身上湿衣服的气味，满溢在尼桑的车厢。原本我可以同她说些什么，可并没有那样做。我保持着沉默：她希望我们保持沉默。于是，在这份克制的沉默里，我们将雨水敲击金属车顶的轰响当作了唯一的旅伴，就这样通过了收费站，穿过几座畜牧庄园，一路驶向南方。在那漫长的两个钟头，天色渐渐暗了下来，不再是因为浓云的遮蔽，而是夜晚已在半途拦截了我们。当尼桑终于将屋舍的白墙照亮，早已是夜幕四合。视野里唯一得见的只有那只德国牧羊犬的眼睛，在车灯中闪着亮光。

“一个人也没有。”我说。

“当然了，”玛雅道，“现在是礼拜天。”

“今天的旅程谢谢了。”

玛雅没再回话。她进了房子，边走边将湿衣服脱下，她不去开灯，而是有意在漆黑之中任由自己躲避着一件件的家具。我跟随着她，跟随她的影子，继而察觉我的跟随正是她所期望的。世界是黑的，是蓝的，一切都失去了实在的形状，而只剩下了轮廓，玛雅的侧影便是其中之一。我记得是她的手先来寻找我的，而并不是相反，然后她吐露了如下的字句：我厌倦了独自一个入睡。我想她当时说给我听的还有其他简单直白、含义分明的话：今晚我不想那么孤单。我记不得自己如何走向了玛雅的卧床，却清楚地看见我坐了上去，坐在一个三只抽屉的床头柜旁。玛雅转身面对床铺，幽灵般的侧影投映在墙壁上，正对着镶嵌在衣柜上的那面镜子。我于是感到似乎她正注视着镜子，而与此同时，镜中的她凝望着我。她跳进了平行的现实，在我的缺席之下短暂地进入了那个场景，而我则将自己埋身在了床铺中。随后玛雅来到我的身旁，我听凭她的摆布，听凭她用双手解开了我的衣服。她做这事的时候，被日头晒出了斑点的手仿佛是我自己的手，如此坦然，如此熟巧。她亲吻了我，我感到一股清爽与疲惫交织的气息，一天到了尽头的气息，然后心想（这想法不仅荒唐也并没有任何佐证），这个女人已经许久未曾亲吻过任何人。玛雅徒劳地触碰着我，徒劳地将我的阴茎放入她的口中，徒劳地用舌头无声地在我身上游走，随后，她隐忍的嘴巴重又回到我的嘴边，这时我才发现，原来她是赤裸的。昏暗中，她紧绷的乳头现出紫色，一种深紫，就像是潜水员在海底见到的红。您到了水底么，玛雅？我问她，抑或我以为自己这样问她。海底极深的地方，深得让它们变了颜色吗？她在我侧边躺了下来，脸孔朝上，而就在那一刻，一个荒谬的念头攫住了我：玛雅很冷。您感到冷吗？我问。她并没有回答。您想让我走开吗？她依然不发一语，然而这是个多余的问题，因为玛雅不想独自一个，她已经说过了。何况我也同样不愿孤身一人度过此时此刻：玛雅的陪伴对我来讲已经不可或缺，而我期盼她的悲伤尽快消散又是那样迫切。我想，虽说我们独自待在这间屋子，这栋房子，一份共同的孤独却总如影随形，各自血肉深处的痛楚也是片刻不离，只是在非同一般的裸体技艺中，它或许可以得到纾解。便在此时，玛雅做了一件迄今世上只有一人做过的事：她将手放在我的腹部，找到了那个疮疤，她抚摸着它，犹如用一根手指作画，她的手指仿佛正于一幅蛋彩画上涂涂抹抹，想要在我的皮肤上绘出一个古怪的、对称的图形。我亲吻着她，与其说是为了吻她，不如说是为了令她闭上眼睛。我伸出手去在她的乳房游走，玛雅用自己的手捉住了它，将我的手握在她的手中，放在了自己的双腿之间。我的手握在她的手中，触碰到了平滑整齐的阴毛，然后是柔软的大腿内侧，然后是阴部。我的手指按在她的手指底下，进入了她，她的身子绷紧了，双腿像翅膀一样张开。我厌倦了独自一个入睡。同我说了这番话的女人此刻凝视着我，双眼在房间的黑暗里大睁着，眉头蹙起，似乎就快要领悟什么。

玛雅·弗里茨那晚并没有独自一个入睡，我没有允许那样的事情发生。不知从何时开始，她的感受对我来说变得如此紧要；不知从何时开始，我为我们之间无法拥有共同的生活感到痛惜，为我们共同的过往居然无法孕育共同的未来黯然神伤。我们原本拥有一模一样的人生，但随后却变成了两样，确切地说，是我又有了一种另外的生活，同另外的人，而这另外的人此刻正在山的另一边等我，距离拉斯阿卡西亚斯四个小时，两千六百米的海拔……我在黑暗中想着这些，尽管在黑暗中想事情并不妥当：黑暗往往会将一切放大，将一切严重化，它让疾病愈发肆虐，让坏事愈发迫近，它带来更加深重的嫌恶，更加浓烈的孤独。正因如此，我们希望有谁可以伴在身边一同入睡，于是那一晚，任何理由都无法令我丢下玛雅独自一个。我原本可以穿好衣服默默离去，光着脚走掉，像贼一样半掩上房门。可我并没有那样做：我看着她陷入了深沉的睡眠，毫无疑问，那是旅途的疲乏与适才的激情共同所致。回忆使人疲惫，没有谁说过这样的话，可它的确是一项颇费心神的活动，榨取着能量，损耗着体力。就这样，我望着玛雅侧卧着睡了过去，与我脸对着脸，睡梦中一手从枕头底下穿过，仿佛是拥抱着它，紧紧地抓住不放，于是又一次地，我眼中的她成了一个小女孩。从前的那个小女孩就藏在此刻的姿态当中，这一点我确信无疑。而我爱着她，以一种朦胧且唐突的方式。再后来，我自己也睡着了。

当我醒来时，天还没有放亮。时间不知过了多久。弄醒我的既不是曙光，也不是热带大地破晓时分的种种声息，而是远处传来的人们的低语。我跟随这声响来到客厅，她于是见到了我，正如我见到了她。她坐在沙发上，两手撑着头，一架小小的设备正播放着录音。仅仅是几秒钟，那些陌生人用英语交换的语汇传到我耳中不过两句，便被我辨认了出来——事实上我在内心深处从未停止对它的倾听，这一段关于天气状况，继而是工作，继而是飞行员在强制性休息之前准许飞行的小时数的对话，自始至终都在我的心头萦绕，仿佛昨天才刚刚听过。“好，我们出发。”机长说，一如许久以前在孔苏的家中。“我们的 VOR 距离还有 136 英里，须得下降三万两千英尺，所以首先要逐步减速，那么现在开始。”副驾驶接着说：“波哥大，美航 965，请求下降。”然后是波哥大：“继续，美航 965，这里是卡利。”副驾驶回应：“很好，卡利。我们预计大约二十五分钟之后降落。”我于是想，正如从前我曾想过的那样：*不是的。二十五分钟之后他们不会在那儿。他们会死掉，而我的人生也将因此改写。*

察觉到我在她的身畔坐下，玛雅并没看我，她只是扬起了脸，仿佛正等着我。我在她的颊边发现了哭过的痕迹，于是蠢笨地想要保护她，保护她免于遭受磁带里最后的结局带来的冲击。入口是 2 号，分配的跑道是 01 号，航班的灯光是打开的，因为这一区域可见的交通十分繁忙。我挨着玛雅坐下，一手越过她的脊背环抱了她，让她倚靠在自己的肩头，两个人一起深深地陷进沙发，仿佛是一对失眠的老夫妻。这就是我们，多年的夫妻没了睡意，凌晨时分如幽灵般相遇，彼此分享着失眠。"现在由我同诸位讲话。"一个声音说，然后继续道，"女士们先生们，我是本次航班的机长。我们已经开始降落了。"我感到玛雅在啜泣。"妈妈在那儿。"她说。正当我以为她没办法再说下去的时候，她又道："她就快死了，就要丢下我一个人。可我无能为力，安东尼奥。她为什么要乘那班飞机？为什么不是一个直飞的航班，为什么那么不走运？"我抱住了她，除了抱住她我还能做些什么呢，我无法让既成的事实改变轨迹，也无法令磁带里的时间凝滞不动——时间一路前行着，向着完结，向着终极。"我祝大家度过愉快的假期，1996 年幸福安康。"机长的话音从磁带中传来，"感谢乘坐我们的航班。"

伴随着这些虚言妄语——1996 年对于伊莱恩 · 弗里茨根

本就是不存在的，玛雅重新开始了回忆，重新投入到令人筋疲力竭的回忆当中。你是为了我吗，玛雅·弗里茨？还是你发现其实我是可以利用的，毕竟不再有人纵容你回到过去，不再有人会像我这般请求你说出这些回忆，并且像我这般严阵以待，专心致志地倾听它们。无论如何，玛雅向我讲述了某年十二月的下午发生的事。那天她在养蜂场劳作了漫长的一日，回到家中正打算洗一个澡。她的蜂巢那阵子出现了蜂螨病的迹象，因此整整一个星期她都忙着用银莲花和款冬炮制药水对抗虫害，搞得手上满是药水的刺鼻味道，此刻正急着洗掉。"这时候电话响了起来，"玛雅说，"我差点就没有去接。不过转念又想：万一有什么要紧事呢？直到接起来听见妈妈的声音，我才松了口气，幸好并不是想的那样。并没什么要紧事。妈妈每逢圣诞都会打来，这么长时间了，这习惯一直还在。我们每年会通五次电话：她生日、我生日、圣诞节、新年，还有爸爸的生日。死人的生日，您懂吗，活着的人要庆祝一下，因为他自己不在那儿，庆祝不了。那次我们聊了好一会儿，互相说了些不打紧的事，正说着，母亲突然沉默下来，然后告诉我，听着，我们得聊聊。"就这样，在长途电话当中，透过从佛罗里达杰克逊维尔传来的声波，玛雅得知了关于自己父亲的真相。“他并不是在我五岁时就死掉了。他还活着，安东尼奥。并且就在波哥大。他甚至找到了我妈妈，谁晓得他是怎么办到的。不仅如此，他居然还希望我们团聚。”“多美的夜晚，不是吗？”机长在黑匣子的录音里说。副驾驶道：“是呢。真惬意啊。”“让我们团聚吧，安东尼奥，拜托，”玛雅对我说，“就好像他才离开了两三个钟头，就只是去了趟市场。”此时机长的声音传来：“圣诞快乐，小姐。”

我不晓得人们在类似的事实被揭露的当下做出的反应是否是一种矫揉造作，不晓得一个人面对发生在自己身上的残忍变故，面对自己曾经熟悉的世界消失崩塌时，究竟该如何自处。要知道，很多时候，在精心设计的生命体系中寻找一个新的所在，抑或对人与人之间的关系重新做出评价，都是依照一种缓慢的渐进的步调完成的，这便是我们称之为过去的东西。因此，改变之前深信不疑的过去，也许是最艰难也最令人无法接受的一件事。具体到玛雅·弗里茨，她的第一反应是怀疑，但那并没有持续多久：很快她便不得不接受了事实。旋即而来的是一种隐忍不发的愤怒，这愤怒很大程度上是为着生活的脆弱不堪——原来一个电话便能在顷刻之间将它拽向深渊：只须拿起听筒，里面就会钻出一件不请自来的新鲜事，它携着雪崩般的力量，把我们从原本的轨道凶狠地抛离。接着，隐忍不发的愤怒终于爆发了出来，尖叫和辱骂在听筒中声声刺耳。暴怒过后，厌弃和宣泄厌弃的狠话随之而来:“我谁都不想见，”玛雅对自己的母亲说，“他信不信都好，我跟你把话说在前头。只要他敢在这儿出现，我就让他挨枪子儿。”玛雅说这话时肆无忌惮，大抵跟此时此刻坐在沙发上对我转述时的她全然不同——默默饮泣着，甚至是平和宁定的。“我们在哪里？”黑匣子中的副驾驶问，语声中透出一丝不安，似是对将要发生的事有所预感。“从这儿开始。”玛雅冲我道。她是对的，是从这儿开始的。“我们的方向呢？”副驾驶问。“我不知道，”机长说，“这是什么？这儿怎么了？”安第斯的夜空中，他们的波音757反反复复地做着错误的转向，在一万三千英尺的高度上如同迷途的飞鸟般逡巡踟蹰，而埃莱娜·弗里茨的死亡，就此开始了。飞行员们已然有所察觉的对话再度出现，那声音假装着从容不迫，假装着成竹在胸，可实际上早已是方寸大乱，束手无策。“那，向左转？你想向左转吗？”“不……不，那绝不行。继续向前，方向是……”“方向是？”“图卢阿方向。”“那是在右边。”“我们要去哪儿？右转。我们去卡利。我们要栽在这儿了对吗？”“没错。”“我们怎么会搞成这样？立刻右转，立刻右转。”

“他们栽在这儿了，”玛雅说，那是轻声的嗫嚅，“妈妈就在里面。”

“可她并不知道正在发生着什么，”我说，“她不知道驾驶员们已经迷失了方向。这样至少不会感到恐惧。”

玛雅思量了一会儿。“的确，”她说，“至少不会感到恐惧。”

“她当时在想些什么？”我说，“你问过自己吗，玛雅？那一刻的伊莱恩，她在想些什么？”

录音带里传来痛苦的声响。一个模拟人声向飞行员们发送着警报：“Terrain, Terrain.”“我问过自己千百次，”玛雅道，“我清清楚楚地告诉她我不愿见他，告诉她我的爸爸在我五岁的时候已经死了，就是这样，改变不了。在我的生命中，这件事情无法撼动了。我叫他们不要试图在这种分量的事情上改变我。然而之后的那几天，我过得一塌糊涂。我病了。发烧，发高烧，可就算发着烧我也要去蜂房做事，就因为害怕待在家时爸爸会突然造访。妈妈又会怎么想呢？也许她想的是，值得尝试一下吧。毕竟爸爸从前很疼我，我们曾经很爱对方，所以尝试一下总是值得的。于是过了几天她又打来了，她为爸爸的所作所为解释辩白，她告诉我，那个年代所有的事都跟今天不一样，毒品运输的方方面面，所有的一切。那都是一些单纯的人，她对我说。她说的并非他们是清白的，不，而是一些单纯的人，不知您是否留意了二者之间的分别。[1]就好像我们这个国家真的存在什么清白似的……总而言之，就这样，我妈妈决心登上一架飞机，自己去处理问题。她通知我说，她会乘坐时间最近的航班，就算自己的女儿向她开枪，她也会扛下来。这是她的原话，自己的女儿，她说她会扛下来，不会待在原地揣测将发生什么。啊，到这里了。好疼，不可思议，那么久了还是好疼。”“妈的。”录音带中的机长说道。“好疼。”玛雅说。“向上，小伙子，”机长道，“向上。”

“飞机下坠了。”玛雅说。

“向上。”黑匣子中的机长道。

“没问题。”副驾驶回应。

“他们就快要死了，”玛雅说，“什么都做不了。”

---

[1] 在西班牙语中，inocente 一词可同时表示“清白”和“单纯”两种含义，作者利用了该词的多义性。

“向上，”机长命令，“轻点，轻点。”

“我甚至都没能同她告别。”玛雅说。

“再向上，再向上。”机长说。

“OK。”副驾驶回答。

“我怎么会晓得啊？”玛雅道，“我怎么可能晓得呢，安东尼奥？”

机长继续着：“向上，向上，向上。”

凉爽的清晨充溢着玛雅的哭泣声，柔弱的，纤细的。充溢着早起的鸟儿发出的啼鸣，也充溢着其余一切声响的根源——那是生命坠落在虚空进而陨灭的声音，是965次航班坠向安第斯山的声音，而在另一种荒谬的层面上，那也是拉韦德的生命之音，毕竟他的人生早已无可挽回地与埃莱娜·弗里茨紧紧系在一起了。那么我的人生呢？我的人生难道不是从那一刻开始便向着大地坠落吗？在我还茫然不知的时候，从那一刻就已经开始了？“怎么，你也是从天上掉下来的？”飞行员讲述着自己的故事，小王子这样问他。我想是的，我也从天上掉了下来，只是我的坠落没办法留下凭据，没办法留下黑匣子供人查阅，而里卡多·拉韦德的坠落也不行——人的生命并不具备那种奢侈的技术。“玛雅，我们怎么会在这里听着这个？”她沉默着望向了我（通红的双眼噙着泪水，凄清的表情挂在嘴边）。我猜她并没听懂我的意思。“我不是想说……我是想知道这段录音是怎么来的……”玛雅深吸了一口气。“他向来很喜欢地图。”她说。

“什么？”

“地图，”玛雅道，“向来很喜欢。”

里卡多向来很喜欢地图。上学的时候他成绩很好（一贯都是班里的前三名），不过他最厉害的还是描画地图，就是那种练习——让学生用软炭笔，或者钢笔，抑或针管笔，在一张透写纸，偶尔会是牛油纸上描画哥伦比亚的地形。他喜爱亚马孙的梯形骤然平直的线条，喜爱太平洋沿岸柔和的笔触，仿佛是一张不曾搭箭的弓。他能凭着记忆绘出瓜希拉半岛，并且能在任何时候蒙着双眼将大头针准确地扎进地图，就像其他人给公驴装尾巴那样，[1] 不假思索地标记出哥伦比亚山。在他的学生时代，仅有的几次被班里的纪律委员点名都

[1] 给公驴装尾巴（poner la cola al burro）：哥伦比亚的一种游戏。大致玩法是：先在墙壁上贴一张没有尾巴的公驴图画。随后，参加游戏者在一定的距离之外面对图画，手中拿着用一根大头针扎着的驴尾巴，蒙上双眼转三圈，最后凭记忆将驴尾巴尽量准确地扎在图画上。

发生在画地图时，因为他总在规定时间的一半就做好了自己那份功课，剩下的半堂课便忙着帮同学做枪手，以此换得一枚五十分的硬币。如若是一张哥伦比亚行政区划图、水系图，或是气温分布图，就要收一个比索才行。

“为什么给我讲这些？”我问，“有什么关联吗？”

当他坐完十九年的牢回到哥伦比亚时，他须得找个工作，而最符合逻辑的，便是到有飞机的那些地方去找。他曾经敲响过几扇小门：航空俱乐部、飞行专科学校，可它们全都向他紧闭着。便在此时，主显日的幸运降临在了他的身上，他出现在了阿古斯丁·科达齐地理研究所。那里的人让他做了几项测试，后来的十五天中，他开始负责驾驶一架双发动机的指挥官690A。机组成员包括驾驶员和副驾驶，两名专家，两名各具专长的技术人员，除此以外，还有一台尖端的空中摄影器材。这便是里卡多生命中的最后几个月所从事的工作：清晨从拉多拉达机场起飞，在哥伦比亚的空中区域到处巡视，利用飞机下方携带的摄影机拍下23×23的底片。这些底片随后要在工作室中经过漫长的处理，进而分类，最终出现在供成千上万的孩子学习的地图册上——他们将学到考卡河的支流都有哪些，学到西部山脉是从何处发源。“我们的子女那样的孩子，”玛雅道，“假使某天我们会有子女。”

“孩子们用里卡多拍摄的照片学习知识。”

“想想就觉得很美。”玛雅说。然后继续道：“爸爸同他的摄影师成了很好的朋友。”

摄影师名叫伊拉戈里，弗朗西斯科·伊拉戈里，不过大家都称他作巴丘。“一个干瘦的家伙，我们的同龄人，生了一副圣婴的脸孔，红红的面颊，尖尖的小鼻子，脸上一根汗毛都没有。”玛雅寻到了他，给他打了电话，邀请他来到了拉斯阿卡西亚斯，那是1998年的年初。是他向玛雅讲述了里卡多·拉韦德的最后一晚是如何度过的。“他们两个总是一起飞，飞完之后一起喝杯啤酒，然后道别。在那十五天中，他们每天都在研究院的工作室会合，然后一起处理相片。确切地说，是伊拉戈里处理相片，我爸爸在一旁边看边学。怎样进行光控制。怎样对一张图片做三维分析。怎样操作实体视觉取景器。爸爸像孩子一样享受，伊拉戈里是这样同我说的。”就在被杀的前一天，里卡多·拉韦德去工作室找伊拉戈里。当时已经很晚了。据伊拉戈里回忆，拉韦德找自己并不是为了工作上的事，仅仅凭着三两句话，凭着他望向自己的眼神，他就明白这位飞行员是想问自己借一笔钱：再没什么比金钱上的帮忙更让人敏感的了。然而里卡多借钱的动机却是他再想多久也想不到的：他要买一段录音，一只黑匣子的录音。他向伊拉戈里说明了那是一架怎样的航班，说明了死在那架航班上的人到底是谁。

“这笔钱是给那些能拿到磁带的公职人员的，”玛雅道，“似乎只要有关系，这种事并不太难。”

问题出在借款的总金额上：拉韦德需要的是一笔大数目，任何人都不会随身携带，不仅如此，它也超出了自动提款机的最高限额。于是这两个朋友，驾驶员和摄影师，做了这样一个决定：他们留了下来，在阿古斯丁·科达齐地理研究所的一台台设备上挥霍时间，他们钻进暗室，钻进回收品办公室，细读老旧的合同副本，为过时的作业做测绘，将出了差错的坐标重新修订，就这样一直磨蹭到了夜里十一点半。然后他们直奔最近的一台自动提款机，提取了最高限额，并且连续操作了两次：午夜之前和午夜以后。这就是他们想出的主意：欺骗这台机器的电脑，欺骗这个只懂依照数字处理问题的可怜虫。如此，里卡多·拉韦德终于凑齐了自己所需的金额。“以上都是伊拉戈里告诉我的，是我所能获知的有关他的最后信息，”玛雅对我说，“直到我发现，原来父亲在遭遇枪击的时候并不是独自一人。”

“直到发现我的存在。”

“是的。直到那个时候。”

“可里卡多从未跟我提起这份工作的事，”我说，“没有提过地图、航空照片，也没有提过双发动机的指挥官。”

“从来没有？”

“从来没有。而且并不是因为我没有问过。”

“我看到了。”玛雅忽道。

显而易见，她看到了某样东西，而这样东西从我的目光中逃离开去。客厅的窗中渐渐现出树木的形状，枝条的轮廓在长夜黑暗的布景上朦胧显现。而在屋内，就在我们的四周，一样样物件重新浸染了白昼的生机。“您看到了什么？”我问玛雅。她的样子很疲惫。我们都累了，我想。我还想，大概我的眼底也挂上了两个黑眼圈，跟挂在玛雅眼底的一样。“伊拉戈里到访的那天，就坐在那儿。”她说。她指了指空出来的那张扶手椅，距离已经不会发出任何声响的录音机最近的一张。“他只留下吃了午饭。他没有请求我告诉他任何事情以做交换。没有请求我给他出示家族的信件。更没有跟我睡觉。”我垂下了眼帘，并且知道她也一样。玛雅又道：“您真是够过分的，亲爱的朋友。”

“抱歉。”我说。

“真不明白您怎么还没羞愧至死。”玛雅笑了起来，黎明时分，蓝色的天光中，我看到了她的笑容。“我记得很清楚，他坐在那里，刚有人给我们送来一杯淡而无味的果汁，因为伊拉戈里是不喝酒的。他加了一勺糖，就这么慢慢地搅着，这时候我们说到了自动提款机。然后他说他借了那笔款子给我爸爸，那对他来讲毕竟数目不小。于是他说：‘您看，里卡多，您可别不高兴，不过我总得问问您打算怎么还钱给我。什么时候还，怎么个还法。’这时候我的爸爸对他说：‘啊，这个您不用担心。我刚刚做完了一份工作，很快就有一大笔钱入账了。我会算上利息全部还给您的。’”

玛雅起身走了几步，走到那张粗陋的小桌跟前，拿起上面的录音机开始倒带。机器的沙沙声充满寂静的空间，单调得仿佛一道水流。“那句话就仿佛是一个洞，所有东西全从里面跑了出来。”玛雅说，“我刚刚做完了一份工作，爸爸对伊拉戈里这样讲，很快就有一大笔钱入账了。只言片语而已，可您看，该死的。”

“因为我们不知道。”

“就是这样，”玛雅说，“因为我们不知道。起初伊拉戈里并没有向我问起，出于谨慎或是腼腆吧，可到了最后，他忍不下去了。那会是什么工作呢，弗里茨小姐？我好像见到他了，就在那儿，眼望着另一边。您看到那件家具了吗，安东尼奥？”玛雅指向一只四层的柳条架子。“看到上面那些前哥伦布时期的人偶了吗？”架子上有一个坐着的男性小人，两腿交叉，阴茎硕大，在它旁边的则是两个人脸型的大肚罐子。“伊拉戈里眼光紧盯在那儿，远远地回避着我，那些话他看着我是没办法问出口的，他不敢。他问的是：‘您的爸爸是不是给卷进那些怪事里了？’‘哪些怪事？’我反问。他仍旧眼望着那儿，望着那些前哥伦布时期的人偶，孩子一样脸红了。他说：‘嗯，不清楚，不要紧了，还有什么要紧的呢。’您知道吗，安东尼奥？那也正是我心里想的：还有什么要紧的呢。”录音机的沙沙声此时停了下来。“再听一遍？”玛雅说。她的指头按下了按钮，死去的飞行员们在遥远的夜晚重新开始了对话，在夜空中，三万英尺的高空。玛雅·弗里茨回到我身边坐下，一手放在我的腿上，头倚着我的肩膀。鼻端传来她头发的气味，残留着前一日雨水的痕迹。那味道并不洁净，经过了代谢与睡眠，却是我喜欢的，令我感到舒适的。“我该走了。”我说。

“确定？”

“确定。”

我站了起来，向那扇大窗望去。窗外，岩石的后方，天边泛起了鱼肚白。

拉多拉达与波哥大之间只有一条直达的路线，如若不想绕远或做无谓的耽搁，走这条路便是唯一的方法。正因如此，它成了所有车辆无可奈何的选择，客运也好，货运也罢，毕竟对于商家来讲，在最短的时间内完成运输才是至关重要的，所以往往一点微末的事故在这仅有的路段也会造成不小的妨害。道路沿着河流向南直行，一直到达翁达港，在没有飞机从安第斯上空飞越的年代，旅客们自四方云集至此。从伦敦，从纽约，从哈瓦那，从哥伦布或是巴兰基亚，人们经海路抵达马格达莱纳河口，再从那儿换乘小船，偶尔也继续搭乘原先的轮船。旱季时候，乘着疲惫的轮船溯流而上要耗费漫长的时日，水位大幅下降，河床犹如浮标般显露在水面上，轮船往往会搁浅在河岸，同鳄鱼和渔夫的舢板为伴。船抵翁达港后，旅客们向波哥大进发便各有各的办法，有骑在骡背上的，有乘火车的，有开私家车的，年代不同，手段各异，因此最后这一段路的耗时也就因人而异，数小时乃至数日都在情理之中，毕竟这一百公里的路程并不好走，要从海平面一直攀上两千六百米的高处，灰色天空之下那座耸立的城池。除开尽人皆知的历史因由，我在有生之年还不曾听过任何令人信服的解释，何以一个国家会将一座遥远而又偏僻的城市择为都城。固执、冷淡、疏离，这并不是我们波哥大人的错处，谁叫我们的城市如此，至于对陌生人多有猜忌，那也怪不得我们，毕竟对于他们的出现，我们并不曾习以为常。当然，我也无法责怪玛雅·弗里茨一有机会便弃波哥大而去，事实上我曾不止一次地问过自己，我们这一代人中，到底会有多少像她一样逃离，也许目的地不是一座炽热土地上的小小村庄——就像玛雅那样——而是利马，是布宜诺斯艾利斯，是纽约或者墨西哥，迈阿密或者马德里。哥伦比亚是出产逃离者的地方，事实如此，可到了今天我想要知道，究竟他们当中有多少人同我，同玛雅一样出生于七十年代早期，有多少人同我，同玛雅一样度过了安宁的、受保护的，或者至少是未被搅扰的孩提时代，又有多少人走过青春就变成了畏缩怯懦的大人，而与此同时，城市就在他们周遭陷入了恐慌，陷入了枪击与炮弹爆炸的喧哗，尽管从来都无人宣战——就算有，至少那也不是常规的战争。我想要知道，有多少人离开我的城市之时感到自己如同获救，又有多少人获救之余却又仿佛背弃了某样东西，仿佛逃离了这座火光中的城市，就变作了俗谚里弃船而去的老鼠。[1] 我会告诉你们，某一天我看到，一座疯狂的城市，人口稠密，华美壮观，在夜里燃烧，奥雷利奥·阿图罗在一首诗中这样写道，我的双眼一眨不眨，望着她倾颓，坠落，那是头盖骨下的一片玫瑰花瓣。阿图罗的诗歌发表于1929年，我无从得知他梦中的城市后来的变故，无从得知波哥大是如何化入了他的诗句，如何充溢在字里行间，正如铁水流进模子，正如熔化的铁水总能严丝合缝地流进它的模子。

燃烧，仿佛丛林大火中的一条大腿，
穹顶坠落，围墙坠落，
跌向那些亲切的声音，犹如跌在宽大的镜中……
纯粹的光芒发出的一万声尖叫！

---

[1] 此处的谚语应指："Cuando el barco se hunde las ratas abandonan el barco."（老鼠在沉船时弃船而逃。）形容在发现事态不妙时，立刻逃离。

那些亲切的声音。在这奇特的星期一，在玛雅·弗里茨的家中度了周末以后，自西向着哥伦比亚的方向进发时，头顶掠过从拉多拉达机场升空的航班时，穿过河面然后沿着26号街驶去时，我想到了它们。十点刚过，这条狭窄不堪、平日里时常须得排队经由的街道居然畅通无阻，没有任何塌陷、阻塞或是小事故耽搁我的行程。我一路想着过去的周末自己听闻的一切，想着将它们讲述给我的那个女人，我想到自己在那不勒斯庄园的亲眼所见，那坍塌的穹顶、坍塌的围墙，自然也想到了阿图罗的诗，想到我的家人，想到我的家人以及阿图罗的诗，想到我的城市、那首诗与我的家人，诗中亲切的声音，奥拉的声音，莱蒂西亚的声音，它们便是近年来充盈在我生命中的声音，何止在某个层面上救赎了我的声音。

一如我自己的头发，这些火焰，
在年轻的城市撒野的粉红豹子，
我梦中的城墙在倒塌中燃烧，
正如一座城市正吼叫着倾颓！

我将车子开进公寓大楼的停车场，感觉自己已经离开很久了。一个看门人从窗口向我打着招呼，他是我之前从没见过的。我比平日多费了些工夫，才将车子驶入自己的车位所在那一区。下坡的时候身上一阵寒意，我于是想起马格达莱纳河谷炙热的空气还残留在我的车厢，而我此时的汗毛倒竖毫无疑问也是因温差而起。我闻到了水泥的味道（水泥有股森冷的味道），同时还有油漆未干的气味，这里正在施工，而我对此并无印象，那么应该是周末刚刚开始的。工人们这会儿不在，我看见就在那儿，就在我公寓的停车场，一辆开走的车子留下的空位上放着一只从中间割开的汽油桶，水泥浆就装在桶里。我自小喜爱灰浆粘在手上的感觉，于是当即四下一望——确定没人看我，没人把我当成疯子——凑上去把两根指头小心翼翼地插进了就快变干的水泥浆里。我就这样进了电梯，望着自己黏糊糊的手指，嗅着那股味道，享受着当中裹挟的冷意。上到公寓的第十层，我差点就用污糟的指头按下了门铃。可我并没有那样做，不仅是担心弄脏门铃、弄脏墙壁，也是因为早有迹象令我明白（寂静无声的楼道，门上暗不透光的茶色玻璃），家中并没有任何人会来为我开门。

好了，又来了，我一生中每次从海平面回到高海拔的波哥大都会经历的那样东西又来了。自然那并不是我所独有的，它在不少人，甚至是大多数人的身上都会发生，只不过我从小就能肯定，自己的症状要比旁人来得更加凶猛。我说的是回程头几天的那种呼吸困难，那种稍一使力便会爆发的轻微的心动过速——比如爬楼梯，比如搬行李，它会一直持续到我的肺部适应了此地稀薄的空气为止。而就在我用自己的钥匙打开公寓大门的瞬间，那种感觉又出现了。我的双眼机械地从干干净净的餐桌上掠过（没有需要拆开的信封，书信没有，票据也没有）；从搁着电话的小桌上掠过——答录机闪着红光，电子屏显示着四条未读消息；从厨房的门上掠过（它保持着一种半开半闭的姿态，看来合页是该上油了）。这一切的所见都在呼吸困难中进行，我的心脏无时无刻不在恳求着氧气。而我眼中看不见玩具，这里找不到一样玩具，没有散落在铺着地毯的角落里，没有被丢在椅子上，也没有被遗弃在走廊里。什么也没有，那些塑料水果和它们的筐子，那几只缺口的小杯子，那些粉笔，那些彩纸。有的只是井然有序的一切。于是我上前两步走到电话机旁，打开了留言。第一条来自学校的系主任办公室，询问我今天七点的早课怎么没有去上，还让我在可能的情况下提供一个解释。第二条则是奥拉的。

“我打来是想请你原谅，”那是她的声音，亲切的声音，“我们很好，安东尼奥。莱蒂西亚和我都好。今天是星期天，晚上八点，你没有回家。而我已经看不到我们的路还可以怎样走。你和我，我指的是，我看不到你和我的路还可以怎样走，看不到在这一切发生之后，接下来的又会是什么。我尝试过，试过很多次，你知道的。可现在我已经厌倦了尝试，我厌倦了。我没办法再继续下去。原谅我吧，安东尼奥，我实在是没有办法了，何况这对女儿也是不公平的。”她说的是：这对女儿也是不公平的。奥拉的话还没讲完，录音的时间已到，留言就此被切断了。接下来的一条依然是她。“刚才断了，”她的声音有些虚弱，像是在两次打来之间哭过了，“嗯，其实我也没有什么可说的了。希望你也好，一路平安，并且原谅我。我没法再继续下去了。原谅我吧。”紧接着是最后一则留言，又是来自学校的，不过不是系主任办公室，而是秘书处，叫我去指导一篇荒唐透顶的有关《伊利亚特》中复仇典型案例的论文。

听留言时我一直站着，虽然眼睛睁开，目光却是涣散的。我重新按下播放键，在公寓里来回踱步，让奥拉亲切的声音与我为伴。我走得很慢，那是缺氧的关系：再怎么用力喘气我也没法顺畅地呼吸，肺叶仿佛被困住了一般使不上劲，叛逆的支气管和使坏的肺泡拒绝接收空气。厨房里没有一只盘子不是洁净如新，没有一只杯子、一件餐具不是摆放得一丝不苟。奥拉的声音诉说着她的厌倦，而我穿过走廊走向了莱蒂西亚的房间。奥拉的声音诉说着这对女儿是不公平的，而我坐在了莱蒂西亚的床上，心想公平就是让女儿跟我待在一起，让我可以照顾她，一如既往。

我愿意照顾你，我想，我愿意照顾你们两个，在一起我们就会得到庇护，在一起就不会有事发生在我们身上。

我打开了柜子，奥拉带走了女儿全部的衣服，莱蒂西亚这个年纪的孩子每天都会弄脏好几套衣物，每时每刻都得不停地清洗。我的头瞬间疼了起来。这是缺氧的错，我想。我决定先躺一会儿再去找药吃，毕竟这种一不舒服就去吃药，全然不让身体自行抵御的脾性平日里时常招致奥拉的责备。“原谅我，”奥拉的声音传了过来，在客厅里，在墙的另一边。奥拉当然不在客厅，我无从知晓此刻她身在何处。不过她很好，莱蒂西亚也很好，这才是最重要的。也许，如果幸运的话，她还会再打电话的。我躺倒在床上，这床对我来说实在太小，我那长得过分的成年人的身躯显得无处安放。我凝视着天花板上悬挂的小饰物，那是莱蒂西亚清早起身时眼中所见的最初的画面，大抵也是夜里临睡前最后的定格。那是从天花板上垂下的一只海蓝色的蛋，四个支架从里面伸出，上面各自挂着一个小动物：一只有着螺旋状的大眼睛的猫头鹰，一只黄色的七星瓢虫，一只翅膀由细纹纱做成的蜻蜓，还有一只触角很长、笑眯眯的蜜蜂。我一面凝神注视这些以不易察觉的方式晃来晃去的小挂件，观察它们的形态和颜色，一面想着若是奥拉再度打来，我要对她说些什么。问她人在哪里，可以去接她吗，或者，我还有权等她回来吗？还是沉默不语，让她意识到放弃我们共同的生活是一个错误？抑或尝试着说服她，坚称只有我们在一起才能更好地对抗这个世界的不幸，这个世界对于孤身上路的人实在太过危险重重，如若家中无人守候，迟迟不归时无人担忧，无人寻找，那我们又该如何自处？

作者的话

我从 2008 年 6 月开始创作《坠物之声》，曾在圣玛塔莲娜基金会（意大利多尼尼）度过了六个星期的时光，在此感谢贝缇丽彩·蒙蒂·德拉·科尔特的一片盛情。小说 2010 年 12 月完稿于苏珊娜·劳伦蒂家中（比利时克索里），我同样要向她表示感激。在这段时日里，许多人为作品的丰富和完善做出了贡献。我想她们自当心领神会。

文
景

社科新知 文艺新潮

Horizon

坠物之声
[哥伦比亚]胡安·加夫列夫·巴斯克斯 著
谷佳维 译

出 品 人：姚映然
责任编辑：陈欢欢
营销编辑：杨 朗
装帧设计：陆智昌
美术编辑：安克晨

出　　品：北京世纪文景文化传播有限责任公司
（北京朝阳区东土城路8号林达大厦A座4A 100013）
出版发行：上海人民出版社
印　　刷：山东临沂新华印刷物流集团有限责任公司
制　　版：北京大观世纪文化传媒有限公司

开本：850mm×1168mm 1/32
印张：11.25　字数：178,000　插页：2
2020年12月第1版　2022年4月第2次印刷
定价：59.00元
ISBN：978-7-208-16750-6/I·1930

图书在版编目（CIP）数据

坠物之声 /（哥伦）胡安·加夫列尔·巴斯克斯（Juan Gabriel Vásquez）著；谷佳维译．-- 上海：上海人民出版社，2020
书名原文：El ruido de las cosas al caer
ISBN 978-7-208-16750-6

Ⅰ．①坠… Ⅱ．①胡…②谷… Ⅲ．①长篇小说－哥伦比亚－现代 Ⅳ．①I775.45

中国版本图书馆CIP数据核字（2020）第200563号